eye.

守望者

——

到灯塔去

批判的限度

〔美〕芮塔·菲尔斯基 著

但汉松 译

Rita Felski

南京大学出版社

目　录

致　谢　　　　　　　　　　i
导　论　　　　　　　　　　001
一　怀疑的利害关系　　　　023
二　朝下挖，靠后站　　　　083
三　探长来访　　　　　　　135
四　批——判！　　　　　　183
五　"语境糟透了！"　　　　235
结　语　　　　　　　　　　289

注　释　　　　　　　　　　301
译名对照表　　　　　　　　337
　　专有名词　　　　　　　337
　　术　语　　　　　　　　348

致　谢

写作本书时，如果没有朋友与同事在百忙中为我的书稿提供批评建议和鼓励，那么一切会变得更加困难——有时，他们的反馈甚至是精彩的小文章，这些高水准的内容本身就值得发表。我要感谢杰弗里·亚历山大、伊丽莎白·安克、蒂莫西·奥布里、马歇尔·布朗、拉斯·卡斯特罗诺沃、克莱尔·科尔布鲁克、吉姆·英格利希、温弗里德·弗卢克、大卫·格林普、弗兰克·克勒特、布鲁诺·拉图尔、维克多·李、希瑟·洛夫、罗南·麦克唐纳、约翰·迈克尔、汤姆·奥里甘、瓦娜·帕纳伊特、布拉德·帕萨内克、安德鲁·派珀、罗伯特·皮平、罗纳德·施莱费尔、詹姆斯·辛普森、西蒙·斯特恩、比尔·华纳、查德·韦尔门和杰弗里·威廉斯。[1] 我特别

---

[1] Jeffrey Alexander, Elizabeth Anker, Timothy Aubry, Marshall Brown, Russ Castronovo, Claire Colebrook, Jim English, Winfried Fluck, David Glimp, Frank Kelleter, Bruno Latour, Victor Li, Heather Love, Ronan McDonald, John Michael, Tom O'Regan, Oana Panaite, Brad Pasanek, Andrew Piper, Robert Pippin, Ronald Schleifer, James Simpson, Simon Stern, Bill Warner, Chad Wellmon and Jeffrey Williams.

受惠于思想精深、为人慷慨的托莉·莫伊（Toril Moi），以及艾伦·梅吉尔（Allan Megill）为这本书做的很多贡献，尤其是后者耐心细致的评论。

我感谢所有邀请我以讲座的方式，将本书的思想拿到听众中加以检验的人，特别感谢阿曼达·安德森（Amanda Anderson）和唐纳德·皮斯（Donald Pease）。我早先曾受邀去弗吉尼亚大学社会学系做讲座，这段经历特别有用，它帮助我避开了一些危险错误。

另外一些友人则向我提供了我急需的鼓励和建议，并同我做了有益的交谈，他们分别是卡桑德拉·弗雷泽、苏珊·斯坦福·弗里德曼、迈克尔·利文森、叶卡捷琳娜·马卡洛娃、约翰·波特曼和苏菲·罗森菲尔德[1]，以及我在《新文学史》杂志的朋友和编辑同仁苏珊·弗雷曼、凯文·哈特、克里尚·库马尔、贾汉·拉马扎尼、奇普·塔克和莫利·沃什伯恩[2]。艾米·埃尔金斯（Amy Elkins）在本课题的初期作为我的研究助手，非常得力。我的女儿玛丽亚总是让我定心。

我非常感谢古根海姆基金会提供的研究支持，以及小威

---

[1] Cassandra Fraser, Susan Stanford Friedman, Michael Levenson, Ekaterina Makarova, John Portmann and Sophie Rosenfeld.

[2] Susan Fraiman, Kevin Hart, Krishan Kumar, Jahan Ramazani, Chip Tucker and Mollie Washburne.

廉·R. 凯南（William R. Kenan Jr.）慈善信托基金和弗吉尼亚大学的慨然支持，让我得以拥有研究假期。我也要感谢艾伦·托马斯（Alan Thomas）的机敏建，议以及对本研究课题的坚定支持，感谢因迪亚·库珀（India Cooper）悉心编校文稿。

· · ·

本书的部分章节最初发表于以下刊物（不过内容颇有不同）："Critique and Hermeneutics of Suspicion"，载 *media/culture* 15，no. 1（2012），此文部分材料散见于本书的导论和第一、四章；"Suspicious Minds"，载 *Poetics Today* 32，no. 2（2011），此文部分内容见于本书第一、三章；"Digging Down and Standing Back"，载 *English Language Notes* 51，no. 2（2013）（http：//english. colorado. edu/eln/），第二章很多内容来自此文；"Fear of Being Ordinary"，载 *Journal of Gender Research* 3-4（2014），本书导论和第一章有若干页与此文有关；第五章大概半数篇幅最初以同样的标题——"Context Stinks!"（《语境糟透了！》）发表于 *New Literary History* 42，no. 4（2011）。我要感谢这些期刊的编辑，我因此得以将本书的一些想法在刊物上加以检验。

导 论

本书讨论的是怀疑在文学批评中的作用,即作为情绪和方法,怀疑无处不在。它试图阐明从事"批判"时,我们到底在做什么,以及除此之外还能做什么。这里,我从法国哲学家保罗·利科(Paul Ricoeur)创造的一个词中找到了方向,并用这个概念来代表现代思想的精神。利科认为,弗洛伊德、马克思和尼采的共通之处在于,他们都深信激进主义不只是行动或论点,也是一种阐释。社会批评家当前的任务是揭露隐藏的真相,引出他人所未见的刺耳和反直觉的意义。现代社会产生了一种新的激进阅读模式,即利科所说的怀疑阐释学(hermeneutics of suspicion)。

我将在下文对利科的这个词进行仔细研究,以廓清它与当前文学批评史的共鸣之处和相关性。这个词虽然是利科为了描述过去的思想史而生造的,但似乎特别具有预见性,它体现了我们当代人的情绪。即使最老实本分的研究生也非常清楚,文本不会主动展现自身的意义,而且表面的内容掩盖了更为难解或凶险的真相。批评家抓住优势,逆向阅读,寻找言外之意;他们自封的任务是找出文本的盲点(或文本故意视而不见的东西)。当然,并不是所有人都认同这样的阅读方式,但利科的术语体现了一种广泛存在的情感,以及一种易于辨识的思想形态。因此,它使我们能够辨别出那些通常大异其趣的理论方法之间的共性:意识形态批判 vs. 福柯式历史主义,强力谴责 vs. 以更温文尔雅的方式去"找茬"或引发质疑。此外,这种情感的影响力远远超出了英文系的范围。当人类学家揭示先辈的帝国主义观念时,当艺术史学家描画权力和统治之间的隐形角力时,当法律学者抨击法律的中立性以暴露其隐藏的议题时,他们都选择了一种以祛魅(disenchantment)为精神驱动力的阐释风格。

那么,接下来的内容既不是哲学沉思,也不是历史解释,而是对一种思想风格的近距离审视,这种风格跨越了领域和学科的差异。我强调的是修辞和形式、情感和论证,这有其道理。虽然我的重点是文学和文化研究——偶尔也会涉及其他领域——但本书的许多论证都有一个更大的支点。

我的目的不仅仅是描述,而是要重新描述这种思维风格:我要对常见的实践提出一种新的观点,以求更清楚地认识批评家如何阅读,以及为什么阅读。虽然怀疑阐释学在宗教研究、哲学、思想史等相关领域已有充分讨论,但利科的这个术语从未在文学批评中广为流传,因为批评家更愿意将自己从事的工作视为"批判"(critique)。(由于学者对自己的研究方法愈发不满,所以它开始逐渐进入批评的对话。)如下文所示,批判的概念意涵有不同的深浅色调,但它有如下几点要素:具有一种怀疑或彻底反对的精神,强调其面对专横的社会压迫时会身处险境,主张自己从事的是某种激进的思想和(或)政治工作,以及假定凡是非批评性的东西就必定缺乏批判性。在后文中,我将力图重新表述和思考这些假定,有时还会予以驳斥。

对重估批判而言,更名的举动——将批判重新描述为一种怀疑的阐释学——至关重要。利科的这个术语让我们对很多不同的批评实践有了新的认识,而这些实践往往被归入批判的范畴:症候式阅读(symptomatic reading)、意识形态批判、福柯式历史主义,以及各种在文本中嗅寻越界或抵抗的蛛丝马迹的批评方法。这些实践以不同的方式,将一种表现为戒备、疏离和谨慎的态度(即怀疑),与可辨识的批评传统(即阐释学)结合在一起——由此我们看到,批判既关乎哲学或政治,也涉及情感和修辞。如果我们仅仅把批判视为一系列命题或思想论断,那就大错特错了。而且,一旦以这种方式重新描述批判,就可以把它放到怀疑式阐释的大历史中,从而降低其特殊性。例如,在下文中,我们将遇到目光如炬、追猎罪犯的侦探，也会遇到气候变化的怀疑论者（这种人看重的是隐藏的可疑动机，对科学数据嗤之以鼻）。我们可以断定：在此种情况下，怀疑的目的并不是表达反对或实现变革。简言之，本书的初衷是要破除批判为自身假定的内在严谨性或固有的激进色彩，从而将怀疑式阅读的实践去本质化——并由此让文学研究跳出窠臼，得以选择更广泛的情感风格和论证模式。

同时，本书并不会提供一部关于怀疑式阐释的通史（这也许是不可能完成的任务！），而是着眼于过去四十年来文学和文化研究中的修辞，重点讨论美国的情况。我应该事先解释一下，本书所凭借的也不是对几部经典作品的细读。已经有诸多论著细致讨论了马克思、福柯或巴特勒理论中批判的利与弊，同时始终保持在"批判性思维"的视野内。我感兴趣的是另一类问题：为什么批判是一种如此有魅力的思维模式？为什么很难摆脱它的轨道？它在多大程度上取决于隐含的故事线？它如何在空间上引导读者？它在哪些方面构成了一种整体的知性情绪或秉性？要回答这样的问题，我们需要涉猎不同文本，并进入文本之内，因为某些入门级教科书或初级读本和那些经典论文一样具有启发性。我不会总结某个思想家的作品，而是去追踪共有的论证模式，因为它们会反

导 论

复出现在不同领域。本书的重点是将批判作为一种文类、一种思潮——作为一种超个人的普遍现象,而不是少数思想大家的奇思妙想。

那么,"批判"和"怀疑阐释学"之间到底有什么显著的区别?这些特定的术语会让人们脑海中浮现怎样的思想世界?这些世界之间又有哪些异同?"怀疑阐释学"绝不是贬义词——利科对弗洛伊德、马克思和尼采是怀有敬意,甚至充满钦佩的。然而,"怀疑"并不是学者热衷于用在自己身上的词,毫无疑问,他们害怕牵扯到动机或思维模式,因为这会削弱他们的权威。一旦涉及主观或情感反应,学者总是格外谨慎,这种心理倒也可以理解。然而,衡量学术研究的情感基调,并不意味着要抛弃它的实质内容,而是要正视一个显而易见的事实:思维模式也是看世界的立场,它充满了某种态度或倾向;论证不仅关乎内容,也是风格和语调的问题。此外,尽管我密切关注这种论证的表现,却无意去窥察或诊断任何人的思想状态。我关注的是论证所处的思潮,而不是意识的隐秘运作机制;我关注的是修辞的人格面具,而非历史中真实的人物。

当然,聚焦于怀疑也有风险,那就是过度夸大其存在。正如我在第一章所指出的,批判是一种强势的方法,但绝非唯一的方法。海伦·斯莫尔（Helen Small）认为："人文学科的工作更多时候是去描述、欣赏、想象、激发或猜测，而不是去批判。"[1]这似乎完全正确；日常的教学、写作和思考实践涉及了各种不同的活动，在情感和语气方面也存在波动。任何在本科生课堂待过半小时的人，都会明显感觉到这一点。在那里，当学生和老师围绕一个选定的文本进行交流时，情绪会发生变化和滑动：批判性的告诫交织着喜爱或同情；浪漫憧憬的涌动，与对意识形态潜台词的解读共存。然而，我们用于描述和证明这些不同活动的语言依然非常欠缺。不知何故，我们似乎更乐于——其原因值得深究——断言文学研究将促进批判性阅读或批判性思维，并以此来捍卫文学研究的价值。在这种语境下，不妨想想无处不在的文学理论课，它往往为英语专业提供了一个概念工具箱，"理论入门"实际上即意味着"批判理论入门"。总之，批判虽然不是文学研究的唯一语言，却一直是占据主导地位的元语言。

开门见山地说，我写这本书的初衷并不是要同批判一争高下，不是居高临下地对着批评家同行们呛声，批评他们冥顽不灵。我以前的著述（主要是关于女性主义理论和文化研究等主题）一直受惠于批判性思维。我是喝着法兰克福学派的奶水长大的，现在还能从教授福柯中得到乐趣。我并不想

导 论

让时间倒流，回到那个"新批评"的美好时代，去谈论反讽、悖论和含混。但似乎越来越明显的一点是，研究文学的学者正在将思想的部分与整体混为一谈，这样一来，我们就错失了诸多思想和表达的可能性。毕竟，坦然地把一种特定风格的阅读法作为默认选项，这种做法令人不解。为什么批评家总会不假思索地去审问、揭开、暴露、颠覆和拆解，去破除神话和打破稳定，去提出疑问和表达愠怒？到底是什么使得他们确信文本做了重大隐瞒，因此批评的任务就该是找出文本深处和边缘的隐藏之物？为什么批判总是被誉为最严肃、最严谨的思想形式？它掩盖、遮蔽或推翻了哪些其他类型的思想和想象？这种无处不在的批判性，会有怎样的代价？

正如第一章所述，这些问题的影响远不止于文学研究者之间的内部争论。文学研究目前正面临着合法性危机，这个局面要归咎于我们找不到什么词来谈论价值，因此很难去解释为什么学生应该重视贝奥武夫或波德莱尔。为什么文学值得关注？近几十年来，由于大家普遍都有一种怀疑心态，所以人们常常对这类问题嗤之以鼻，觉得只是理想主义或意识形态作祟。在最好的情况下，小说、戏剧和诗歌得到了一些尊重，但理由总是千篇一律：作为有批判思维的人，我们重视文学，是因为它参与了批判！本书第一章将仔细审视这种思路，将其置于更广泛的阐释史中，并由此去批驳一种假定：怀疑是一种固有的善，它能确保思想的严谨或激进。

利科这个术语的最大优点，在于让人们关注情绪与方法的基本要素。学者们总认为，主张是否站得住脚，取决于论述的优劣，以及论据的扎实程度。然而，他们其实也采用了一种冷淡的情感基调，这种基调可以巩固或极大削弱那些主张的吸引力。从这个角度看，批判的超然态度并非意味着情绪的缺席，而恰恰体现了其存在——这是一种对主题的特定取向，是凸显自身论点的方式。它关乎一种思想人格的培育，而且这种人格在文学研究等领域备受推崇：多疑善察、高度自觉、冷静精明、警惕不懈。我赞同阿曼达·安德森（Amanda Anderson）的观点，即认为"性格学"（characterological）的成分——这种学说将性格特征（如冷淡漠然、傲慢自大或多愁善感）归于思想的风格——在思想辩论中起着决定性的作用，尽管人们对此关注甚少。[2] 批判不仅是方法的问题，而且关乎某种情感——我称之为"批判情绪"（critical mood）。

利科的第二个词"阐释学"引发我们去思考如何读，以及为何而读。下文将怀疑式阅读视为一种独特的、可描述的思维习惯。虽然批判往往因为刺穿或破坏结构而受到青睐，但它本身也具有可识别的结构。这种对批判修辞的关注造成

导　论

了两方面的后果。首先，它促使我们审视当前的阅读法，而不是透过它们去进行阅读；它有助于我们认真看待这些阅读法自身，而不是将其视为某些更本质的现实（如隐藏的焦虑、制度性力量）的症候。我将努力与研究对象保持在同一平面上，而不是去寻找躲在后面操控一切的木偶玩家。不过，这同时也提供了平等的赛场。一旦正视批判的修辞和传统，就很难再去坚持那个我称作"批判例外主义"（critique's exceptionalism）的东西，即面对其他思考和写作形式时，那种内在的优越感。

不妨以如下说法为例："批判的任务是拒绝简单的答案，撤销呈现思想时所用范畴的可依赖性和熟悉性，从而让思考有机会发生。"[3] 如我们所见，在近年来的文学批评史上，此类论断屡见不鲜。有人宣称，批判是严肃或适当的"思维"冒险，正好与那种既有思想的僵化范畴形成反差。它迥然有别于那些流于简单的答案、事先准备的结论、随手可得的措辞。通过仔细审视批判的开局定式——大家熟知的"陌生化"（defamiliarization）套路——我质疑了这种将批判作为外部立法的局面。我并不是要否认未来可能会出现新的批判形式——任何形式或文类都有可能在未来以意想不到的方式被重塑——而是要质疑它所自诩的反对传统、超越传统的特殊地位。

例如在第二章，我详细介绍了怀疑式阅读实践所基于的空间隐喻。我仔细考察了那种把批评家当成考古学家的说法，按照这类观点，批评家要"深挖"文本，找回被隐藏或伪装的真相；接下来，此章讨论了另一种批评的修辞和姿态，即将批评家视为反讽主义者，从文本中"靠后站"，用刻意的冷静凝视来把文本陌生化。这些根深蒂固的方法，源自一些相互对立的视角与哲学，但它们的共同之处是热衷于利科的怀疑阐释学。在第三章，我提出一个观点：怀疑与讲故事是紧密结合的；批判善于编织各种戏剧化或情节剧叙事，相信万物皆有联结。这个由学者化身而成的侦探，总是在思考罪愆和共谋；她拼凑出因果关系的序列，从而识别犯罪、寻查动机、解读线索，并追捕罪犯。（即使是那些认为文学文本无罪的解构主义批评家，也会致力于曝光文学批评的可耻罪责。）批判非但不是一种无重量、无身体、放任自流的思想之舞，反而包含了相当稳定的一套本领，如故事、直喻、借喻、言语定式和修辞计策。

通过密切关注这些风格和感性的细节，我们得以从崭新的视角来考察批判的政治和哲学主张——这将是第四章的主题。批判具有感染力，是一种迷人的思想，把一切都吸引到

导 论

自己的力场，并在严肃思想的边界巡逻查防。它几乎等价于知识的严谨性、理论的复杂性，也意味着对现状的坚决反对。因为批判与康德和马克思的传统关系密切，所以它汲取了两者在哲学上的沉重感，保留了情感的尖锐性，并将自己改造为适应新领域需求的工具。对于许多人文学科的学者来说，批判不只是一个好东西，而且是他们唯一可以想到的东西。如我所言，批判意味着睿智的思想实践、思维的独立自主。同样，谁拒绝批判，谁就会陷入自满、轻信和保守的泥潭。谁会愿意与那些无批判力的恶臭之人为伍呢？批判的负面性就这样嬗变成了一种光环效应——它带着严谨和正直的光晕，闪耀着规范的光芒，让自身的异见立场熠熠生辉。

通过质疑这种根深蒂固的思潮，我也加入了一个日益壮大的意见群体，这里既包括女性主义和酷儿研究的学者，也涉及"行动者网络理论"（actor-network theory）、"物导向本体论"（object-oriented ontology），以及某些重要的政治学理论分支。[4]如果任何对批判的质疑，都被认定为倒行逆施之举或保守主义的阴谋，那么这种做法已经显得愈发可笑了。但是，我们最好还是先做一个初步的划分，以区别那些仅仅对批判持有保留立场的人，以及那些谴责批判还不够尖锐或猛烈的人。后者的立场与批判并无二致，而且加大了批判的力度，哀叹其未能实现激进的承诺。因此，这类批评者往往会有如下回应："当然，批判也有它的问题，但这只是因为它偏离了我所定义的真正的批判路径"；或者"强批判已经变成了伪批判——让我们审问它与现状的共谋关系！"我们被告知，批判需要变得更加负面（以避免一切被收编的风险），或变得更加积极（只有这样才能实现真正的辩证）。我们被给予一份未来批判的蓝图，它将超越当前的缺陷和失败。简言之，疾病变成了唯一可以想象的治疗之道；批判的不足促使它需要被进一步放大和增强，我们需要将调门调高一百倍，以崭新的活力和不懈的热情去运用它。正如一些学者骄傲地宣称，批判其实是一项永无止境的任务。

但是，假如批判是有限度的，而非无限的呢？假如它是有限的、会出错的呢？假如承认它在某些方面做得很好，而在其他方面效果很差，或者根本未有涉及呢？与其急于修补每个漏洞，疯狂堵住每个漏水口，或许我们不如承认，批判并不总是那个最好的工具。正如该说法所暗示的，我自己的取向是实用主义的——批评有诸多目的，需要不同的方法，没有一种放之四海而皆准的思维形式，可以同时实现所有这些目的。在这里，术语的选择就变得至关重要。与批判这个极具规范性的概念不同（毕竟，谁会愿意被视为非批判性的呢?),怀疑阐释学并不排除其他可能性(对利科而言,还有"信任阐释学""复原阐释学",以及"回忆阐释学")。我要做的是为不同的方法留出空间,将批判性阅读视为可能的途径之一,而非文学研究的天定命运。

我反对的不是规范本身的存在——没有规范,思考就不可能发生——而是反对近年来占据主导地位的一种规范性,有人称之为"反规范的规范性"(antinormative normativity):将怀疑主义视为教条。人们愈发感觉到,智识生活已变得相当混乱,人文学科的学者更擅长说"否",而不是说"是",那种恒久的警惕心一旦不受其他替代选项的制约,就很容易陷入"自动驾驶式"论证的自鸣得意中。简言之,这是一个收益递减的问题,批判变成了自然而然的思维方式,还堵住了其他的路径,将它们贬低为"缺乏批判性"。在某种意义上,批判并不能让我们走得更远。去质问怀疑阐释学的后果,并不意味着要去拆毁它,而是要将之去中心化,拒绝将它视为万能的终极阐释,并像布鲁诺·拉图尔(Bruno Latour)那样去担心批判是否已经耗尽了动力。[5] 任何试图遏制批判野心的努力,常常被误认作对批判的谋杀,并引发了一些悲观预言——严肃思想行将消亡(天要塌了!天要塌了!)。关于这个问题,我们后面还会再谈。

此外，多年来我常用批判作为开局定式，所以在写这本书时，至少有一只脚是踩在批判思想之内的。我希望自己不要像皈依者那样自吹自擂，也避免那种罪人得救的姿态，不用炽热的眼神去布道说教。对批判的批判只会加重我们的疑心，因为这就让自己陷入了无休止的怀疑循环。也许，我们可以重新描述怀疑阐释学而不是反驳它，从不同的角度去凝视它，去捕捉某种特定情感的诱人感觉，从而帮助满头乱撞的苍蝇从瓶中脱身。（毕竟，如果批判不能使其实践者得到满足和回报，它就不会如此成功。）与其说怀疑式阅读是一种苦行僧式的去神秘化实践，不如说这种阅读是一种思想风格，里面充满了各种激情和快乐、强烈的参与，以及热切的承诺。它是一种拥有多种面相的奇怪生物：不信任他人，但对自我也加以无情鞭挞；对文本展开批判，也痴迷于文本，因为它是批判（或至少是矛盾）的源头。它是负面的，但不是只有负面性，而且这种负面性很含混。在接下来的论述中，我力求做到既大度又严苛，既运用现象学，又体现历史视角。我力求公允地评价这种批评风格的魅力所在，同时也思考其局限性。

我曾打算将此书标题定为"阐释的恶魔"——这个词借用自史蒂文·马库斯（Steven Marcus）关于弗洛伊德方法的

导　论

一篇绝佳文章——但最终我发现，这样的书名会传递错误的信息。[6]阐释并非总那么邪恶——只是有时候如此！我们应该避免把怀疑式阐释与阐释本身混为一谈，避免将前者的所有罪责都转嫁给后者。如果这样做，那就是大大冤枉了丰富多样的文本（包括各种神圣和世俗的文本）解读史。困扰文学研究的并不是阐释本身，而是如葛藤般野蛮生长的强批判这种分析风格，因为它排挤了其他形式的智识生活。阐释不一定意味着对文本横行霸道，施以象征性暴力，进行责难苛责，或在文本之上加盖唯一的"玄学"真理。总之，阐释并不是炫肌肉的男性气概表演，尽管它常被误认为是这样。我不会加入反对阐释学的阵营［德勒兹和瓜塔里将阐释学戏称为"阐释病"（interpretosis），仿佛阐释的欲望是一种令人难以启齿的疾病，或是精神上的病态］。[7]阐释仅仅是指许多可能的方法，它们试图弄清楚某件事情的含义及其重要性——这种活动不可能在短期内走向终结。我们不需要抛弃阐释，而是要重新激活和重新想象它。

这样的重新想象会采取何种形式呢？由于本书加入了一场关于文学研究的未来的热烈讨论，因此最好从一开始就勾勒出几个前提原则。即使在怀疑式阅读的鼎盛时期，也一直有一群逆流而动的批评家，他们的工作更倾向于审美的传统，既有细致（有时也令人眼花缭乱）的文学评论和赏析，同时也公开反对那种偏社会学、偏理论或偏哲学的论证。我的方法颇为不同。例如，本书并没有站在"新形式主义""新审美主义"或"新伦理学"的旗帜下去反抗社会意义；近年来，在重估批判的潮流中，常常能听到那些让人激动的旗帜字眼。我并不主张重美学、轻政治，不会大谈特谈文学所体现的激进强硬的他者性，也不试图从那些天真烂漫的读者怀中夺走批判。相反，我认为问题恰恰在于这种二元对立所造成的假象：相信文学的"社会"属性（因为几乎所有人都承认，文学存在一些社会属性）可以从其"纯文学"属性中剥离出来。不要再划分楚河汉界！正如最后一章所指出的那样，艺术作品难免带有社会性、交际性、关联性、世俗性和内在性，然而，我们同样也可以从它们身上感受到炽热、非凡、崇高、特殊，这两方面并行不悖。艺术作品的独异性（singularity）和社交性（sociability）是相互联系的，而非彼此对立。[8]

由此可见，我们没有理由哀叹社会世界对艺术的"入侵"。（这个世界何时在艺术中缺席过？）通常情况下，艺术作品是与其他文本、物、人和机构相关联的，这种关系可以体现为依赖、卷入和互动。它们受到征召，纠缠嵌套，卷入交战。但是，我们要质疑那些维系批判逻辑的思想捷径和"帽

导 论

中变兔"的类比——譬如，批评家对文学作品做出一番得意的细读，认为这证明了文本要么是在大胆地颠覆现状，要么是在怯懦地维系它。文本被解码为一种症候、一面镜子、一个指标，或是某个更大的社会结构的对立面——仿佛存在两两对应的本质系统，将文本嵌入支配力量的整体穹盖，就像中世纪的宇宙论，认为万事万物都相互联结。然而，政治上的联系和影响并不是内在的，也没有隐藏在文本错综复杂的褶皱中；相反，它们来自关联和中介，必须加以追踪和描述才能知其端倪。我们殚精竭虑地四处寻找，以期发现关于行动者、团体、集合和网络的详细记述，从而证明这种主张。因果联系的证据在哪里？如何去耐心拼合出转译、协商和影响的轨迹？政治是许多行动者共同参与的，而不仅仅是一方的问题。

那情绪呢？一些学者感叹周围有太多的愤世嫉俗和消极情绪，它们令人沮丧，因此这些学者敦促我们要在学术生活中给希望、乐观和积极的情感创造更多的空间。虽然我部分赞同这种观点，但本书接下来的内容并不是关于"积极思维"的鼓劲演说。我不会提出什么激昂的劝诫，让大家保持快乐的微笑，永远看到生活光明的一面。学术界往往是那些潦倒失意者的避风港，也容留了很多"怪咖"和不合群者。让我们毫不犹豫地捍卫那些满腹牢骚者的权利吧！限制批判，并不是要把某种单一的情绪强加给批评家，而是要让批评家尽力提高对文本多样化情绪的接受能力。用尼古拉斯·康普里迪斯（Nikolas Kompridis）的话来说，"接受性"（receptivity）指的是我们愿意向文本"敞开"，让自己被所读的东西影响、震动、取悦。[9]然而在这里，怀疑的铁丝网挡住了我们，把我们封闭起来，因为我们需要时刻防范所读的文字，唯恐文本会污染和打动我们。批评家手持盾牌前进，扫视前方可能的攻击者，害怕被骗或上当。批评家时而苛刻地审视别人，时而这样审视自我，从而将自己与知识和经验的诸多可能性隔绝开来。

在最后一章，我大致描绘了一种替代模式，并称之为"后批判阅读"。（我也对"后"字有点厌倦了，但就提出的方向而言，我想不到更合适的说法了。）与其在文本背后寻找——寻找隐藏的原因、决定性的条件和有害的动机——我们或许更应该把自己放在文本前面，反思它所揭示和召唤的，反思它让事物成为可能的力量。这不是唯心主义、唯美主义或魔幻思维，而是一种（姗姗来迟的）认识——它承认文本作为合作行动者（coactor）的地位：文本是具有改变力的，是可以让某些事情发生的。除了布鲁诺·拉图尔那些令人振

导 论

奋的重要论述，还有来自法国的新批评，如玛丽埃尔·马瑟（Marielle Macé）和伊夫·西顿（Yves Citton），他们提供了丰富的资源，使我们能够将阅读视为行动者之间的共同生产，而不是对显性意义的揭示，将阅读视为一种创造的形式，而不是对创造的撤销。一旦接受并理解艺术作品具有独特的能动性——而不是某些人所想象的隐秘社会力量的宠臣，或是反抗的英雄——我们就一定会以新的方式来定位批评的任务。如果要更公允地看待文学的所作所为，以及这种作为的重要性，那么这种转变就迫在眉睫。归根结底，要打的赌是，是否可以扩展批评的情绪，同时接受更丰富的批评方法。为什么——即使我们赞美多元性、差异性、混杂性——批评的情感类型会如此有限？为什么关于敌人，我们能高谈阔论，对深爱的事物，却如此耻于谈论？

一　怀疑的利害关系

先从"重要"这个词说起。一些批评著作的标题都惊人地相似,这背后是什么原因?是怎样的心灵交融,催生了如此同步和对称的措辞?很多拉住读者,坚持不懈地(甚至愤愤不平地)让我们去阅读的书,都是这样的题目:文学为什么重要?文学在21世纪为什么重要?诗歌为什么重要?维多利亚文学为什么仍然重要?人文学科为什么重要?弥尔顿为什么重要?在学校阅读文学为什么仍然重要?书为什么重要?比较文学为什么重要?这种口头禅已经过于流行了——为何"重要"这类话题,正在锻炼着越来越多批评家的头脑——这种现象表明了一种速度档位的变化,以及对优先级的改变。这类书名的语气里带着劝诫,并夹杂着一丝不满。我们受够了那些吹毛求疵、鸡蛋里挑骨头、研究"大头针上可以有多少个天使跳舞"的经院学问!不要再回避最根本的问题了:为什么文学值得我们去费心思?文学研究有何紧要之处?

在学术界内外,解决这些问题的呼声越来越高。在市场驱动的时代,人们愈发怀疑人文学科的用途,文学研究发现自己正处于合法化危机的阵痛中,四处寻找证明自身合理性的方法。毕竟，为什么要关心文学？直到最近，答案还很渺茫，因为占据主导地位的是强批判的情感，以及迷恋历史共鸣而非当下相关性的历史主义。特别是在文学理论家当中，谈论价值常常会遭到嘲讽：这种做法被唾弃为反民主的、任性的、排外的，被认为受到了美学神秘化观念的束缚。批评家依旧挑剔地选书，对偏爱的书做出详细阐述，有时还怀揣着热忱、敏锐和激情。然而，他们这样做的理由往往被掩饰了，或者如下文所述，他们简单声称"批判性"即唯一的衡量标准。回顾过去几十年的文学论争，会发现许多顾虑、怀疑、担忧和不安的情绪，现在局外人也表达了同样的态度，尽管原因非常不同。特别是文学理论，它以一种无休止的怀疑和不断逼问的精神，铸造了自己的命运；批评家以歌德《浮士德》中的梅菲斯特为榜样，认为自己是"der Geist, der stets verneint"，即永远否定的精神。在经历了数十年的破除偶像崇拜运动之后，在经历了撕碎新批评、嘲笑利维斯式陈词滥调的酒神狂欢之后，我们只能在周日早晨慢慢忍受宿醉带来的不适，并想知道从废墟中还能寻回什么碎片（如果还有碎片的话）。

当然，对价值和规范的警惕心理，并非文学研究所独有。在整个人文学科中，学者们所受的训练往往不是去表达价值观,而是去审讯它们,不断重复福柯的观点:价值观的话语从何而来?它的存在模式是什么?它为哪些利益和权力关系服务?学者们是在元评论(meta-commentary)的深奥氛围中成长起来的,这磨炼了他们将事物复杂化和问题化的能力,他们习惯将与世界有关的陈述,转化为讨论让这些陈述得以产生的话语形式。我们无休止地进行这样的审讯,不费吹灰之力,甚至在睡梦中都可以。然而,当被要求去证成(justify)对文学的依恋和投入时,我们却往往不知所措,无所适从。

迈克尔·罗斯(Michael Roth)在《超越批判性思维》("Beyond Critical Thinking")一文中,讨论了这种片面性。他指出,学者们太善于记录意义、价值和规范的不足之处;我们就像顽强的猎犬,在每个拐角都能嗅出压迫、串通或排斥。然而,当被要求去解释各种(包括我们自己的)生活形式中的意义、价值和规范的重要性时,我们却往往哑口无言。严谨的思考被等同于(并常常被简化为)批判的心态。其结果可能是一种可悲的智识傲慢——你能做的最聪明的事情,就是看穿别人深藏的信念和心中的依恋。"如果我们这些人文学科的教授更多地把自己看作规范的探索者,而不是规范性的批判者,"罗斯写道,"那么就有望重建知识工作与公共生活发展之间的联系。"[1]

此外，文学研究还可以利用一种独特的双刃武器：对文学的批判 vs. 作为批判的文学。我们有一整套方法论工具可以随时取用，拿来专门抽取文本无法知晓或不能理解的东西。政治或历史诊断的手术刀将文学作品切开，暴露出它的缺失和闭塞，以及它的拒绝和否定。朱迪斯·费特利（Judith Fetterley）有一个经典的观点，她认为阅读成了一种抵抗而非赞同的行为，它是一种将自身从文本力量中解放出来的方式。[2]然而，对很多批评家来说，这类方法似乎是肤浅的，还不够精细：与其说它暴露了文本的缺陷，不如说它体现了阅读实践不够精妙。于是，一切被颠倒了过来：我们不再需要用批判对准文本，因为文学带来了批判。文学现在可以获得褒奖，是因为它能够实现陌生化和去神秘化，能够暴露寻常之物的庸常性，突出意义的纯粹偶然性和建构性。简言之，我们不需要怀疑文本，因为它已经为我们做了怀疑的工作。在面对语言和思想的日常形式时，批评家和作品结为同盟，却又互不信任。[3]

不可否认，这样的批评纲领同那些游离于社会主流生活之外或与之发生抵牾的艺术家有紧密关系。无论是福楼拜对资产阶级愚蠢性的抨击，布莱希特倡导的"间离效果"的刻薄讽刺，伍尔夫对男性自负的批评，还是达达主义者对陵墓般的博物馆的嘲笑挖苦，都说明了现代艺术常常试图去撼动一切。它是扎入肉中的刺、击中眼睛的拳，是对日常语言的有力扭曲、变形和再利用。但我们可以质疑"批判性"（criticality）被狂热地追捧为衡量文学价值的唯一标准这一现象。似乎只有证明艺术作品（哪怕是不自知地或不自觉地）参与了批判，我们才能合理化自己对艺术作品的喜爱。因此，一部特定的小说或电影之所以值得激赏，是因为它乃意识形态控制下的例外，而这种意识形态照例是必须被谴责的。我们经常看到批评家为了证明一个文本蕴藏着不和谐的异响，结果把自己搞得狼狈不堪，仿佛他想不出别的方式来证明文本的优点。至少在这一点上，我们仍然是阿多诺和现代主义审美价值体制的忠实传人。审美和社会价值似乎都只能通过反对性（againstness）的修辞来兑现。

然而，还有其他一些显著的欲望、动机、议题在驱动着阅读行为。尽管那些批评家在文学作品中拼命搜寻着或真或假的抵抗的蛛丝马迹，却对这些要素视而不见、听而不闻。我们之所以低估了艺术的重要性，是因为过度关注"de-"这个前缀（文学"去神秘化""去稳定性""去自然化"的能力），而忽略了"re-"：文学如何再语境化、再设定或再激活知觉。艺术作品不仅是颠覆,也是转换;它们不仅提供信息,也带来转变——这种转变不仅是智识上的调整,也是情感上的重组(情绪的转变、感觉的强化、不期而至的喜欢或迷茫)。尚塔尔·墨菲(Chantal Mouffe)指出,艺术作品可以激发强烈的依恋之情,并产生新形式的自我认同、主体性和知觉的可能性。[4]这里,批判之所以陷入困局,正是因为一种错误的假定:任何未能对现状加以"审问"的,都注定要去帮助维系现状,并且任何不批判的,都要坠入非批判的深渊。批判总是自诩其作壁上观的警惕性,但事实证明,它无法引领我们去认识审美依恋的大千世界。

近几十年来,随着文学正典受到冲击,以及新的声音和观点大量涌入,我们对文学的本体和功能有了不同的看法,这一点是无可争议的。然而,这并不意味诠释这种变化的最佳术语来自批判——而不是灵感、发明、慰藉、认识、补偿或激情。这样的习惯性表达限制了我们对文学是什么和能做什么的认识;它以忽略情欲(爱和联结)为代价,凸显了斗争(冲突和支配)的领域,并认为(这种想法并没有什么理由)后者比前者更为本质。[5]但凡参与过学术交流的人,都习惯于听到这个必有的提问:"那权力呢?"也许,是时候去问另一类问题了:"那爱呢?"或者:"你怎么不讨论依恋?"

一　怀疑的利害关系

提出这样的问题，并不是为了审美而放弃政治，而是要提出这样一种观点：艺术和政治都关乎联结、组成、创造、共同生产、发明、想象、生成可能性。两者不能简单化约为批判——那种锋利但偏颇的凝视。

在强调情绪和方法在文学批评中的显著意义时，我试图开启一场关于替代选项的对话。如果将批判视为一种在某些方面引导我们的情感立场，那么会有什么后果？如果将批判视为特定的惯习集合，而不是等同于自由的异议或缥缈的怀疑主义，又会发生什么？彼得·斯洛特戴克（Peter Sloterdijk）认为，思想与话语"如果不嵌入不断重复的生活过程，就会像水面上的文字一样溶解消逝，而这些过程的影响之一，就是确定了认识论的特征和话语的常规"。[6] 批判不仅仅是对常规的质疑，也创立新的常规——它是一种特定的思维习惯或制度，让我们学会以某种方式理解文本。这里，我将借用利科的两个关键词——怀疑与阐释学——以引出它们与文学及文化研究的相关性。毕竟我们要问，为何一定要说怀疑——而不用"怀疑主义"或"臆想症"这两个词——以及在何种意义上，当代文学批评依然是一种独特的诠释或阐释性活动。最后，本章还暗示了一个怀疑式阐释的更大的历史，它尚未被书写出来，但这段历史肯定会影响我们对所谓批判的独特性或例外论的看法。

作为情绪和方法的怀疑

在考察晚近的文学理论史时，我们必须承认它释放出了非凡的能量和兴奋之情。对于那些靠着乏味的新批评和旧式历史主义批评滋养长大的一代研究生（包括我自己）来说，文学理论和批评方法的爆炸，具有不可抗拒的诱惑力。20世纪80年代知识分子的激情［皮埃尔·马舍雷（Pierre Macherey）阅读小组，关于西苏（Helene Cixous）或伊利格瑞（Luce Irigaray）的深夜讨论］强烈狂热，真切可感。突然，我们有了极为丰富的批评词语可以使用——有大量的方法来让文学语言与更大的世界产生联结。就像现在这样，当时我已对先锋主义倾向心存疑虑，它常与理论联系在一起——仿佛只有那些学了最新巴黎哲学的人，才能摆脱无知的乌云和与意识形态共谋的耻辱。但是，像我的许多伙伴一样，我当时觉得那个时代的激烈辩论非常有趣。

我对理论的初次尝试，发生在80年代初，那正是阿尔都塞的思想处于巅峰的时候——这种思想坚持认为，我们总是被意识形态所束缚，并被各种国家机器所询唤。其颇具影响力的症候式阅读模式——开创者是马舍雷、詹明信等人——结合了精神分析和马克思主义：文学研究和电影研究的语言中越来越多地提到症候、压抑、焦虑和无意识。我开始写关于女性主义的博士论文时，大量阅读了关于男性凝视、作为伪装的女性气质、女性主义美学等理论。后来，批评的词语越来越多，而且变化之快令人目不暇接：操演性、全景监狱、镜像阶段、镜渊（mise en abyme）、询唤（interpellation）和阴性书写（l'écriture féminine）。文本要么具有无情的限制性和压迫性，是封闭的、强制的、幽闭恐惧的、排他的，要么是复调的、混乱的、狂欢式的、内在不稳定的，被其内部矛盾所困扰，徘徊在不连贯性的边缘。每个新的理论框架都如推销员一样巧言令色地做出承诺，发誓要克服从前框架的局限性：提供关于主体或权力概念的最佳理论，一劳永逸地解决一切问题。

这些批评框架最终都将退场，让位给后殖民研究、酷儿理论、新历史主义和文化唯物主义。在整个八九十年代，人们争论、修改和重写理论，以回应学界内部的辩论，而新登场的政治行动者也促成了这一进程。人们强烈要求更多地关注历史细节和社会身份的特殊性，要求精确纠正政治上的不平等，并将理论争鸣扩展到欧洲中心主义的前设和关注之外。

同时，后现代主义的话题引来了铺天盖地的书和文章，然后在世纪之交又突然过气，就像一个被过度宣传的品牌一样。因此，我们沉浸在近几十年的文学和文化理论中时，会被带进令人晕眩的思想、论争和世界图景的旋涡。

简而言之，所谓"理论"是由许多种语言游戏组成的，而非仅有一种：正如大卫·罗多维克（David Rodowick）在那本富有启发性的批评史论著中所展示的那样，理论中存在无数的中断、撕裂、死胡同和迂回、崭新的开始和错误的开始、意想不到的逆转和重复。[7]然而，这些语言游戏也有相似之处。斯蒂芬·格林布拉特（Stephen Greenblatt）和凯瑟琳·加拉格尔（Catherine Gallagher）将新历史主义的立场概括为"怀疑、警惕、去神秘化、批判，甚至是对抗"——这种描述，几乎与其他所有的批判方法完全吻合![8]尽管不同批评风格在理论和政治上存在分歧，但在精神特质上有着惊人的相似之处——弗朗索瓦·库塞特（François Cusset）有个术语叫"无限度的怀疑"[9]，放到这里恰到好处。在下文中，我选取的视角可以揭示，在那些耳熟能详的不连续体中，存在着意想不到的连续性。这并不是说理论之间的差异不重要（在许多情况下，它们至关重要），而是说，如果一味纠缠于这些差异，将无法提出同等重要的问题：批判的形式有哪些共同点？它们在多大程度上促使我们以一种特定的心态来对待文本，以一种特定的态度来对待研究对象？

我们不妨把这种态度称为"批判情绪"（critical mood）。那些发表在《美国现代语言学会会刊》（PMLA）或《哲学杂志》（Journal of Philosophy）上的文章不可能表达激烈的情感或奔放的激情，但这并不意味着学术研究被剥夺了情感。在这里，情绪的概念给我们提供了一个有用的抓手，可以帮助我们理解学术争鸣中的含蓄语气。正如海德格尔等人所论述的那样，情绪是指使世界以某种方式进入视野的整体氛围或形势。情绪往往产生一种氛围，它弥漫而朦胧，构成了背景的一部分，而不是思想的前景。与突然迸发的激情相比，情绪更为稳定：一种情绪可以是弥漫的、挥之不去的、缓慢变化的。它为我们与世界的交往"定下基调"（set the tone），使世界以特定的方式出现在眼前。在这个意义上，情绪是任何形式的互动或参与的先决条件；海德格尔坚信，不能脱离情绪来理解现象。让我重申一下导论中的话，情绪就是那种让某些事物对我们变得重要，并以特定的方式显示其重要性的东西。

因此，情绪的概念在思想和感觉之间架起了一座桥梁。情绪伴随并调节着思想；它影响着我们与特定对象之间的关系。在文学研究中，除了理论辩论、政治争鸣和细读，还有别的事情要做。我们的整体情绪是反讽还是和解，是大度还是警惕，是勤勉还是慵懒，都会影响自身与所读文本之间的关系，也会影响我们最深刻的印象。批判性的超然（detachment）并不是没有情绪，而是情绪的一种表现，它给对象投下某种阴影。它给所读的文本涂上了某种色彩，赋予其某些特质，将其置于特定的角度。[10]一种特定的倾向诞生了：它是警戒而非开放，是强势而非顺服，是反讽而非尊敬，是暴露而非圆通。我们这里谈论的，是一种现象学意义上的立场，是态度和信仰的集合，它凭借对对象的特殊认识方式来表达自己，它决定了我们是靠近还是远离文本，决定了其策略是细读——但也是批判性的，保持着距离。就像任何重复练习一样，它缓缓进入了另一种自然状态，不再是陌生的或令人讨厌的活动，而是一种可识别的、令人放心的思考节奏。批判栖息于我们身上，我们也习惯了批判。

因此，批判情绪和批判修辞是紧密交织的。学术研究中的战斗性习语（"审问"肯定是当前用得最多的词）让我们浸泡在一种顽固的整体氛围中。我们变得故步自封。我们觉得这才算"做批评"，因而，我们很难接受其他的做事方式。在这个意义上，情绪混淆了内和外、自我和世界之间的区别。

一 怀疑的利害关系

它们往往看起来比个体自我更大；它们包围并环绕着我们，仿佛它们来自别处。"我们发现自己与他人共享了一种情绪，"乔纳森·弗莱利（Jonathan Flatley）写道，"这些情绪早已被塑造或传播，并存在于我们周围。"[11]以这种方式来描述批判情绪的朦胧氛围是恰如其分的，它们通过学术生活的固有模式——研究生研讨课上的说话腔调、期刊文章的修辞调性——弥漫四周，使我们以某种方式适应了研究对象。正如海德格尔所言："在任何情况下，情绪都是业已存在的，就像我们沉浸其中的环境氛围。"[12]一门学科的主导情绪会强化并影响我们的作为：我们提出的问题、感到困惑的文本、感兴趣的论证风格。教育不仅是为了获得知识和技能，也是为了进入某种情感。这里，怀疑先一步在前方等待着我们；它"早已存在了"。

我所关心的，是确定这些情感和风格的细节，而不是（比方说）调查文学批评的社会或制度性状况。因此，接下来我要写的，并非一部社会学著作或思想史。首先，已有很多学者做过这样的语境分析。除了弗朗索瓦·库塞特对法国理论在美国的接受所做的出色研究，值得一提的还有杰拉尔德·葛拉夫（Gerald Graff）、约翰·吉洛里（John Guillory）、比尔·雷丁斯（Bill Readings）、克里斯托弗·纽菲尔德（Christopher

Newfield)、杰弗里·威廉斯（Jeffrey Williams）等人的重要论著。在《酷的法则》（*The Laws of Cool*）一书中，艾伦·刘（Alan Liu）做了特别有见地的分析，解释了当代批评与政府科层制、企业和媒体中蕴藏的"后工业知识工作的强大力量"之间的联系。此外，也有大量的文学批评史著作，它们对主要批评流派的关键思想做了细致描述，或对重要思想家做了详尽阐释。[13] 接下来，我要关注的是思维模式，而不是个别批评家的学术生涯——这两者绝非同义词。[这里会提到一些批评家，因为他们作为怀疑式阅读的大师，产生了独特的影响——如 D. A. 米勒（D. A. Miller）——并在此后走向了颇为不同的方向。]

如果走语境化研究的路子，也可能会让人颇为尴尬：对症候式阅读进行症候式阅读；挖掘批评的"职业无意识"；擅自——到底凭什么呢？——去诊断批评同行的焦虑、拒认和情感转移。这相当于承认了怀疑阐释学的前提——仿佛理解某件事情的唯一方法，就是扮演神探的角色，去追查将此事变成现实的隐形力量和邪恶之物。若以这种方式去解释批评行为，就是一种敷衍塞责的曲解。也许怀疑式阅读的确与冷战政治、晚期资本主义或后现代臆想症有关——正如各路批评家猜测的那样——但这种宏大描述也存在危险，它可能会让我们忽略眼前的对象。我们发现又回到了"指控式解释"的窠臼中,在这里,对某事所做的社会原因分析,目的不过是要贬低它。在最根本的层面上,X被证明与那个更关键、更根本的Y有关。被解释的对象(其存在被归结为一些外部变量)和解释主体(其分析的范畴超越了这些偶然性)之间,存在着严重的不对称性。[14]

简言之,为了提前彰显最后一章论及的拉图尔精神,我努力将批判视为一个独特的、与众不同的行动者——尽管这个行动者与其他行动者密切相关,并被它们所中介。可以说,怀疑式阐释"有了自己的生命";它给世界带来了新的东西;它吸引了信徒、追随者、盟友、爱好者、同路人和对手;它进入了不同的空间和地点;它帮助事情发生。从这个意义上说,如果要在学术批判的实践背后寻找原动力和终极原因,那就意味着忽略了更关键、更有趣的问题:它是什么?它作为一种思维习惯起了何种作用?接下来的论证并没有(也不可能)完全摒弃阐释,但它试图在古典阐释学的意义上,把理解放到最重要的位置上。我对怀疑阐释学的关注基于它自身,并以它自身的方式来加以讨论:关注它的情绪和隐喻、风格和情感,以及所生成的独特世界。

这些话可能会让人想起福柯的那些门徒,他们坚称话语是最重要的，而且具有不可归约性。这一切都没问题——但附加条件是，我们应认为话语是与人相互作用的，而不是"创造"或"建构"人——这些不幸的措辞听上去好像是说，人类纯粹是由语言塑造出来的虚无实体。我们不仅要质疑那种"一网打尽"的社会解释，也要提防"语言决定论"的死胡同。文本远不是世界上唯一的行动者，语言不会凭空变出人、动物和事情。批判并不产生人，而必须引诱人，说服他们去与批判同呼吸、共命运。文本行动者与其他类型的行动者紧密联系，构成了合作、冲突、控制和共造的网络。

那么，为什么批判会如此盛行？为什么人们无法抵抗其诱惑？我们可以从阿曼达·安德森关于时代思潮和论辩的重要著作中找到一些初步线索。安德森指出，那些基于思潮或性格的假设——人们倾向于将一些品质（如自满、天真、活泼或强硬等）与某些特定的思想风格绑定在一起——在当前的辩论中俯拾皆是。也就是说，思维方式和认识方式是与那些自我呈现和表演的风格相关联的，因为我们以某种感性来塑造自我或标识他人。然而，这种现象却很少被人提及。文学批评家一方面受制于那些严厉的反人文主义语言理论，一方面又受到身份认同的社会政治模式影响，所以极少考虑自身文字的性格、气质、语气和方式所造成的细微影响。

一　怀疑的利害关系

安德森还抱怨了当代理论中她所说的那种"不成熟，且常常不连贯的评价立场"——她让我们注意到，在后结构主义终结之后，人们总是不愿意去言说规范或捍卫判断。[15]其后果就是"隐性规范主义"（cryptonormativism），这是她效仿尤尔根·哈贝马斯提出的概念，也就是说，人们诉诸沉默而非明确表达的价值。而正是在这里，时代思潮突然登场，并发挥了不可或缺的作用。一方面，批判常常以否定的方式来定义自身，标榜自己对肯定性规范的警惕，以及对理论体系老练的怀疑。另一方面，它通过赋予那些异见批评家某种个人魅力的光晕，暗度陈仓地表达出价值观和判断。正如我们将看到的那样，批判的权威性往往是隐含传达的——不是通过命题和论题，而是通过举止和情绪、音色和语气的变化。正因为某种规范性的论证似乎已不再可能，所以现在批评家的姿态变得异常重要：批评家得是反讽的、反思的、苛求的、有预见性的，他们是虚假二元论和本质化真理的死敌。

伊恩·亨特（Ian Hunter）以一种福柯式的论调指出，文学理论可以被理解为改造、培育和规训自我的方式。在文学研究中，许多被称为理论的东西都颇像禁欲修行，它们的基础是悬置日常信仰和责任。通过训练专门化的阅读术，学者兼批评家学会了蔑视经验知识，学会了贬低日常生活世界的呆板,学会了质疑那些自然而然、不证自明的东西。"在什么样的历史或制度环境下,"亨特问道,"人们学会了对常识性知识不屑一顾,并焦虑于自己将任何东西都视为理所当然?"[16]亨特强调了这种怀疑心态产生的条件性,将其追溯至特定的哲学传统中,并考察了它如何在美国的研究生院中生根发芽。在后结构主义成功的背后,是"自我问题化"(self-problematization)这一方法的诱惑——通过宣布放弃对常识性信念和责任的恪守,学生门徒们被带到了一个玄奥的知识体系中。虽然大写的理论时代已经差不多算是终结了,但相似的倾向仍然广泛存在,并影响了我们对特定历史或文本制品的审视。

安德森和亨特促使人们去思考自己采用的修辞立场和人格面具,以及论证与态度如何关联在一起。这种思路与我本人对批判中情感和美学方面的兴趣不谋而合,即使(或者可以说,正因为)批判表现为一种强硬冷静、不动声色的实践。如果将思想与情感割裂开来,就无法承认情绪能以某种方式让世界显形:它是事物对我们产生重要意义的方式。在这个意义上,情绪既不是主观的,也不是客观的,而是让世界变得可理解的方式。正如马修·拉特克利夫(Matthew Ratcliffe)所指出的那样,这意味着批判性的超然姿态不能再带来任何特定的认识论特权；它只是情绪的一种，而不是情绪的缺席。[17]

安德森和亨特还通过理论所采用的方法——其独特的技术和论证的技巧——来探究理论带来的问题。虽然文学理论的描述通常聚焦于宏大诉求（如权力、欲望、社会、语言），但这些理论转变成了一些相当具体且高度规范的说话、写作和思考的方式，它们关乎体裁和环境（研讨会上的潜规则、学术文章、会议演讲）。这里所论的，往往是实用而非抽象的知识；学生模仿老师，采用与其类似的阅读和论述方法，学着去模拟一种思想的风格。塑造学术领域的，正是霍华德·贝克尔（Howard Becker）称为"行业窍门"的东西——一个经过尝试和检验的共享方法库，这些技巧被用来提出论点、阅读文本或解决问题。[18]我们关注的重点，是批判这个行业的窍门：一个由图像、叙述、论证方法、修辞动作和外显倾向所构成的混合体。批判不仅关乎内容（即"知道"某件事如此），同时也是风格、方法和取向的问题（即"知道如何"阅读文本或进行推理），涉及对语气和技巧的模仿。[19]思考的方式即行事的方式。

是的，但……

此刻，是时候做一些限定、让步和抗辩了。在深入论述怀疑阐释学的具体内容之前，我们需要留出一些篇幅来谈谈例外和反例，并努力为那些另类的趋势说一些公道话。批判绝不是文学研究的唯一方法，在某些领域它的存在更强势，而在另一些领域则弱势一些。它往往是研究生教育而非本科生教育的重中之重——至少在美国是如此，那里残余的文科文化仍然在鼓励相当多的英语专业学生去表达他们对文学不朽的热爱。当然，也有许多学者选择在不同的花园里耕耘：传记式批评、文本编辑、恢复散佚或被忽视的作品、新批评式细读、叙事学或修辞学分析、美文主义（belle-lettrism）、计算机生成的定量研究、经验文化史等。这些研究领域并未完全摆脱怀疑的阴影，但它们没有将批判作为主要的理论基础和证明。安托万·孔帕尼翁（Antoine Compagnon）认为，在文学研究中，旧范式永远不会真正消亡，而是与最新的趋势共存。文学和文化研究的运作方式，就像一个多元主义的巴扎；在这里，新的研究流派支起了摊位，与传统的形式主义或人文主义批评的店铺比邻而居。[20]

一 怀疑的利害关系

不仅如此，即使是那些与批判密切相关的研究方法，也极少是单一的声音，或不存在矛盾之处。评论文本并非简单的竖大拇指或喝倒彩，而是经常贯穿着相互冲突的态度和情感：好奇、指责、慷慨、暴躁、喜爱、反对、希望。批评家对文学作品的依恋——狄德蕾·林奇（Deidre Lynch）称之为"表达关联与喜爱的更黏稠的语言"——并不那么容易消除。[21] 马克思主义批评家喜欢谈论资产阶级小说深处隐藏的乌托邦渴望和颠覆性躁动；解构主义批评家用双关语和俏皮话来为朴素的散文增色；研究窥视癖的学者承认自己迷恋丽塔·海华斯（Rita Hayworth）的脸。即使是最严厉的症候式批评家，也能够对正在分析的作品做出慷慨的姿态——说它比其他作品更复杂或更值得关注。正如塞宁·盖（Sianne Ngai）所指出的，在这样的讨论中，"有趣"这一范畴不容小觑。作为一种判断形式，它表达了赞许，但又是奇特的不置可否，它允许批评家去悬置许多惯有的道德区分，在喜欢和厌恶之间架起桥梁。[22]

此外，在某些情况下，批评家只是转移而不是抹除他们的感情。二十世纪七八十年代，文学的概念似乎变得黯淡，因为它既家喻户晓，又居于庙堂之上，而新兴的理论却充满了破除偶像崇拜的气魄，并做出很多高蹈的许诺，在一代学者中带来了强烈的参与感和认同感。它的佶屈聱牙让一些批评家为之倾倒，他们相信（就像伯克对崇高的评论一样）晦涩之物本质上会比清晰的东西更具影响力和敬畏感。事实上，理论往往带有"粉丝文化"的特色——这体现为对排他性的推崇，以及对魅力人物的强烈依恋。[23]批评家爱上一个新事物，这本身并不是一件坏事；在理想状态下，理论可以提供丰富的哲学思想，提出一些反直觉但令人信服的真理，挑战常识性的信仰，并带来一系列令人困惑晕眩的主张，引发争辩和论战。然而，当理论被当作新的教义经文，机械地"应用"于文学作品，以便将其打造成必要的形状时，它的缺点就逐渐暴露出来。

最后，还要提及文学研究中一股稳定而强烈的反潮流——有些批评家不想让文本遭受批判的蹂躏，于是强调文学纯粹的他者性，认为文学与社会冲突毫不相干。这一思路可以追溯到19世纪"为艺术而艺术"运动，并推动了整个20世纪各种审美主义和形式主义的发展。当外部世界被描绘成一个充满压迫的沉闷领域时，文学作品因其激进的含混而被形式主义批评家激赏，人们有望在这里摆脱束缚，获得短暂的自由。一个反复出现的话题，就是文学的文学性（literariness）——它与其他语言使用形式的本质区别。我们被敦促去尊重文学作品的自主性或独异性，并被警告——无论如何——不要把自己的激情、偏见、图式或意义模式强加于它。这种立场曾被认为属于"新批评"，但现在借助所谓的"新伦理学"，它再度吸引了不少追随者。这种文学伦理学受到解构主义的启发，特别关注语言的困境和矛盾，强调了我们作为批评家的责任，即尊重文本不可归约的他者性，并激赏文本反抗理解、阻挠判断的方式。正如多萝西·黑尔（Dorothy J. Hale）所言，此类批评家相信，"文学的伦理价值，在于让读者真切感受到他异性"。[24] 文学作品就像悬崖峭壁，没有为阐释提供稳定的立足点；它桀骜不驯，任何试图将之占为己有的尝试都变得徒劳。

这派的思想蕴含着一个核心洞见——批判的利刃切断了读者与文学的关联，让人们无法持久地关注作品的特质；同时，这种思想也深入阐述了文学引发迷失、不安和其他焦虑情绪的力量。[25] 然而，批评家感到，必须升起吊桥才能击退野蛮人——这种过激的反应，切断了文本与道德、情感和认知的联系，而正是因为这层联系，文本才具有能量和生命。于是，文学作品被当作一种脆弱的异域语言制品，只能由戴着手套的博物馆专业人士小心翼翼地处理。此类阅读观显然对"文学如何进入生活"这个问题三缄其口。[26] 如果说批判流于苟责,那么这种立场则显得过于虔敬——对着文本的极端他异性和不可知性顶礼膜拜;同时又蔑视众多顽固的读者,认为他们运用文本的方式是不体面或不恰当的——这类读者认同人物,迷恋叙事,并受文本的感召。纳姆瓦利·塞佩尔(C. Namwali Serpell)质疑道:是否存在一种阅读伦理,它不只是关心他者性和不确定性所具有的不言而喻的优点?

我曾经给这两种批评起了绰号,分别叫"意识形态"和"神学"风格的批评,而文学研究亟须另辟蹊径:前者将文本还原为政治工具或手段,后者则对其纯粹的不可言说性过分崇拜。这里,我的思考借鉴了实用主义和现象学,以及女性主义和文化研究。后两个领域经常关注批判中的语言游戏,但也为重新思考文学的价值提供了一些有益的资源,让文学不至于与普通读者和日常生活隔绝。例如,我在以前的一本书中曾质疑了女性主义批评家似乎牢不可破的文化形象,即她们是没有幽默感的讨厌鬼和刻薄的清教徒,总对过去白人男性的性别主义嗤之以鼻。[28] 当然,批判的形式比这种陈腐形象所暗示的要微妙得多,也更具有探索性。但这些形象所掩盖的,其实是女性主义对积极情感和文学热情的提振。通过重拾女性作家的作品,通过关注被忽视的文类、形式和主题,通过不断激发兴奋、认同和好奇,女性主义批评启迪了更多学生去关注文学研究。女性主义者是强调阐释的情感维度的批评先驱，她们把阅读作为一种具身化的实践，把文学视为一种自我塑造的创造手段。[29]文化研究大抵也是如此，它与其说是用政治取代艺术（那些心怀怨怒的批评家时常做出这样的指控），不如说是通过超越新批评对反讽、困难和含混的过度崇拜，扩大审美经验的范围。文化研究为讨论流行艺术和大众媒介艺术丰富多样的情感与形式提供了方法，并使更多的对象具有了审美意义。例如，在《爱书之情》（*A Feeling for Books*）中，珍妮丝·拉德威（Janice Radway）结合女性主义和文化研究，以丰富的现象学和社会学细节，探讨了她所说的"被书俘虏时的触觉、感官，以及深刻的情感体验"。[30]

最近，酷儿理论——这种理论长期以来都喜谈负面性及对身份的解构——已经对怀疑的至高无上地位提出了重要的挑战。伊芙·科索夫斯基·塞奇威克（Eve Kosofsky Sedgwick）关于臆想症式（paranoid）和修补式（reparative）批评风格的著名文章给了批评界很多启示，大家开始质疑批判的情感语调、智性优点，以及那种根深蒂固的风格所带来的政治回报。何塞·穆尼奥斯（José Muñoz）借鉴了传统的德国唯心主义及恩斯特·布洛赫（Ernst Bloch）的论著，呼吁对酷儿理论进行"情感复苏"——将批判与希望、激情、审美愉悦和乌托邦渴望结合在一起。希瑟·洛夫（Heather Love）的论述则颇为不同，她主张一种情感上趋于沉默的"薄描"（thin description），并将之与深层阐释（既包括批判性的，也包括肯定性的）中被削弱的人文主义对立起来。莎伦·马库斯（Sharon Marcus）和斯蒂芬·贝斯特（Stephen Best）在他们备受关注的《再现》（*Representations*）杂志特刊中，质疑了症候式阅读的做法，并呼吁重新关注审美对象的表层。（我会在后文中继续谈及这些观点。）简言之，我的论点是对当前关于批判之局限性的对话争鸣的一个补充——尽管学界对怀疑阐释学有着不同形式（甚至相互冲突）的不满。[31]

阐释学？怀疑？

我接下来要谈的，是论证中使用的关键术语。保罗·利科是一位异常多产的哲学家，他对叙事、隐喻、自我、时间、恶等诸多话题都有详尽论述。我在下文中并不会将利科应用于文学研究，或过多讨论他的阐释现象学（我对他的这一学说颇有共鸣）。[32]相反，我会用他的术语来激发思想，并将它推向与利科颇为不同的方向。事实上，有些讽刺的是，利科的

一　怀疑的利害关系

名字虽然总是与该术语联系在一起，但其实后者在他的思想中分量并不大。"怀疑阐释学"这个词可能是他最有灵感的创造，但在其著作中仅出现了几次。此外，虽然一般都认为这个概念出自他1952年出版的《弗洛伊德与哲学》（*Freud and Philosophy*）一书，但其实不然；实际上，利科是后来反思学术生涯时，才想出这个词的。[33]那么，利科所说的"怀疑阐释学"到底是什么？这个概念近年来又如何能为人文学科提供新的启示呢？

正如我们所见，利科夸赞弗洛伊德、马克思及尼采开创了一种新的阐释法。当然，他们并不是第一批向正统观念与教条主义发起挑战的思想家。关键的区别在于，由于人们更强调语言的重复性，以及符号与意义之间不确定的联系，所以激进思想家现在主张强化解码行为。他们的目的不仅是强调知识的不可靠——关于这一点，前几代哲学家已经谈论太多了。相反，这三位思想家体现了对动机的新型怀疑——他们怀疑欺骗和自欺是无所不在的。真理不是用语言来传达的，而是藏在语言的下面、背后或旁边，被加密成不能言说的东西，体现为富于启示性的口吃和顽固的沉默。社会批评家的任务是扭转日常思想的虚假性，"揭示"被掩盖的东西，把囿于阴影中的东西带到阳光下。唯有辛苦付出，意义才能被找回；它必须从文本中费力取得，而不是直接采摘。

在这个意义上，利科提及的这三位思想家参与了一项独特的阐释学工程：激进思想现在与艰辛的阐释行动相连。"从今以后，"利科写道，"寻找意义不再是为了阐明意义的意识，而是为了破译其表达方式。"[34]意义必须通过对符号的细究方可解码，这一观点证明了意义如今的紧张和含混状态。表面意义和实际意义不能重合；词语的功能是掩饰，而不是揭示；我们被套牢在语言黏稠的网中，几乎无法察觉其目的，也谈不上什么理解。意识的自满——我们笃信自己能窥见灵魂，辨别自我的真实身份——被粗暴地打碎了；事实证明，我们仍然与自我形同陌路。正如利科所说，意义的科学现在与意义的日常意识相抵牾。

此外，马克思、弗洛伊德与尼采不仅和自己时代的常识交战，也在挑战过去的压迫性力量。利科称赞他们的工作是一种激进的突破——与基于传统宗教文本研究的阐释理论分道扬镳。尽管他们观点各有不同，但共性是一种凶猛尖锐的祛魅精神——一种刺破幻想、推翻偶像、毁灭神明的欲望。在《弗洛伊德与哲学》中，利科将这种破坏偶像的勇气，与读者为了获得启示而接近文本的渴望做了一番对比。对后者而言，意义是被遮蔽的，但情形完全不同。读者享受语言的充沛,而不是哀叹语言的贫乏;文本的潜在意义"栖居"在第一层含义中,而不是要暴露、颠覆或取消后者。以这种方式进行阐释,就是让自己成为文本的受话者,聆听文本的信息或宣告,读者服从某种在场,而不是诊断谁的缺席。书面文字不是掩饰真理,而是揭示真理。这样一种"修复阐释学"(hermeneutics of restoration)充满了惊奇、敬畏、赞美、希望、顿悟或喜悦的时刻。可以说,修复阐释学和怀疑阐释学之间的区别在于,前者是掀开面纱(unveiling),而后者是揭开面具(unmasking)。

利科在这里提醒我们,在英美文学研究中,阐释的历史与理论鲜少受到关注。(甚至连伽达默尔或利科都很少出现在理论概论课中,对吧?)阐释学身上一直有着日耳曼语的陈腐气息,更不消说它还和圣经阐释有千丝万缕的联系,因此阐释学一直未能像后结构主义那样,激发出人们强烈的兴奋感。即使是意大利哲学家贾尼·瓦蒂莫(Gianni Vattimo)——此人是当今最精思多产的阐释学思想家——在主流的文学和文化研究中也鲜有人问津。法国的情况好不了多少,正如科林·戴维斯(Colin Davis)所说:"阐释学经常被简单地理解为一种神秘化的研究,目的是寻求对文学作品做出唯一正确的解释。"[35]事实上,英美批评家经常从巴黎的学术前沿那里得到教海，并大量吸纳其观点。阐释学代表了一种不被认可的"深度"阐释——水中捞月地寻找终极意义——但这种阐释如今已被更微妙、更复杂的思想形式所取代了。

基于此种背景，我以利科的概念作为穿越文学批评迷宫的牵引线，这可能会让某些读者吃惊，觉得我误入歧途，甚至完全有悖常理。难道我不记得文学理论已把阐释学的公理撕成碎片，并抛撒在风中了？在结构主义的全盛时期，乔纳森·卡勒（Jonathan Culler）曾预言，通过聚焦于结构，文学文本的阐释这一令人厌倦的工作将被画上休止符。再后来，福柯和德里达的追随者常常坚称，他们的工作在精神上是完全反阐释学的，阐释的事业也由此受到重创。

我认为，将阐释局限于对隐藏的真理一门心思的挖掘，这种说法并没有道理。正如下一章所论述的那样，深度只是文学批评家依赖的空间隐喻之一。如果把阐释设想为对非明显或反直觉意义的寻取，那么其前提显然依旧站得住脚。事实上，由于后结构主义理论的传播，批评家们非但没有放弃阐释，反而更狂热地实践着阐释，后解构主义使他们学会了高度的警觉和戒心。符号的不可靠性确保了怀疑的永续：它不再是通往真理之路上的临时驿站，而是"语言学转向之后"，批评的永久栖居之所。当怀疑变得根深蒂固，人们反过来又更执着于破译和解码。多疑之人目光敏锐、警觉性高；他们不信任表象，害怕遭到诓骗，所以总在寻找隐蔽的威胁和不良的动机。简言之：怀疑愈盛，阐释愈丰。

鉴于阅读问题已成为学术热点——近读和远读、深读和浅读——英美的文学理论界若再对阐释学传统置若罔闻，就实在说不过去了。当然，学界正在改弦更张，甚至还想大力改造阐释学。阐释学仅仅是关于阐释的理论，并没有限定要如何破译和解码文本。虽然怀疑会刺激阐释，但并非一切阐释都基于怀疑。虽然寻回隐藏的真理是阐释学的一种主张，但并不是所有的阐释学都要求我们笃信深度或基础。（例如，瓦蒂莫就认为阐释学具有虚无主义特征，因为它强调阐释的必然性和多元化。）让我们听听利科最睿智的评论者理查德·柯尔内（Richard Kearney）是怎么说的：在阐释学中，"意义是以模糊、间接、神秘、多层次、多形态的方式出现的"。或者听听利科是怎么说的：他宣称自己的阐释哲学是在论述"不透明的主体性的存在，这种主体性透过无数的中介、符号、象征、文本及人类实践本身的迂回而得以表达"。[36] 根据这一观点，阐释其实关乎冲突和抵牾，关乎中介和转译；它并不要求一个"超验的主体"或是英雄主宰的立场。利科提醒我们，阐释可以是关于褫夺，而非占有的，它既将我们暴露在文本面前，也将我们强加于文本之上。因此，本书最后一章将再度论及阐释学，把它重新想象成一种资源，而不是有待摧毁的偶像。

利科的第二个关键词呢？说当代思想大多习惯于怀疑，这到底是什么意思？怀疑作为一种整体的取向或情绪，其特征是什么？它的语气、质地、感觉和气味是什么？为什么要谈论怀疑，而不是臆想症或怀疑主义？怀疑从何而来，又以何种伪装出现？转向或远离怀疑，到底有何利害关系？

臆想症（paranoia）这个术语已经成为一个方便的标签，用于描述那种偏执的宿命论式阐释风格。对这个标签最早的批评，来自伊芙·塞奇威克的一篇著名论文，讨论的是臆想症式阅读和修补式阅读。塞奇威克评价了一般意义上的酷儿理论和文学研究，她惊讶于怀疑式阅读已经顺理成章地成为一种强制性方法，而不是诸多方法之一。这种阅读方法的条条框框越来越多，而且其结论具有高度的可预测性，它造成的影响可能是使头脑僵化，将思想推到预设的路径上，阻碍我们思考微妙的细节、怪异的矛盾和旁逸斜出之处。批评家深知那些主宰的力量都在幕后运作，于是臆造出愈来愈多关于压迫和控制的可怕场景。这些批评家就像临床上的臆想症患者，给养完全来自自身的负面性，目光如炬地拒绝希望，总能坚忍克己地发现旁人看不到的联结与后果，并以此为乐。因此，当代批判成了一套用于解释、阐释和预测的"强理论"。由于它排斥偶然性，漠视反例，逐渐变成了老生常谈，不断重新发现其悲观预言的真相。[37]

塞奇威克的文章——其论点的精微难以概论——启动了一个延续至今的反省过程。作为酷儿理论的奠基人，她居然对自己曾力推的阅读风格存有疑虑，这一变化不容小觑。该文影响深远还有另一个原因，就是它对文学研究做了大胆的重新描述。它将一个指向非理性、痴迷和偏执的诊断类型，与那种以坚毅、冷静为能事的阅读形式挂钩，这种做法极大冲击了我们惯常的认识框架。当然，谈到臆想症时，塞奇威克并不是要分析同道中人的心理隐疾，而是要描述一个精神分析概念和一种有影响力的阐释风格之间的相似之处。

近年来，人们常常提及臆想症的隐喻用法或扩展意义，譬如，批评家常将臆想症视为现代性和职业阶层焦虑的症状。[38]然而，与同行批评家不同，塞奇威克在使用"臆想症"一词描述他人时，非常清楚这种做法的悖谬之处。说别人有臆想症，其实就是在效仿自己质疑的那个过程——用负面的眼光看待负面的文学批评，摈弃彰明较著的意义，认为隐藏的真相只向自己敞开，并声称唯有自己能洞悉其他批评家的可疑或虚伪动机。在这个意义上，正如塞奇威克所言，臆想症是反身性的，具有模仿的特征；指责他人是臆想症，这本身看起来就很像偏执之举。因此，我宁愿避免使用这类术语，因为这会让人联想到临床医生在探察某位顽固病人的内心。即使批评家坚称只是在隐喻意义（而非严格的诊断意义）上使用该术语，其效果也是给阅读风格蒙上了一层病态的阴影。我们可以反对批判的某些方面，而无须贸然对其做出诊断。

如果说臆想症给怀疑式阅读披上了病态狂躁的强迫症色彩，那么怀疑主义的概念则赋予了它某种庄严感——一种崇高思想的高贵光晕。将某种观点描述为怀疑论，就是将其置于反思知识局限性的悠久传统中，这种反思一直可以追溯到古希腊时期。我们说的不再是心理疾病，而是哲学命题、认识论辩争和世界观。这里，当今的文学研究与传统的西方怀疑论（其关键人物是休谟、康德和尼采）有千丝万缕的联系，其中既有直接的影响，也有思想的亲缘性。文学理论常常假定现实世界的不可知性（外部世界怀疑论），还假定任何关于自我知识的主张都是轻率冒失的天真之举。某些词（如真理、现实、客观性）几乎从学术著作中消失了，只有加上着重引号才能使用。文学之所以受到嘉许，常常是因为它与怀疑主义意气相投,揭露了意义的偶然性、知识的瑕疵,以及语言全然的重复性和偏离性。如迈克尔·费舍尔(Michael Fisher)所言,文学批评家不仅无法认识某些事物,还竭力消弭对这些事物的认识。[39]

然而,我的研究角度略不同于这些关于真理与谬误、知识与知识之局限性的论争。怀疑的诱惑力超出了它所依赖的哲学前提;情感和风格的隐秘表达,其实和那些关于认识论的激烈争吵一样重要。此外,虽然怀疑有时会过度,变成彻底的怀疑主义,但如利科所言,另一些批评家(尤其是那些具有强烈政治倾向的批评家)质疑的是当下状况,以求为一种新的意义秩序扫清障碍。换言之,怀疑主义意味着一种世界观,一种形而上学或反形而上学。然而,怀疑是指情感的取向——它激发不同的论证方法,并非总是指向极端怀疑的无底深渊。

因此,作为含义更宽泛、更不偏不倚的术语,"怀疑"一词对研究批判的风格和情感非常合适。它指的是一种总体倾向,可以与迥然有异的政治或哲学信仰共存——或者不涉及任何信仰。"怀疑"还有一个优势——因为它是日常用词,所以可以将学术阅读的风格与广义的阐释文化史联系在一起。虽然批评家经常将他们高度戒备的心理区别于那种不假思索的信任和羊群式盲从的心态,但实际上怀疑比这种修辞所暗示的更为普通。因此,我们可以避开批判的例外主义倾向,开辟一个更丰富、更广阔的参考系。

那么,究竟什么是怀疑呢?英国心理学家亚历山大·尚德(Alexander Shand)提供了一些建议。在他"一战"期间撰写的一篇文章中,尚德将怀疑描述为一种难以捉摸的复杂态度,它是一种次级情感,由恐惧、愤怒、好奇和厌恶等基本情感构成。它是一种朝向坏事而非好事的情感,鼓励我们对他人动机做出最坏的揣测——无论理由是否充分。尚德推测,怀疑最初是一种有助人类生存的生物功能,它使得我们保持警惕和警觉,留意潜伏的捕食者和其他危险,当人们感到自己或爱人受到攻击时,这种怀疑就会变得强烈。怀疑同时还指向未来,可以预测和猜想可能的动机,让人们提防尚未到来的危险。因此,怀疑关乎"一种普遍且刻意的秘密防范,以应对凶险的可能事态,这种特点是其他情感所不具备的"。[40]

尚德强调怀疑是由视觉和阐释驱动的——这些都有助于解释为什么它与学术思想结合得如此紧密。它要求人们提高警觉;我们不自觉地检视周遭环境,寻找可能的危险,或密切关注敌人。尚德贴切地引用莎士比亚的句子——"我们将

一　怀疑的利害关系

要终生被怀疑的眼光所眈眈注视"[1]——强调视觉上的高度警觉，以及敏锐的注意力，这些都是怀疑的典型特征。这种心态里绝不容许有分心、放松、自在或无所谓。相反，我们总是在"观望"——审视、扫描、搜索、调查、观察、凝视、检查。这种看，不是愉悦陶然、忘乎所以的屈从式凝视，而是对信息敏锐不倦的猎取，因为我们要超越表象，找出隐藏的危险。换句话说，既对某些东西保持警惕，又对它的存在异常关注。

在这个意义上，怀疑是由相互抵牾的目标所驱动的。一方面，我们不信任某人或某事——忍不住去避开潜在的危险源；另一方面，又被迫密切关注自身的困扰，以便为可能发生的攻击做好准备。了解你的敌人！我们在身体上接近，而在心理上则保持远离。这种态度是戒备的、紧张的、警惕的、防御的。这里，怀疑的特点是持久的耐心和反思，它有别于那些初级情感，如恐惧或愤怒。我们对他人的意图心存疑虑，必须去评估、思索、权衡事态。因为我们确信事情并非看上去那么简单，所以我们感到必须去解码破译，超越显在之物，引出未见或未言的东西。如前所述，怀疑从根本上说是一种

---

[1] 出自《亨利四世（上）》第五幕第二场，原文是"suspicion all our lives shall be stuck full of eyes"。（本书脚注均为译者注。）

符号学意义上的情感,其关键是将现象作为符号来处理。

到目前为止,这一切都没问题———但尚德的文章也提醒我们注意,日常意义上的怀疑和它思想上的分身迥然有别。他指出,怀疑是疑虑和不确定的同义词,源于知识的缺乏。毕竟,对某事产生怀疑,并不是为了获知事实:它是揣度和猜测,而非为了确认。对某人动机的不信任,会因为担心自己疑而无据,担心贸然定论而雪上加霜。毕竟,做出错误的指控,可能会带来灾难性的后果,就如滥信和天真的下场一样。正是因为如此,我们才会被自己的怀疑所折磨,在复杂的情感混杂中又加入一层焦虑。

这种煎熬之苦在阿尔弗雷德·希区柯克的《深闺疑云》(*Suspicion*,1944)中得到了难忘的展现。观众受邀进入富有而古板的女主人公(由琼·芳登扮演)的世界,她对自己的处境和新近的婚姻左右为难。她的丈夫(由加里·格兰特扮演)到底是一个本质上心地善良的无能之徒,还是圆滑阴险、密谋杀妻的变态狂?片中有一个著名的黑色电影场景:他端着一杯热腾腾的牛奶(下毒了?)上楼,走向妻子,他的身体被蛛网状的阴影所包围;第二天早上,这杯牛奶仍然放在她的床头柜上,没动过。希区柯克创造了一个世界,在这里,最普通的居家物件都被转化为含混而可怕的象征物。这

一　怀疑的利害关系

部电影将怀疑层层叠加，敦促我们不断保持警惕，同时也让观众质疑自己的仓促结论。这不仅是对怀疑的现象学做出的描述，也是一种扣人心弦的重现。[41]

因此，在希区柯克的电影中，"怀疑"意味着生活在一种备受煎熬的不确定状态中，意味着对同一事件的矛盾解释难以取舍。我们正是在这个意义上谈论如何消除怀疑的。用尚德的话说，这是"从对怀疑的疑虑，到确定的知识"。[42]然而，这种描述似乎不太适合作为一种批评方法的怀疑阐释学。这种方法毕竟不排斥知识，而是受到知识的启发——这就是专家读者所声称的对秘密或反直觉意义的洞察。这类读者很少担心疑而无据；他不可能撤回或懊悔自己的怀疑；不会在夜里辗转难眠，担心文本可能是全然无辜的。事实上，蒂姆·迪恩（Tim Dean）等批评家要批驳的，正是这种言之凿凿的态度，他们担心怀疑式阅读会助长一种错误的自信和优越感，从而使批评家无法触及艺术作品真正的陌生感和他者性。[43]这样一种态度当然与希区柯克的女主人公所处的状况相去甚远，因为后者是极度焦虑的，她纠结于对丈夫反常之举的矛盾解释。当在生活或法律中谈论某人被"怀疑"时，我们承认此人状态的含混性和不确定性，也承认自身知识的局限——毕竟，他或她可能被证明是完全无辜的。然而，作为一种学术

063

阅读的风格，怀疑阐释学认为它的警惕性是合理的。在某个地方，总有某个东西——文本、作者、读者、文类、话语、学科——已经犯下了某种罪行。

怀疑的前史

是什么让我们确信文本不怀好意？是什么让我们相信，一定有什么阴暗或险恶的事情在发生？虽然我的论点并非主要基于文化史，但至少有必要承认，怀疑式阐释是一个相当广泛的领域。批判作为一种边缘的、反对的或激进的实践，常常声称自己具有特殊的地位。将批判重新定位为多种怀疑式阅读中的一种，就是要打破这种二分法，将其置于话语和倾向的分散网络中，展现出批判的诸多前例，并承认它与其他词语和领域的密切关联。一旦这些中介和转译被纳入视野，那么批判的图景就显得相当不同了。

简而言之，批判的历史并不是一条单一直线，从马克思、弗洛伊德和尼采开始，再进入当代美国研究生的课程中。研究方法的派系和影响很少会如此简单明了或直截了当。传统的思想史常常让人觉得思想风格的形成似乎完全取决于几个天才哲学家的头脑，然后再被遗赠给那些毕恭毕敬、感激涕零的受益者。然而，怀疑式阅读并不只是从三位著名"怀疑大师"的头脑中形成的。它的谱系脉络更加多样——它从多种环境中产生，既遵从集体的形式和机构的规范，也涉及各色各样的行动者和人物。思想、态度、情感既是从下而上，也是从上至下的，跨越文化和政治的界限，并缓缓进入不同的地方和空间。让我们简要看看怀疑式阐释前史的四条重要线索。

我们提到过哲学怀疑（philosophical suspicion）的传统。在解释文学批评家为何迷恋质疑精神时，人们往往最先想到这一传统。毕竟，这种精神常常被誉为现代思想史的驱动力与精神引领。在利科所言的弗洛伊德、马克思与尼采之前，有将怀疑奉为哲学方法的笛卡尔，还有以"敢于知道"（Sapere aude）的训令而著称的康德，他倡导的批判性质问与自我质疑的立场广受称誉，被认为能够帮助人类从自我加诸的监护状态中获得解放。早期现代欧洲的知识文化中激荡着一种令人振奋的哲学觉醒，人们认为理性离不开批判行为，追求真理就需要扫除过去的幻觉和迷信。从历史和词源上看，批判和危机是密不可分的。[44]

当然，启蒙思想家和后启蒙哲学的传统还是有区别的，因为前者认为自己的怀疑论或疑虑符合理性，而后者则把理性概念本身置于严苛的判断之下。在后一种情况下,批判渐渐被转化为一种"永久的躁动",以及对既定之物的颠覆,其运作是万世不竭的。[45]特别是尼采的思想,它强化了语言的虚幻错谬之感,甚至在20世纪的批判理论中,学者们对社会生活的深层异化进行了严厉的细查。在最具影响力的批判流派(包括法兰克福学派和"后68"巴黎派思想)中,批判都具有坚定的政治性和哲学性,同时还带着一种准悲剧的感觉,痛批虚伪矫饰和无病呻吟。用迈克尔·沃尔泽(Michael Walzer)的话说,现代批评家的专长就是发牢骚。[46]即使其观点是为了寻求最终的救愈,他们重复最多的也依然是怒斥社会。他们的不满证明了自己的明察秋毫;他们对普通生活的忧郁疏离(这一点在阿多诺这样的人物身上体现得淋漓尽致),是为这种敏锐的感知付出的代价。同时,那些不愿意参与批判的,则被指责为对传统生活有着陈腐的眷恋。在现代思想的时间意识中,这种眷恋心态是可耻的,因为现代思想把未来看成对过去的失败的拯救。正如罗伯特·皮平(Robert Pippin)所说,现代性把自身视为一波波激浪,其核心是批判、谱系、揭秘、拆解,以及知识和审美的革命。[47]

此外,从19世纪末开始,一种文学怀疑(literary suspicion)日益成为焦点——这种怀疑是由哲学反思塑造的,但两者颇为不同。文学不仅是参与批判——对社会风俗进行尖锐的评论，或者思考自我知识中令人痛苦却不可避免的限度。在被称为现代主义的实验浪潮中，作家迷恋于那些系统地阻碍读者轻信字面意义的形式技法。怀疑不仅关乎内容或主题，不仅表现为孤独的叙述者或厌世的人物所持的悲愤看法。相反，它还通过文学媒介的特性，激发读者的疑心。打开一本书，读者面对的是一系列令人困惑或矛盾的信号，需要密集的破译行动。读者被迫去逆文本而读，质疑动机，搜寻隐线。正如玛格特·诺里斯（Margot Norris）在谈及詹姆斯·乔伊斯时所指出的，怀疑和阐释上的忧虑是文学文本主动挑起的，而不是由外界强加在文学文本之上的。[48]

思想偏于传统的批评家为了捍卫正典，就把怀疑式阅读归咎于政治正确和理论的腐蚀性影响。具有反讽意味的是，恰恰是文学本身，而非对阿尔都塞或德里达的过度依恋，教会了读者小心翼翼、疑虑重重地去阅读。与其说文学作品是怀疑的无辜受害者，不如说它积极煽动并实施了怀疑。我们学会从字里行间读出端倪，这与现代艺术作品的手法有很大关系：不可靠的叙述者、相互冲突的视角、破碎化叙述和元小说手法，这些都提醒读者去提防文字，因为它隐瞒而非揭示了真相。读卡夫卡就足以让人变得疑神疑鬼了；贝克特的文本预见了后结构主义的诸多原则。多疑的作家带来多疑的读者，而且前者经常教后者如何去怀疑。事实上，近几十年来很多被视为理论的东西，都是对文学艺术中现代主义的经典主题的重复、修改和延伸。[49]

利科本人亦谈过文学形式的问题，但甚少有人将之与他的哲学阐释学联系起来。在《时间与叙事》（*Time and Narrative*）中，他写道："最具腐蚀性的文学作品，可能会塑造一种新型读者，一类疑心很重的读者，因为阅读不再是在可靠叙述者的陪伴下进行的值得信任的航行，而是一种与隐含作者的斗争，一种引导读者回到自身的斗争。"[50]现代叙述者的视角总是模糊自欺的，这迫使读者采取一种新的警戒立场。不可靠的叙述者不仅是形式手法，也是文化触媒，训练读者扮演审讯官的角色，质疑他人话语的可信度，也许最终还会质疑自己。诸如《地下室手记》《螺丝在拧紧》（*The Turn of the Screw*）、《微暗的火》（*Pale Fire*）和《长日留痕》（*The Remains of the Day*）这样的作品，代表了一支由欺骗或自欺的叙述者组成的虚拟舰队，教会读者无视字面意义，或钻到字面意义的背后。叙事省略、反讽并置、文体或语气的前后不一，都提醒我们不能信任文字。怀疑是文本的一种约请——事实上也是要求——它成了唯一可行的方式，帮助读者应对那些可疑的陈述、不可靠的自圆其说或自相抵牾的视角。因此，文学作品对其读者进行了怀疑阐释学的训练——这种阐释学随后可以发挥作用，以质疑作品本身的神圣权威。

然而，在追踪怀疑情感的发展轨迹时，还必须把网撒到哲学和文学这些明显的嫌疑对象之外，并发现其他重要的行动者。尚德在反思20世纪初的动荡与暴力时，担心怀疑的蔓延正在破坏"阶级间的和谐合作"。他宣称，过度的怀疑对共同体和集体生活产生了灾难性的后果：它激发了整个欧洲的革命倾向，分裂了政治体，成为政治异议的催化剂。尚德所哀叹的，正是后世批评家们所赞美的——将怀疑与大众抵抗的历史联系起来。他承认，那些"被欺骗和掠夺的"人更有可能误信他人的动机。在这里，我们可以说还存在民间怀疑（vernacular suspicion）的历史，它常常在传统思想史的雷达侦测范围之外。

换句话说，个人不需要参考弗洛伊德或翻阅尼采，就能知道语言是不可信的，知道语言可以为权力服务。这种知识也来自经验的严酷打击，因为那些受压迫的无权势者备受生活的欺辱。仆人常对主人的承诺持怀疑态度；工厂工人学会了对老板的话留心眼；非裔美国奴隶发展出了一套隐语，以表达对奴役他们的那些人的不屑。这里，米歇尔·德·塞尔托（Michel de Certeau）的精彩论述让我们感同身受。这些策略（tactics）体现了他所说的"弱者的艺术"（art of the weak）：通过各种小型突袭、回避和躲闪，个体在无法控制的领域获得短暂的优势。[51]在这种情况下，怀疑渗入了日常生活的基本结构中。

由于害怕报复或惩罚，下属不太可能在公开场合表达异议；其表达方式总是隐晦易变、谨慎小心的。人们凭借道路以目表达对高位之人的不信任，这种心态在神话、歌曲和笑话的口述传统中代代相传，故意磨蹭或装疯卖傻都传递了这种策略。它构成了詹姆斯·斯科特（James C. Scott）所说的"潜隐剧本"（hidden transcript），即一种从幕后发出的批判，它是在优势群体身后发出的低语。[52]这种对显著意义的勇敢质疑，与利科所说的怀疑阐释学有相似之处——尽管前者没有以连贯的哲学体系进行表达。在一种不公平的竞争环境中，不信任的文化成为自我保护的策略，激发了人们对虚假承诺的警惕，导致了一种不满或厌倦的怨恨态度，隐晦嘲弄了位高权重之人的自以为是。对事物现状的口头赞同，与根深蒂固的戒心和愤世嫉俗的怀疑，就这样心照不宣地并存了。

在重大时刻，这些隐藏的怨恨会浮出水面，发展为明目张胆的反叛和公开表达的异议。在19世纪末和20世纪，新的社会行动者——工人、妇女，以及种族、民族和性少数群体——纷纷进入公共领域。民间的怀疑传统现在被一种新的政治批判语言所覆盖，这种语言是锋芒毕露的，而且有着对抗性。用埃内斯托·拉克劳（Ernesto Laclau）和尚塔尔·墨菲的话说，从属的状态被转化为对抗的状态。也就是说，当被褫夺权利的群体对那些自诩为高等人的精英投以怀疑的目光时，这种不信任在某些特定的时刻会转化为一种明确的政治习语，即使用一种对立的身份和声音，要求获得自主和平等。反抗不再是偷偷摸摸的，而是自信的、集体的和公开的。[53]

当人文学者认为怀疑本质上具有煽动性时，他们脑海中浮现的就是这段历史。正如第四章所言，批判是正当的，一个最主要的理由是其政治主张"来自下层"，是表达底层被压迫者利益的渠道。然而，民间怀疑鱼龙混杂，不太具有党派性，它存在一个广阔的观点光谱。例如，它目前所采取的形式通常不太可能获得那些任教于伯克利或伯贝克[①]的教授的同情：右翼民粹主义，敌视大政府，对多元文化主义表达草根阶层的反对，将移民视为替罪羊，对阳春白雪的知识分子嗤之以鼻，并不遗余力地攻击他们是学术冒牌货。布鲁诺·拉

---

① 指的是伦敦大学伯贝克（Birkbeck）学院。

图尔质疑，当法国农民知道"9·11事件"其实是内外勾结所致，当整个行业都致力于证明阿波罗计划从未实现月球登陆，批判会处于何种地位？当真理的社会建构性这一论断被当成否认全球变暖的证据，被用来诋毁科学界的动机，批判将何以为继？当我们谈到如何应对紧迫的社会和生态问题时，看到的仿佛是过度的不信任，而不是过剩的信仰。"也许我把阴谋论太当真了，"拉图尔写道，"但阴谋论其实是一个疯狂的混合体，这里面既有膝跳反应式的怀疑，也有对证据的严格主张，还有对虚无缥缈却蛊惑人心的社会解释的滥用。这个混合体采用了许多社会批判的武器。当然，阴谋论是我们自身论点的荒谬变形。但是，就像穿过模糊的边界将武器走私到错误一方那样，这些东西毕竟还是我们的武器。"[54]在这种情况下，堆砌更多的怀疑论，真的对我们有益吗？

简而言之，怀疑的立场本身并不具备天然的进步性——而且，也不具有本质上的边缘性和反对性，甚至根本不稀罕。几十年前，彼得·斯洛特戴克指出，流行文化中那种愤世嫉俗和异化疏离的语气越来越强烈了。他认为，由于这种"时髦苦涩"（chic bitterness）的氛围，知识分子那种成功揭露阴暗面的策略愈发显得多此一举。[55]这种揭露策略所依赖的反差——大众群体的轻信心态与知识分子怀疑论所发出的孤勇声音之间的反差——不再那么震撼人心。电视剧和脱口秀中到处都是反讽和不敬；阴谋论在互联网上四处滋生；时尚和音乐中充斥着淡漠沉静和厌世之感。当许多人不再认同连贯的意识形态，当人们对政治家和公众人物的动机普遍感到幻灭，当"人人都知道"有种隐藏的力量在决定我们的思考和行为方式，此时此刻再对意识形态祛魅又能有什么作用呢？杰弗里·戈德法布（Jeffrey Goldfarb）写道，根深蒂固的怀疑——实际上，正是通过怀疑，现状得以合法化——弥漫当代文化；愤世嫉俗是富人和穷人的共同情感。[56]在这种情况下，人们所熟悉的那种精明与愚蠢、批判性的启蒙者与羊群般的天真大众之间的分野，彻底失去了吸引力。

此外，还有最后一块拼图往往被忽视了，也许是因为它就在身边。学术文化是由独特的礼仪和行为所支配的，包括一种我们称为职业怀疑（professional suspicion）的立场。也就是说，存在一种超然的、冷静的、怀疑的举止，它已成为现代知识传播者的重要姿态。这样的举止能带来真正的好处，我们不能轻描淡写地将之贬低为一个职业化的新阶级在自私地追求地位和声望。[57]然而，它与专家的思想和实践密切相关，所以很难总是把批判视为边缘性、抵抗或底层政治的同义词。批判是当代"知识工作"的一种形式，它的价值基石是客观的分析、职业的自律和专门的技能——批评家尽管质疑这些特质,却在自身的话语模式中复制了它们。[58]

以侦探的形象为例,它是 19 世纪形成的"怀疑的科学"(science of suspicion)的原型。正如第三章所说的那样,侦探代表了一种新型专家——他能够解码犯罪活动的蛛丝马迹,并将线索转化为原因和动机的语言。犯罪学(criminology)这门新学科应运而生,它要求破译刑侦细节,甚至当审讯在刑侦工作中变得愈发重要时,也需要警察去解读嫌疑人不自觉的手势,或转瞬即逝的表情变化,而正是这些细节让隐藏的真相浮出水面。测谎仪的发明,是这种制度化怀疑的一个典型例子,新技术被用来提取犯罪心理的隐藏秘密。现代法律体系建立在普遍的不信任基础上,它假定存在隐藏的不法行为需要被发现:伪造的文件、欺骗性的证词、隐蔽的罪行。怀疑遍布法律实践的方方面面,塑造了法律条文、推理形式和科层程序,促成了监视、调查、审讯和起诉等行动。它导致了新型物件的激增和复制:卷宗、文件、档案、清单、统计数据、照片、规则、备忘录、标本。正是在这里,利科对怀疑阐释学源头的哲学论述出现了偏差。这样的阐释学并不只是三位"说不的英雄"头脑中的产物,不是这些特立独行者深夜独自在书房中鼓捣出来的。它还是一种更广泛的文化情感，由科层制潜移默化的行为所构成，是实践和姿态的松散组合，并通过现代国家的法律和行政部门扩散到了整个社会。简言之，怀疑没有人们想象的那么英勇，它其实更为平淡寡味、循规蹈矩。

当然，在这种情况下，怀疑的情感力量被削弱了；它现在是官方法定的一种态度，而不是个体神经症、哲学怀疑论或政治异见的标志。侦探或刑事检察官的怀疑往往不形于色：它是一种奇特的非情感化的情感，在某些重要方面与现代专家那种招牌式的疏离态度有相似之处。19世纪末，各种职业的兴起使一种独特的举止得以产生：冷静之人专注于特定任务，不被无关之事干扰。沉着成为一种能力，让我们超越个人忠诚或政治忠诚之间的拉锯，致力于让特定的专业知识技能和流程日臻完美。最重要的批判标准是熟练程度和专业能力，其定义依据来自普遍认同的科学客观性。洛林·达斯顿（Lorraine Daston）和彼得·加里森（Peter Galison）指出，这种文化风气既不是幻觉，也不是普适的理想，而是随着时间的推移而变得愈发清晰的独特取向：一种"通过训练和日常重复，变得根深蒂固的姿态、技术、习惯和气质"的组合。[59]

福柯式批评家经常试图戳穿这种超然理想的假象——尽

管如此，这种理想仍然是他们自己写作的主要基调。一方面，客观性的理想——连同真理或理性等相关概念——可追溯到现代权力制度身上，因此被或隐或显地予以否定。另一方面，这些批评家采取了一种所谓"程序客观性"（procedural objectivity）的立场，这种立场屏蔽一切情感，抑制个人的怪癖冲动，并避开第一人称的声音。换句话说，即使客观性在内容层面上遭到了批评家的无情质疑，它也以文化气质的形式再度出现，表现为作者对自我的擦除和刻意为之的非人格化。正如第四章中所言，批判所喜的往往是一种冷静淡定的反思性语调，而非焦躁不安的谴责。中立的表象可以产生强大的修辞效果；当学者没有个人企图时，政治分析似乎更具说服力。在这方面，当研究维多利亚文学的批评家在《大卫·科波菲尔》或《小杜丽》中追踪隐蔽的权力谱系时，他们与侦探在犯罪现场扫描埋藏的线索，或临床医生在病人身上检查病理迹象并无二致。在此类情况下，专业的阐释技能和冷静的举止都是专家权威的标志。

最后，我们应注意在当前的文学批评中，还有一种审美版的职业超然态度。就像科学客观性一样，艺术自律（artistic autonomy）这个观念有其复杂的历史，它作为一种关系模式，体现在物和精神之中：机构和物品（博物馆、研究领域、文学奖）的形成，以及对艺术品态度的塑造（布迪厄称之为"纯粹的凝视"，这种凝视认为一首诗或一幅画是"作为艺术"与之前的作品发生关联，而不是借助直接的道德、社会或实际收益）。[60]这种关系模式的分布并不均衡平等；艺术自律的主张似乎对艺术家、作家和评论家的专业圈子更有说服力，而对那些不太在意艺术与日常生活之间距离的普通观众来说，则并非如此。[61]它的特点体现在一系列典型的人格面具上：康德式主体的无功利性判断，以花花公子和时髦贵族为代表的19世纪唯美主义者，疏离于普通生活的喧嚣并就此陷入沉思的现代主义作家，与普通读者的印象主义判断大相径庭的新批评式冷静。这些形象都说明了一种艺术观，即艺术通过专业标准、反应模式和判断形式来设定自己的议程。

当前，人们对这段历史的态度明显是矛盾的。与康德哲学或新批评有关的思想目前在文学和文化研究中应者寥寥。相较之下，玩世不恭的姿态则效仿者众多，这不仅归因于酷儿理论，也得益于人们对剧场性、戏仿和表演的兴趣倍增。花花公子洒脱不羁的做派，既有刻意为之的距离感和审美天赋，又有智语机锋的语言火花，从而契合了某类知识分子的脾性。如后文所述，批判越来越多地采取了一种艺术与自然相抗争的形式，其中"去自然化"（denaturalizing）的行为被认为是学者最迫切的任务。这里，花花公子绝佳的自我意识和对过度感伤的蔑视，完美契合了学术界的时代精神，使得批评家能够与主流保持怀疑的距离，而不至于重提"理性"和"真理"这样的严肃字眼，或转向对艺术的过时崇拜。[62]

因此，将这些怀疑的脉络梳理清楚，可以更全面地了解影响当今批评的各种因素。这也有助于解释批判身上的自信心——它满心认为戒备心态和不信任是合乎情理的。过去几十年来，文学研究的变革常常大受称赞，被誉为与愚昧过去的决裂。然而，批判的很多观点都来自过去的模式。它的实践者大可以放心，批判思维没有任何异想天开、任意妄为或反复无常之处，而这要归功于怀疑式阅读丰富的前史。无论它如何吹嘘批评家的孤独或疏离，批判也还是一种集体行为——跨越时间和空间，从一个共同体的"我们"身上汲取力量。批判并不是简单地切断、疏远或隔绝，也是在收集、组成和聚拢；它围绕着一种感情、思潮和阅读实践，创造出想象的或真实的共同体。

这一点值得强调，因为批判挑战规范、反社会的特征被其支持者和反对者赋予了极大的权重。例如，迈克尔·沃尔泽批评米歇尔·福柯的政治，并将之称为"孤独政治"

一　怀疑的利害关系

(lonely politics) 时，该术语显然未能准确描述这位重要知识分子的影响力。[63] 鉴于福柯有如此众多的拥趸、门徒、信徒、"粉丝"和热衷者，他的政治称不上"孤独"。这一看法可以拓展开来：批判性立场是与志同道合者建立联系的手段；超然疏离的时代精神可以激发很多人由衷的依恋。正如第五章所说的，任何形式的思想——包括批判——都必须聚拢支持者，建立路径，产生联盟，创造网络，以维持其存在。即使它的情感特征是警惕的、怀疑的或负面的，它也仍积极致力于围绕一套特定的思想，吸纳盟友，建立联盟。虽然它可能反对家庭化，批判本身却成为一个顶棚、一个住所、一个休憩地、一个家。

…

我们已在文学研究的学科腹地徘徊了许久，希望对当前的批评方法提供一个崭新的视角。扩大怀疑式阅读的空间坐标和时间坐标，需要重绘大脑地图并对熟悉的地标进行重新定位。最重要的是，这让我们得以重估批判的谱系，而这个谱系常常是选择性的，不乏自夸成分。可以说，批判思想包含了自身问题的答案：作为一个高度规范化的概念，它知道自己是特殊的、有争议的、反对的和激进的。相比之下,任何不属于批判的东西,都必须归入轻信的、顺从的和被收编的一方。简而言之,批判需要其对立面以支撑自身的优点——这个陪衬物就是具有支配地位的强力系统,然而当批评家用语言去曝光其阴暗面时,这个系统却又出奇地脆弱。

一旦将批判放在更广泛的阅读实践中进行比较思考(而非对立思考),这种二分法似乎就不那么可信了。事实上,怀疑的情感有着各种伪装,在许多不同的环境中出现。无论是检察官和专业人士,还是无政府主义者和先锋派,他们身上都存在这种情感;无论是警察或强盗,还是气候变化怀疑论者或酷儿理论家,他们都很喜欢怀疑。简而言之,怀疑与世界紧密相连,而非与之截然对立,并且怀疑未见得就会带来思想洞见、政治美德,或涤净意识形态。我这里的观点与克里斯蒂安·索恩(Christian Thorne)最近提出的一个看法相关:各种形式的怀疑主义或反基础主义皆没有内在的或必要的政治效果。[64] 这种重构(reframing)的后果不仅是"负面的"——证明批判并非外在于权力关系、制度结构或日常生活中习以为常的定规;相反,它也是"积极的"——我们可以借机把那些长期被斥为批判性不足的思想从冷宫里拉回来,证明它们可能值得关注。

一　怀疑的利害关系

本书最终希望可以尽力摆脱那个牢牢囚囿我们的两难困境。当证明自身合理性时，批判总喜欢用非此即彼的图式：如果不去怀疑，就必须顺从；如果不去批评，就注定是非批判的。然而，批判的替代选项并不限于轻信盲从和奴颜婢膝。我们有理由质疑将批判等同于"真实"政治的做法——这是一种障眼法，它将所有其他形式的思想放逐到西伯利亚，那里是由寂静主义（quietism）、共谋、保守主义或更可怕的东西构成的荒原。我们还将质疑苏西·林菲尔德（Susie Linfield）所说的那种"把长期消极等同于勇敢智慧的错误想法"，即认为天生的怀疑者比别人更聪明老练。[65]然而，为了揭穿这种造假，我们首先应该仔细研究批判的风格和情感：这是接下来两章的主题。

二 朝下挖，靠后站

我们应该近读，还是远读？潜入，还是回撤？是钻进文本内部，还是沿着文本表面掠过？由于最近学界热衷于对方法的讨论，空间隐喻现在成了文学之辩的前沿及中心。批评家们对接近或远离的潜在后果颇为纠结，并深入思考了表层和深度的优劣。这样的隐喻不仅仅是图像，而且是作为理念的图像，它通过简单可视的文字图像，传达概念和信念。批判是围绕着修辞进行的，而论证则依赖于某些隐喻性的蕴涵。在本章里，我将探讨那些疑心重重的批评家如何以文本深度和文本表层为譬喻来表达主张。这些譬喻是如何揭示批判实践的呢？

近年来，隐喻备受宠爱；它不再只是一种点缀技法或矫饰之道，而被认为是不可或缺的思想工具。毕竟，隐喻借他物来思考——它是一切比较或类比思维的基础。隐喻把不同的、不相关的东西结合在一起，开辟新的思考和观看方式。隐喻是一种定向装置，将抽象的想法与更有形、更可把握的现象关联起来，将陌生的与已知的编织在一起。从另一个角度看，隐喻让我们能够说出以其他方式无法表达的东西。它们深植于语言中，运用时轻而易举。[1]有些批评家研究隐喻，但其实所有的文学批评都取决于隐喻，或更准确地说，取决于隐喻群：图像的星丛，譬喻或修辞格的家族。

虽然人们免不了会用到隐喻，但重要的是使用何种隐喻。对于手头的任务来说，有些特定的修辞更有效，有些则效果不佳；类比有助思考，却也能让它翻车。隐喻既能突出对象，也可以隐藏对象，它让某些东西生动显现，却将另一些埋在阴影里。在这个意义上，隐喻既涉及语言的创造，也涉及语言的习规。新颖的隐喻在建立联结、让我们诧异的同时，也展现出别样的观看方式；陈旧的隐喻则使大脑运作变慢，使其变得迟钝死板。修辞格可能变得根深蒂固，难以动摇，它拥有自己的生命，决定了我们看什么和怎么看。因此，人们被自己的图画所挟持，被自己的譬喻所形塑。

在文学和文化研究中，这些图画经常将读者和文本置于空间模式或配置中，编排两者的位置和互动。提到阅读行为，我们脑海中浮现的要么是距离的鸿沟，要么是亲密的接近：我们要么以崇敬之心仰视文学作品，要么以严厉的谴责态度俯视它；要么认为分析工具可以深入文本罅隙，要么用它敲打文本光滑坚硬的表面。这样的形象刻画概括了批评家如何看待阐释，也形成了某种对读者、文本和世界之间关系的看

二 朝下挖，靠后站

法。然而，这些空间隐喻不仅传达思想，也表达了某种潜意识，关乎依恋或脱离、亲密或疏远。空间隐喻促使我们采取特定的态度，因此当读者打开一本书时，这本书已和读者的心理预期纠缠在一起，可能是恼怒或希望、共情或怀疑。

我这里关注的，是两种极具影响力且广泛传播的怀疑阅读模式。第一种区分了显性和隐性、公开和隐秘、被揭示的和被遮蔽的。阅读被想象成向下挖掘的行为，以求抵达被压抑或掩盖的现实。批评家就像勇敢的考古学家，在坚硬的多石地带展开挖掘行动，经过艰辛的努力，找到了有价值的宝物。文本被设想为具有内部性、隐蔽性、可穿透性和深度；它是有待掠夺的对象、有待解决的难题、有待破译的象形文字。相比之下，第二个隐喻群强调的是实现陌生化的行为，而不是发现。文本不再由地层组成；批评家不是往下钻，而是靠后站。批评家不是拂过表面的意义、追求隐藏的真相，而是紧盯着表面，通过沉静的凝视，使其变得可疑。可以说，洞察是通过疏远而非挖掘来实现的，它借助反讽超然的腐蚀力，而非强力的阐释。现在，批评的目标是使文本"非自然化"，通过阐述它所属的状况，以揭露文本的社会建构。

第一种方法与弗洛伊德和马克思主义的传统有关，第二种则涉及更后期的后结构主义的影响。我们比较这些阅读方法时，常常强调它们思想政治上的差异。使用前一种方法的人，敢于批判意识形态，致力于寻找隐藏的真理；使用后一种方法的，是停留在文本表层的反讽主义者，他们不信任一切确定性，放弃批判的权威。这两类批评家之间多有抵牾争论，然而两者在批评情绪或感性层面的相似之处却常被忽视。毕竟，两种方法都试图通过分析，将文本置于独特的尖锐视角下，对错误观念进行识别和分类。两种批评家都对文本怀有戒心，不希望陷入其中、流连忘返；他们引以为傲的，是自己的隐忍冷漠，是对文本内容的淡然处之。

《再现》杂志近期出了一辑专刊，题为《我们现在如何阅读》，引发了一场关于深度阅读和表层阅读孰优孰劣的大讨论。这期特刊的主旨，是对症候式阐释进行一次盘点，并与之分道扬镳。本期作者对深度阅读的方法论前提（相信文本有隐藏的深度，文本拥有无意识，或显示出症状）持怀疑态度，并质疑了它的政治逻辑，即破译这些隐藏意义是一种起义，或是对压迫力量的回击。对于本期的编者斯蒂芬·贝斯特和莎伦·马库斯来说，转向表层——这会带来物质、形式、情感和道德方面的潜在后果——提供了这种挖掘式批评实践的替代方法。"我们所认为的表层，是指文本中明显的、可感知的、可理解的东西；它既不被隐藏，也不隐藏他物；在几

二 朝下挖，靠后站

何学意义上，它有长和宽，但没有薄厚，因此不具备深度。表层只是我们观看的对象，而不是需要刻意看透的对象。"他们认为，对表层的关注会促进我们耐心描述，而不是强力阐释。转向表层将让批评家更谦卑，更愿意探究文本本身。文学批评不再是用还原论或工具主义的方式对待艺术作品，并将其纳入某个想象性的政治议程。这种对艺术作品的重新关注，并不意味着寂静主义或妄自尊大，它本身可能会成为"一种自由"。[2]

《再现》的这辑特刊为开展文学方法论的对话提供了一个契机，体现了学术期刊重要的公共服务职能。我同意贝斯特和马库斯对症候式阅读的批评意见，尤其是他们强调"观看"(looking at)，而非"看透"(seeing through)。我认同的另一点是，批评家急于展示破译隐藏意义的技巧，却往往未深究文本的字面意义——从而忽略了一些看似明显但值得密切关注的东西。然而，我不太确定的是，表层这个隐喻是否能很好地描述他们所指明的新方向的优点。毕竟，表层和深度之间的摇摆是美学界熟悉的主题，两者之间是互补关系，而非互斥。[3]对深度的不信任，也贯穿了近几十年的批判理论，正如下文所言，理论转向表层并不意味着阐释的终结。虽然后结构主义批判拒绝承认隐藏的真理，并反对盲目天真地追求终极意义，但它仍然参与了我所说的次层阐释学（second-level hermeneutics）——它是一种超越个体文本的阅读方法，目的是破译文化生产的宏大结构。这些结构被批评家仔细审查，以求得出反直觉的且常常尖刻的洞见。因此，后结构主义批判明显参与了阐释。我们可以修改或完善阐释学，但不能将之彻底消灭。

我认为，批评家的态度、时代精神或情感立场，与表层或深度隐喻的心理依恋之间，并不存在必然的关联。深度阐释不一定意味着敌对立场，例如，宗教信徒在崇敬和喜悦的状态下，也能仔细研读神圣文本的奥义。相反，对表层的兴趣并不能使人们自动摆脱怀疑的束缚；事实上，正如下文所述，表层阅读常常流于一种过度警惕、极不信任的立场。表层阅读也可以像挖掘潜在意义的批评方法那样多疑（其实，前者有过之而无不及）。

在地下

为什么批评家开始使用同情、压抑、焦虑、否认、裂口、缝隙和裂缝这样的词语？其目的又是什么？从 20 世纪 70 年代开始，这些习语逐渐渗透到文学、电影和文化研究中，同

二 朝下挖，靠后站

时也使人们相信，批评的主要任务是将表面以下的东西暴露出来，使其变得可见，并在表面之下进行探究。这套术语之所以流行，是因为人们热衷于弗洛伊德和马克思式思想，而这些往往又与语言学和符号学的新理论相融合，并应用于文学或电影文本的细读。在英国，体现这种思想风格并最常被引用的一些人物包括安东尼·伊斯特普（Antony Easthope）、凯瑟琳·贝尔西（Catherine Belsey）、皮埃尔·马舍雷、约翰·埃利斯（John Ellis）和罗莎琳德·科沃德（Rosalind Coward），以及《荧幕》（Screen）杂志的电影理论家，如斯蒂芬·希斯（Stephen Heath）、安妮特·库恩（Annette Kuhn）和科林·麦克凯布（Colin MacCabe）。在美国，詹明信的《政治无意识》启动了一台特别强大的阐释机器，为后来的批评家定下了基调。

我把这种阅读风格称为"朝下挖"（digging down），它将表层/深度的空间隐喻与文化批判捆绑在了一起。挖掘是必要的，因为文本由地层组成，它的意义隐藏在视线之外。意义问题被遮蔽、被模糊，普通观察者无法接触到，只能通过细读的精准技术来进行挖掘。文本表面上说的，要么是虚晃一枪，要么是伪装与欺骗；它的阴谋诡计必须被抵制，心口不一必须被揭露。阐释的任务，是钻入隐蔽的底层，以达到对事物真相的本质把握。真实意义与表面意义是不一致的，必须由批评家煞费苦心地挖掘出来。

参与这场战斗的詹明信声称，阐释"总是预先做出假定，要么假定无意识本身的概念，要么假定某种神秘化或压抑的机制，在这种机制下，寻求显性意义背后的潜在意义是有其道理的"。[4]换句话说，阐释行为本质上充满了不信任，它由欲望驱动，将纸面上的文字翻译成更全面、更清晰的习惯说法。对詹明信而言，正是马克思主义扮演了主代码的角色，让批评家将文化艺术品重新定义为社会性象征行为，以恢复物质条件的隐蔽现实。在论及巴尔扎克、吉辛和康拉德的作品时，詹明信运用了文类理论，以及一连串令人眼花缭乱的解读，揭示出文学技巧如何体现社会斗争和阶级冲突这个宏大故事不可磨灭的痕迹。"政治无意识"这一概念的提出是神来之笔，启发了无数研究课题；它既抓住了最终影响艺术作品的压倒性力量，也点明了这种影响在本质上难以捉摸。詹明信毫不掩饰地宣称，马克思主义思想是阐释的终极地平线，尽管这句话在美国应者甚少，但"政治无意识"的概念还是迅速成为文学研究的通用语，被各路理论和政治派别的学者窃为己用。文学文本总是禁不住要见证其试图擦除的社会状况，这一点很快成了文学批评的常识。

二 朝下挖，靠后站

然而，也存在不同类型的缺席和不同形式的隐瞒；潜伏或模糊并非总意味着压制，也不是每一种阐释行为都充满怀疑。所有文本都充满隐蔽或暗示的意义，譬如，其他形式或文类的隐约在场，它们所处历史时代的残留痕迹，词语和词语组合的多层内涵。所有文本都有言外之意，它们激励批评家对省略的内容进行阐述，对隐含的内容做出详解。阐释就是抽出隐含意义的行为。然而，正如前文所述，这种阐释在语气上可以充满敬意，甚至心怀敬畏，而批评家则扮演弟子或追随者的角色，他们渴望超越文本，目的是为文本效劳，帮助文本揭橥奥义。这里，阐释是一种真诚的努力，目的是获取文本的隐含意义。

只有在特定条件下，隐性意义才会变成被压制的意义。"被压制的意义，"大卫·波德维尔（David Bordwell）说，"就是说话人不愿承认的东西。"[5]学者借用"压抑"（repression）这个概念，就是主张存在更具洞察力的视角，提醒文本不要自以为是；文学批评就是把那些反直觉的、令人不悦的真相暴露出来。此外，当阅读服务于政治批判时，还会出现一种双重指控（详见第三章）：文本不仅犯了隐瞒罪，而且这种欺骗是系统性的，并非什么反常之举。压抑不仅表明了知识的失败，而且表明了一种可预见的失败，它植根于文本与权力关系的共谋之中。在这样的情况下，挖掘是一种伦理和政治的必需；批评家的作用不是增加或放大文本的表面意义，而是引出它所拒绝承认的东西。外表不再是通向深层现实的通道，而是一种屏蔽现实的策略。

挖掘型阐释与弗洛伊德显然脱不了干系。弗洛伊德经常借用挖掘失落宝藏的情景，来描述自身方法的特殊性。当时，特洛伊城遗址刚被发现不久，公众的想象力燃得正旺，他选择扮演考古学家的角色，从事珍品的搜寻工作。挖掘让古代文明的物件重见天日，而关于这些文明的神话仍然在对我们产生影响；与之类似，精神分析暴露了童年创伤对成人生活挥之不去的影响。在这两种情况下，过去都控制着现在。就像古希腊陶器的散落残片那样，病人的记忆碎片必须被精心拼凑起来，以形成一个更大的整体。考古学以极佳的方式，将空间和时间联系起来，表明地底下埋藏着更古老、更根本的现实。在弗洛伊德的心灵地形学中，心理的原始程度类似过去的文明文化；它们深埋在地下，成为日后生命形式的基础，并证明现在一直受到过去的影响。因此，考古学代表了精神分析的基本精神，它作为一个"强力隐喻"，在弗洛伊德的时代及后世引发共鸣。[6]

如此看来，弗洛伊德书房中的对话——那些在其他情况

二 朝下挖，靠后站

下可能属于停顿、尴尬、迂回或未果的交流——可以被重塑为富有戏剧性的探索工作，带着考古发现一般的浪漫兴奋和异国情调。当然，心理现象比考古学家挖出的遗物更复杂，它们的结构也更神秘、更难解释。然而，弗洛伊德认为，另一个不同之处在于，心理现象被完整地保留下来。与埋藏在瓦砾沙土下的珍贵碎片、失去头颅或手臂的雕像、传说中毁于劫掠火灾的纪念碑相比，当我们谈论人类心灵时，"所有的本质要素都被保留了下来"。心灵之物是模糊且难以捉摸的，但也是不可摧毁的。考古学家非常清楚很多东西已经湮灭，然而心理分析师面对的情况恰恰相反："即使是那些看起来完全被遗忘的东西，也会以某种方式存在于某个地方，只是它们被埋藏了起来，让主体无法抵达而已。"[7] 没有什么是绝对失去的；缺席可以被转化为在场；沉默可以被撬开嘴巴。

许多原则信条几乎被原封不动搬到了文学研究中。像心理一样，文本被描绘成由多个层次或地质层构成；它言不达意，也言不由衷；缺席指向一种决定性的在场，指向一种隐藏的力量或幕后的持续压力。"文本陷入沉默，"艾伦·辛菲尔德（Alan Sinfield）在论及莎士比亚戏剧时说道，"意味着它的意识形态事业正处于特殊的紧张中。"[8] 批评家不是假定一致性，而是专注于不连贯性，追寻语言断裂或失败的时刻。

在这种情况下，压抑这一概念是不可或缺的；它将看似偶然的关联转化为隐藏的联系，将表面的偶然性转化为隐藏的必然性。[9]受到否定、排斥或忽视的，恰恰被证明是根基所在；任何看似毫不重要的，恰恰被证明是关键。简言之，压抑给了批评家一份无休止的工作；它确保意义的内在性（immanence），保证仍有重要的秘密尚待发现。文本类似于动作倒错（parapraxis）或做梦：批评家摒弃表面的内容，深入文本的幽微之处，以揭示那些令人不快的现实如何被审查、消杀，从而变得可接受。

事实证明，正统的弗洛伊德主义在文学研究中从未获得强势地位，仅仅吸引了少量的信徒。它因其笨拙的阐释和偏执的固念而受到诟病，经常被视为需要避而远之而不是效仿的模式。彼得·布鲁克斯（Peter Brooks）写道："精神分析文论一直处境尴尬。"[10]直到二十世纪七八十年代，当精神分析与符号学和社会运动政治相结合之后，才最终叩开了文学和文化研究的大门。精神分析文论被马克思主义者和女性主义者借鉴，后来又被引入酷儿研究和后殖民主义批评。精神分析再度受到器重并获得了政治优势，为探讨那些难解的人类欲望、依恋和认同提供了方法工具。E. 安·卡普兰（E. Ann Kaplan）认为（她的这些观点在八十年代及以后引起了广泛

二　朝下挖，靠后站

共鸣）："心理分析将揭开我们社会化的秘密。"[11]

这种新形式的精神分析文论毫不掩饰其对老派的弗洛伊德主义的鄙视，因为后者总是在谈作者的神经官能症和阳具符号。前者所谈的东西颇为不同：将弗洛伊德的理论框架与语言学和符号学的概念结合起来，从而服务于社会政治批评。个人让位于超个人（transpersonal）——然而，人们认为文化领域很像内部分裂的自我，它的法规和传统遮盖了动荡冲突的社会现实。例如，马乔里·加伯（Marjorie Garber）在思考果冻粉和犹太性、伪性高潮和"伟大的书"的隐藏含义时，提出如下观点："（我们）解读文化时，仿佛文化的结构与梦类似，也有对愿望和恐惧、投射和认同进行编码的表征网络。"[12]这套症候分析的目标——不同于对符号的传统解释——是要暴露出社会冲突和无意识焦虑。加伯写道，症状是一种代码，借由这种代码，身体或文化会在不经意间揭示潜伏于表面之下的东西，暗示羞耻的或被压抑的现实。批评家的任务不再是阐述那些已说出的东西，而是要找回那些未说出的。

深层阅读的空间逻辑同样见诸文学和电影研究，然而其时间逻辑被改造了。考古学家和心理分析师都是寻觅过去之物，无论是古代文化遗迹，还是早期童年被压制的创伤。我们必须将那些似乎已死的找回来，使之复活，并让世人知晓。但是，对于文学或文化批评家而言，这种超时域的联结乏善可陈。艺术作品所压抑的，并不是遥远的过去，而是当下：政治状况，或其形成过程中受到的力量压迫。换言之，深度不再具有过去性；被文本否认或隐瞒的是一种"社会语境"，之所以说它存在时间更早，是因为它是根基、解释或终极原因。我们在这里可以觉察到一种基础和上层建筑的大致划分，这被那些对马克思主义原理并无兴趣的批评家所借用。小说或电影所压制的，并不是历史早期的创伤，而是它们自身的创伤。

因此，弗洛伊德和马克思主义信条的有力结合，推动了"阐释即挖掘"的机制。毕竟，这两种思想都区分了表面现象和隐秘现实；两者都坚信，一个看似波澜不惊的表面，实则掩盖了令人不安的根本真相。心理压抑和政治压迫可被看作同一枚硬币的两面——在这两种情况下，有些东西被一种控制力量强压、约束和消音。在这一批评框架中，被赶出视线之外的东西被认为具有无可比拟的价值，闪烁着启示性的力量；它证明了一种不容置喙的必要性和紧迫性。例如，有一派女性主义就深受这种模式的影响；妇女作为受压迫群体的地位，与语言和文化中被压抑的一切遥相呼应：欲望、谵妄、

二 朝下挖，靠后站

狂喜、疯狂、混乱、过度。用一本被广泛引用的女性主义电影研究文选的话说："女性气质受到压抑，成了古典或理性/概念话语的暗面。与这类气质相似的，是常常对意指系统造成威胁的异质性（heterogeneity）。"[13]女性主义批评家乞灵于不可预知的神秘力量，诉诸那些超出或溢出语言和理性思维范畴的东西。

"症候"这一术语给文学批评的语言披上了一层准科学的色彩，同时它也是一个称手的工具，将不可见的东西转化为可见。当弗洛伊德的病人们语无伦次、紧张翻找手提袋时，产生了大量供他阐释的符号线索。同样，这一代批评家也是如此，他们细查文学和文化文本，看它们是否不经意或不自觉地泄露了被压抑的意义。人们常常强调心理辅导和批评行为之间的相似之处。例如，在分析《黑暗的心》时，某位批评家发现了确凿无疑的"防御性否定"（defensive disavowal），并宣称她打算模糊"文本和具身化之间的区别……康拉德的文本成了一个语料库，这个语料库的特点是具有'会说话'的症候"。[14]文学作品类似于病人，不知不觉中显露出神经官能症或精神病的迹象，供心理分析师去破译。这种症候式解读的目的，是将文本与更大的决定性整体联系起来；它提供了一种将艺术作品与社会世界相结合的方式，从而避开了反映理论的陷阱——这种理论认为，文本反映了或应该反映更大的社会语境。症候指向一个更大的现实，而不是模仿或复制那个现实：文本和世界之间的联系是指示性的（因果关系），而不是图像性的（基于视觉或直接的相似性）。症候式阅读的这一特点，对政治批评家尤其具有诱惑力，譬如那些渴望与"妇女形象"式批评脱钩的女性主义者，因为他们不喜欢以文本是否忠实于现实作为衡量标准的批评，越发觉得这是理论上的幼稚做法。

因此，批评家的工作就是证明文本并没有看上去那么团结、连贯和统一。文学和电影学者越来越像壮志未酬的地质学家，行文中常用断层、裂口、罅隙、裂缝和断裂这些概念，扫描文本以寻找颠覆其统一性和一致性的特征。由于这些裂缝的存在，被压抑的欲望和地表下的力量如熔岩一般不可避免地涌向地面。某位批评家如是写道："文本符号如同症候，它有时会帮助我们诊断出父权制其实是一种压迫性疾病，有时则聚焦于文本在看似封闭的父权制话语体系中打开的裂缝和缺口。"[15]这种症候式的紧张有各种不同的形式。边缘古怪的人物、风格上的不连贯或左支右绌、未解决的或神秘的情节元素、奇怪的摄影角度和拍摄技术；所有这些都可以受到褒奖，被当作压制遭遇失败的证据。这种强调文本矛盾特征的

二 朝下挖，靠后站

方法，被证明具有极大的吸引力，它使得批评家能够展现对含混、矛盾或冲突意义的警觉性。通过引入大量以符号的不稳定性为前提的理论术语，人们就有可能避免传统的弗洛伊德批评中那些庸俗或生硬的阐释的缺陷。

这种"缝隙和裂缝"阅读法的主要优势，在于允许批评家将批判和爱混合起来，将对文本的敌意和欣赏融为一体。正如前文所述，怀疑很少是纯粹的或不掺杂任何杂质的。毕竟，通过仔细分析小说或电影，批评家所投入的精力已表明它值得被持续地关注，表明其内容超出了目之所及。症候式阅读往往是最细的阅读，将细致入微的分析与纲举目张的理论或社会主张相结合。特别是经典的艺术作品，可以通过这种方法获得"拯救"，被证明配得起学者的深入分析、个人依恋和情感投入。这些作品接受了主导的意识形态，这一点并无争议。然而事实证明，被压抑的意义会产生隐秘躁动，从而影响或破坏这种表面上的服从。例如，评论家不会单纯谴责一部电影或小说带有性别歧视或种族主义，而是夸赞它具有意识形态张力的矛盾之结，从而凸显出文本中含混甚至进步的要素。[16]

例如，在亨利·詹姆斯《波士顿人》（*The Bostonians*）的表面之下，我们可以看到男性歇斯底里的迹象；该文本

"在其症候式话语中，表现出对欲望和认同边界的焦虑，然而它又不能直接说出这种焦虑"。[17]像"新批评"一样，习惯于症候式阅读的读者痴迷于含混和模棱两可；与"新批评"不同的是，这类读者认为此种特质是偶然的或非自愿的，它由深层欲望或冲突性意识形态的汹涌力量所激发。尽管如此，怀疑现在得到了缓解，读者对文本表达了有限度的认可，相信这类文本（哪怕是在浑然不觉的情况下）见证了真实的社会冲突。用特里·伊格尔顿（Terry Eagleton）的话说，通过强调文本的矛盾性，批评家可以把文本从纯粹的意识形态之耻中解救出来。[18]这种对形式复杂性的细查，使文学批评摆脱了粗糙的道德或政治二分法（譬如，对女性而言，文本不再是简单的"好"或"坏"），同时，仍然让个体文本（它们被描绘成有罅隙的、含混的）迥然有别于主流意识形态或更大的社会领域中那种压迫性的千篇一律。

批判的肯定性层面，对詹明信来说仍然是一个痛点。《政治无意识》质疑了那种将马克思主义批评描述为去神秘化和揭穿假象的阴郁实践的做法，并在全书结尾为居于马克思主义核心的"积极阐释学"做了有力辩护，观点与利科所说的阐释学颇为相似。詹明信对马克思主义之外的思想传统做了友善的折中使用，而且正确地指出左派那里存在一种充满活

二 朝下挖，靠后站

力、传统深厚的乌托邦思想。然而，我们可能会问，乌托邦思想是否果真能够替代批判，还是说它仅仅构成了批判的另一面：艺术的肯定性维度被贴上了"乌托邦"的标签，也就是说，根据未来的无名之地来定义艺术，这只会加强对当下的普遍怀疑；正如拉图尔所说，如此一来，所有希望都寄托在这个世界之外了。[19]而且，《政治无意识》所论作品中包含着浪漫式-想象性的渴望，最后被证明预示了未来的"无阶级社会"；艺术作品，即使在其最喜悦灿烂的时刻，也变成了对马克思主义思想原则的预测和确认。这肯定是一种与利科的积极阐释学迥然不同的阐释学。没有启示的时刻，没有意识的惊愕，没有思想的转变；批评家的世界观既没有被动摇，也没有被搅动。一个文本最终预示的，早已被先前的理论分析方案所预言。

作为对比，可以看看乔治·斯坦纳（George Steiner）对阐释四重结构的描述。按照斯坦纳的说法，阅读始于最初的信任时刻：我们冒险一跃，冒着与未知事物相遇的风险，希望有什么东西可以被我们理解，希望努力不会枉然。信任反过来又让位于一种心照不宣的侵略，也就是他所说的阐释的侵入性和采掘性。我们破译密码，剖析书页的字句，吞服眼前的文字。这里，我们其实是将文本转译成自身的范畴，然后来理解它。从阐释学的角度来看，这样的预判断既不是天真的失误，也不是骇人的暴力行为，而是理解的唯一入口：我们必须默认从已知开始。然而，如斯坦纳所言，这种吸纳可能会反过来触发新的定位。他写道："我们可能会被自己引入的东西所掌控，变成跛足。"[20] 吸收的文字可能会使我们感到不安或迷失方向，使信念受到冲击，或将我们带入未曾想象过的世界。我们被自己摄取和吸纳的东西所改变。最后评估得与失时，既有互惠，也有休止。无论斯坦纳的这套说法对阐释学界意味着什么（它显然是一种理想类型，而不是对所有阅读行为的经验性描述），它的优点是既承认了阐释的侵略性，也承认了读者能被所读文本触动、困扰甚至改变。

然而，一旦对话让位于诊断症状，这种双面性就消失了。缺席被转译为一种幽灵般的存在，一次随意的影射被视为故意回避，因为批评家仔细审视书页或屏幕，以寻找压抑走向失败的蛛丝马迹，并证明文本无法掌握自身的修辞。文本拥有深藏的或不明显的意义，这一点似乎无可争议，但如果认为这些意义受到意识形态审查者的主动扼杀或压制，而不是仅仅作为隐含的、附属的或边缘的意义存在，那么这种信念有何深意？安妮特·库恩在20世纪80年代的一篇重要电影文章中写道："在主流电影中，意识形态平滑运作所产生的裂

二 朝下挖，靠后站

缝按定义而言不是故意或有意识地存在的，所以文本的不连贯性可被视为与无意识压抑的症候类似。"[21]这种措辞以令人钦佩的清晰，点明了评论家所做的假设。个别电影被归入"主流电影"范畴，而主流电影被认为是与意识形态的平滑运作同步的。这套无缝衔接的系统让批评家的侵略性阐释变得合理：一部电影绝不只是特定的作品（至少，如果它源自好莱坞的话），它也是霸权主义秩序的墙砖。正如大卫·波德维尔所指出的，这种阅读方式带来了一种二叉理论；主流电影被认为在浑然不觉中暴露了自身矛盾，而先锋派作品则是颠覆性地故意为之。[22]

鉴于我们一开始就假定意识形态具有统一性和强制同化的特征，任何对这一路径的偏离，只能解释为系统内部的故障或失误。通过首先将压迫性的意识形态归咎于艺术作品，批评家接下来就可以把自己打扮成针锋相对的读者，通过引出隐蔽的反面意义，拒绝文本的诱惑。但是，这种政治无意识到底在哪里呢？它是否在好莱坞电影和19世纪小说的欺骗性表面下翻腾冒泡？或者——借用拉图尔的话——它是否藏身于批评家自己的工作空间，躲在随意书写的笔记、电脑文件和脚注中？[23]

如果摆脱这种文化政治图景的束缚，那么文本含混性的难题就会消失。当得知一部好莱坞电影或一本维多利亚小说包含了矛盾意义时，我们不再感到困惑或迷茫——这是在无数其他现象中都能找到的属性，因为这个世界很少对事物本质提供简单明了、严丝合缝的解释。任何文本都充满了暗示、内涵、矛盾意义和回声联想，这些都必然超出读者的掌握限度。任何艺术作品都不可能在某一时刻展现所有的特殊意义。正如利科所说，总是存在意义的冗余。为什么不能设想文本是在逐渐展现其阐释上的丰富性，而不去追查文本无意识的矛盾？在这两种情况下，经过更细致的阅读，我们对文本含义的初步预判都会得到修正。关键的区别在于，文本不再被认为是茫然无知的，需要批评家的干预，以便从意识形态遏制的压迫机制中解脱出来。换言之，没必要借用压抑的概念来解释矛盾冲突、细微差别或隐含意义。[24]

按照症候式阅读的框架，不仅文本被认为对自身的潜在矛盾视而不见，就连普通读者或观众也难辞其咎，被指责轻信了文本的表面意义。心理治疗需要训练有素的心理分析师去破译病人的话语或手势；同样，文本的裂缝和空白对批评家来说也是可见的，他们的阅读不仅揭示了文本所不知道的，也揭示了其目标受众未能理解的东西。症候的含义只有那些受过训练的眼睛才能读懂，用加伯的话说，那些眼睛可以在

二 朝下挖，靠后站

"看似毫无联系却常常有着天壤之别的东西"之间建立联系。[25]这些隐藏的踪迹挫败了文本创造者的意识，以及普通读者的感知力；根据定义，症候被编结成因果关系链，是说话者或写作者无法意识到的。正如阿瑟·丹托（Arthur Danto）所指出的，表层/深层的区分规避并颠覆了内在和外在的常见分野，根据后者的划分，人们原以为自己更容易了解自身精神状态。[26]现在，他们变成了最后知道真相的，丝毫意识不到自己的思想和行动被多重因素所决定。

这里，症候式阅读与神秘主义和诺斯替主义的阅读传统颇为相似，它们都不信任可理解或显明的意义。在这类传统中，一切有价值的知识都是秘密知识，仅限于内部圈子，而真理等于未言说和无法言说的东西。[27]无独有偶，当代批评家所发现的意义都扑朔迷离，这恰恰证明了其价值，证明它们是经过苦心孤诣的阅读，才被挖掘出来的罕见珍宝。然而，正如雅克·朗西埃（Jacques Rancière）所坦言的，被揭晓的谜团通常是相同主题的变体，"证明存在一种被强加或被忍受的支配——即使它意味着受质疑的支配模式不过来自语言本身"。[28]

症候式阅读的实践存在一种值得注意的张力：一方面，它迷恋断裂和破裂，迷恋反常、过度或无理由的细节；另一方面，它努力将这些不规则的迹象纳入某种连贯的历史或政治解释中。我们发现前一种冲动越来越占据上风，批评家们正努力将症候从其与深度和意义的秘密核心的传统联系中剥离出来。在1975年译介的皮埃尔·马舍雷的力作《文学生产理论》（*A Theory of Literary Production*）中，已经出现了含糊其词的迹象。他坚持认为"文学作品并非它看起来的那样"，并通过神秘化和欺骗这样的语言概念，大谈作品的无意识中加密的潜在知识。马舍雷的主要论点似乎是赞同在表层幻觉和深层真理之间做一种熟悉的划分。然而，在其他方面，马舍雷则坚持认为，他的分析目标是要切断任何将表象与现实对立起来的分析性装置。他写道，文学作品不能掩盖任何东西："意义不是被掩盖或伪装后埋在了深处。我们不是用阐释来追踪意义。它不存在于作品之内，而是位于作品边缘。"[29]这里，我们看到批评家急于抛开考古学家的衣钵，摒弃深度解释的前提。

马舍雷声称，这种新式阅读风格可以在弗洛伊德本人的作品中找到先例。而且，他认为，精神分析（尽管看上去恰好相反）并不是试图把一套主代码强加于无意识的神秘之上，而是要尽可能带着同情去倾听。二十世纪八九十年代，一种被称为"法国版弗洛伊德"的理论崛起了，它有力驳斥了对

二 朝下挖，靠后站

弗洛伊德的刻板印象，即作为一个坚守教条的思想家，他坚信自身理论的科学客观性。事实上，那些相信此说的人自身也有问题，他们不过是粗心懒惰或不负责任的读者。批评家抓住弗洛伊德论证中某些含糊其词的表达，证明了他们自身的观点：精神分析的工作其实是建构，而非重构，它是去虚构，而非还原事实。在史蒂文·马库斯对《朵拉案》（*Dora*）做了突破性的解读之后，弗洛伊德不仅被诠释为一位现代人士，也被当作一个现代主义作家，其作品被认为充满了怀疑和自我质疑，其思想线索纵横交错，无法被统一为单一连贯的论题。李斯·莫勒（Lis Møller）对这一思路做过有力诠释："弗洛伊德作为读者，他的力量在于将研究推进到不可读之处，即他无法解释的东西。"[30]批评家指出了弗洛伊德作品中的断裂和危机，认为它拆解了深度和表面、真实和虚假、显性和隐性现实之间的对立，而这种对立又似乎是其作品所依存的。

换言之，通过将"拯救"艺术正典的技术运用于弗洛伊德，学术界对他做了翻新处理，使之在不断变化的批评语境中重新获得了相关性。现在，清晰被重新编码为矛盾，权威变成含混，表达意义变成回避意义。弗洛伊德理论现在重获肯定，不是因其对隐藏的因果关系的敏锐洞察力，也不是由于那些大胆的猜想、有力的纲领性解释。相反，它现在获得嘉许，是因为这套理论对实证知识的怀疑性悬置，以及它在相互矛盾的视角之间激烈的震荡。换句话说，弗洛伊德理论被同化为一种有影响力的思维方式，即将犹疑、矛盾和双重性视为智识的美德典范。[31]依照类似的思路，症候的概念也不再指向心理或历史的深度；它现在是一种表层现象，不指向任何隐藏的意义或终极的原因，也不能被诊断行为"治愈"。在困扰或搅乱作品表面意义的同时，它并不引向明晰的解决、历史的解释或政治的方案。用珍妮弗·弗莱斯纳（Jennifer Fleissner）的话说："症候遍布文本表层，它标志着文本中有一种持续性的存在，超越了其历史上的肇始时刻。"[32]

这种对深度阐释的不安态度，在文学研究中的势头越来越猛。批评家们认为，将一切归结于隐藏的意义内核，就是认同在场的形而上学，认同对源头的逆行性渴望，认同对终极或根源性现实的信念（这种信念未受能指游戏的玷污）。对于那些赞同后结构主义信条的人来说，语言是一种首要的（甚至是原初的）力量，它能创造出被称为现实的东西，而不是去传达或掩盖现实。在这种情况下，深度阐释看上去只能是一种愚蠢之举，是否认意义不稳定性的最后一搏，其途径是坚持上帝赐予的隐蔽真理内核的概念。那么，一旦将批判

二　朝下挖，靠后站

牢固地树立为文学研究的核心方法，会造成什么后果呢？文学研究者如何保持怀疑和警惕，同时又不将新的权威知识体系加诸文本？怀疑阐释学能否变成一种没有阐释学的怀疑？

反对自然

一个替代的惯用语由此登场。纵向的隐喻让位于横向的隐喻；文本被描述为平浅的、无深度的一维存在；它是一条能指链，是言语的虚假表面、话语的结构、词语的编织。批评家不再向下挖掘，而是抽离。她不再紧贴地面搜寻，寻找诱人的真理松露，而是站在文本之外，从远处审视它。这种狐疑的目光旨在"去自然化"——表明其形式或内容并非不证自明。不管存在何种情况，一切都是极其偶然的，结果可能是另一番景象。批评家不再去撕开面具，不再去揭开谜团，也没有什么终极真理或绝对词汇。这是无深度的去神秘化！虽然这种方法有别于挖掘模式，但并未完全取代后者；这两种方法在不安的共存中重叠，而不是被纳入历史阶段的前后序列。如后文所述，尽管"靠后站"这种修辞绵延了几十年，仍有学者热衷于深度阐释学，以及症候、罅隙和裂痕一类的语言。

批判的限度

隐喻的转变,带来了语调的改变和技术的微调。批评家不再弄脏双手,去文本中掘洞,也不再一层层翻耙土壤,追寻埋藏的宝藏。她一面远离文本,一面站在文本之上,用疑惑或讽刺的目光往下看。虽然深层读者在追寻真相的过程中可能态度专横,但也对隐藏的奥秘充满了诚挚的好奇。相比之下,以表层为导向的批评家所持的立场更加谨慎、平和。在福柯的影响下,表层批评家对弗洛伊德喜谈的压抑和症候持有怀疑态度。与深层阅读不同,她更强调阅读的宽度,将显微镜的放大镜头换成广角镜头,以获得话语系统和权力网格的全景。

她还不断贬低"自然"。自然被剥去了美好的联想,现在它代表批判所谴责的一切,即那些被默认或想当然的领域。批判最紧迫的任务是"去自然化"——把看似自然的东西重新变成文化,并坚持认为有些东西看似属于自我或世界的本质构成,但实则不然。这种反自然主义的修辞在当代学术界屡见不鲜。在残疾研究的一部奠基性论著中,罗斯玛丽·加兰-汤姆森(Rosemarie Garland-Thomson)宣称,她打算将残疾的文化编码"去自然化",以便对身体差异的社会叙事中存在的再现惯例进行审问。[33]科柏纳·梅塞(Kobena Mercer)在质疑黑人真实性和非洲中心主义的修辞时认为,"黑人反话

二 朝下挖，靠后站

语中引用的'自然'概念"，乃一个由欧洲文化的二元逻辑所创造的想法，其内加载了意识形态，这种欧洲文化致力于将自己的权力"自然化"。[34] 在批判美国的国家认同神话时，保罗·贾尔斯（Paul Giles）试图"不仅要将之去自然化，而且要表明它对'自然'的本土再现是如何趋于同义反复的，此类再现从不参考这片福地之外的任何东西，就能实现对自身的强化"。[35]

我只是在诸多例子中选了几个，反对的并不是这些批评家的一般论证思路，而是好奇他们为什么要反复诉诸自然，并将自然化作为论证手段。抨击社会不公、重新阐释图像，或对糟糕的论点提出异议，这些都没有问题。不过，当这类反驳需要在痛斥自然的框架下展开，那就颇为可疑了。在反思后结构主义的原则纲领时，周蕾（Rey Chow）思考了它对"自然、起源、原初性、真实性等幻觉"的严重不信任。[36] 在这一思路中，怀疑不仅针对作为对象、理想或价值的"自然"，而且针对"自然性"（naturalness）。自然性在这里被视为一种思想风格的特质，它无法关注到自身的偶然性，抵挡不了那些公认的、明显的、熟悉的事物所带来的诱惑。

为什么自然、自然性和自然化会获得如此恶评？我们已经提及了一个灵感之源，即花花公子的形象，热衷于虚假和超然，同时还对任何与自然有关的东西有着根深蒂固的厌恶。在波德莱尔开创，并由王尔德、于斯曼、邓南遮等人延续的唯美主义传统中，浪漫派将自然视为精神避风港和慰藉的想法受到了严厉的嘲讽。相反，自然被描绘成一个自动化的、非思的领域，它意味着胁迫和强制的暴政，关乎生物法则或社会规范的强制规定。在大都市波希米亚风格的圈子里，作家和艺术家会把"非自然"这一称谓作为荣誉徽章和骄傲之源。波德莱尔在一首著名的人造物赞歌中宣称："我要求你们评估和检查一切自然之物——所有纯天然之人的行为和欲望，你们只会有可怕的发现。"[37]"反对自然"将成为一代愤愤不平的颓废派和唯美派的集结号，其声音回荡在20世纪艺术和思想先锋派的作品中。

另一个明显的影响，是俄国形式主义的遗产和它的ostranenie思想，该词通常翻译为"陌生化"或"使陌生"。**维克托·什克洛夫斯基（Viktor Shklovsky）**和他的苏联同胞认为，日常生活的语言已经变得迟钝、死气沉沉，并因习惯的力量而变得毫无生气。我们看，却看不见，听，却听不到；我们机械地说出陈词滥调，就像自动售货机吐出巧克力棒。相比之下，文学语言的特征是其激发感知的能力，它所采用的手法能使我们远离习惯之物，疏离于那些不言自明的东西。

二 朝下挖，靠后站

于是，对俄罗斯形式主义者来说，文学在本质上是与那些日常的、熟悉的、理所当然的事物相对立的。它使我们能够摆脱日常语言的"世俗性"，摆脱世俗言语和思想的桎梏。

被这一思路所吸引的批评家，经常将"陌生化"当成"去自然化"的同义词。在这个意义上，自然的含义被翻转了。它与鸟兽、动植物不再有多大关系，也不会让人联想到某些超出习惯和文化范畴的绝对必要性或原始欲望。相反，自然是传统，是社会规范的世界，是机械化的认知，是日常惯例的重压。此外，人们认为这种行为的自动性在现代得到了加强；我们变得像那些为人类服务的机器，被设定为不懂思考的消费者，像生产线上的工人，终日如机器人一样重复行事。现代"文化"以悖论的方式颠倒了通常的区分，因此强化了"自然"作为第二天性（second nature）的隐喻性支配力。

然而，在俄国形式主义和当代批判之间，存在一个关键区别；现在，不仅是文学，还有理论的遥远凝视，让日常变得奇怪，让我们与普通世界变得疏离。虽然哲学思想总是与日常生活保持一定距离，但对自然和自然性的高度怀疑是一种现代现象。这里，也可以看出现象学的影响，以及它对"自然态度"根深蒂固的怀疑。按照胡塞尔的看法，哲学家必须摆脱那些构成日常自我的信仰和态度；哲学家禁止自己拥有"世界-生活的所有自然表现……所有的自然利益都被排除在外"。[38]常识性思维是严肃思想家的眼中钉、肉中刺。自然的态度不过是一种天真,是Selbstverständlichkeit(想当然)的态度。这种天真的知识必须通过超验的还原放入括号中,以开始严格的思考。当代批评家的形象——从事无休止的自我问题化,践行对积极范畴和规范的弃绝,同时对自然和常识持怀疑态度——显然受到这一知识传统的影响。[39]

于是,反自然主义在几个不同的领域准许破除偶像崇拜;它允许批评家抨击生物学和文化的权威,表达对一切约束形式的不信任。简言之,"自然"包括几个不同但同样有害的信仰体系。人性的概念受到批评家的严厉审查,他们坚决反对普遍性,其中最强烈的抨击来自女性主义、酷儿和反种族主义批评家,他们意识到人性在历史上曾被用来支持社会不平等。内在本质(inner nature,即存在一个命定的内在自我,以及神对个人的召唤)被认为是纯真的浪漫主义残留下来的概念,或者被看作一种赤裸裸的意识形态信仰,鼓吹个人自主性和个人至上性。我们认为内在的东西,其实是外在的:对内在现实的感觉,其实是由外部力量制造的,而且一切关于个体性或独特性的想法,其实都是缘木求鱼。最后,第二天性的概念也受到愈发严厉的讨伐,因为它相信一种根深蒂

二 朝下挖，靠后站

固的随意性，并主张接受事物的现状。从理论的角度来看，现在最可怕的罪行就是让我们周遭的文化形式"自然化"，这让文化变得似乎不证自明，而不是可替代的虚构之物。正如伊芙·塞奇威克所说："理论几乎已经等同于这样一种主张（你怎么重复都不够），即它不是自然的。"[40]

此外，这种反自然主义不仅涉及论证，而且如前文所述，也关乎态度和语气。批判被转化为批评的风格，不仅表现为说了什么，而且表现为说的方式，以及一种独特的学术自我形塑。翻开近年来的理论年谱，我们会发现一种明确无误的修辞：警惕地剔除任何情感或表现性声音的痕迹；如连环审讯一样层层嵌套反问句的句法结构，同时避开明确的命题或肯定性陈述；冷脸引用那些常见术语，以暴露其空洞性和虚伪性。批评家反对陈陈相因，并由此塑造了一种典型的自我意识和强烈的审美情感。尤其是福柯的风格，已经引发了无数人的效仿：即使在描述耸人听闻的事实和令人震惊的行为时，评论家也保持特有的冷淡做派，小心谨慎却不下断语，这些都成了许多当代文章的典范和模板。[41]在剔除了情感和依恋之后，批判是冰冷的，而不是炙热的。

我们可能认为这种隐喻的星丛（拥抱表层/厌恶自然）是新生事物，但它在半个多世纪前写的《神话学》（*Mythologies*）

等作品中已经很明显了。巴特的这本入门读物介绍了20世纪50年代法国的日常生活,对人造黄油和谋杀案审判、爱因斯坦的大脑和嘉宝的脸、好莱坞电影中的罗马人、牛排和薯条做了时髦的阐释。对许多讲英语的学生来说,这本书带领他们走进了法国理论的大门。在一些地方,巴特流露出他对寻找隐藏意义的深度解释学并无兴趣;他明确拒绝那套谈论秘密和隐蔽的语言,并对弗洛伊德主义的信条表示不屑。他说:"神话没有隐藏什么:它的功能是扭曲,而不是让对象消失。关于形式的概念没有什么潜在因素;解释神话不需要用到无意识。"神话的意图并没有被掩盖或埋藏在表面之下;它们只是被自然化了,抽空了历史和政治。神话将社会关系的逻辑引向不证自明的领域,赋予它们一种"自然和永恒的正当理由"。[42]

换句话说,神话是巴特对那种伪装成自然的文化的称谓。它并不等同于具体的思想或意识形态,而是涵盖一切未能关注到自身偶然性的表达模式。易言之,它几乎覆盖了整个文化的光谱,从电视广告到学术论文,从女性杂志到摄影展。巴特写道,他之所以写《神话学》中的这些文章,是因为"对报纸、艺术和常识不断装扮到现实身上的'自然性'感到不耐烦,而这种现实……无疑是由历史决定的"。在此,巴特

二　朝下挖，靠后站

承认自己受惠于符号学的分析模式，用他自己的话说，这些模式使他能够将谴责行为与细腻分析相结合，以便更好地解释"将小资文化转化为一种普适本性的神秘化过程"。[43]

《神话学》中关于摔跤和脱衣舞的小故事、对法国导游手册和政治家照片的介绍，旨在扭转这一进程，将虚假且显见的东西"去自然化"，以便人们重新审视日常现象，从而捕捉它们的陌生感。巴特思考了洗衣粉和清洁液广告中蕴藏的兴奋感，还在现代摔跤的景观中发现了喜剧艺术的幽灵，并详细阐述了酒与神话的关联，细查了女性杂志的烹饪栏目。巴特像对待艺术作品一样对待日常文本，悬置它们作为信息或娱乐的功能，以阐述隐喻、叙事和视觉设计。他所从事的这些西绪福斯式研究，其实是把自然不断变回文化，强调那些看似不证自明之物的虚假性和随意性。

然而，即使在20世纪50年代中期，巴特也担心去神秘化的做法开始走向萎靡。十五年后，他已经开始批评这种做法，认为它是知识分子的陈词滥调和新形式的学术庸见。他说："任何一个学生，都可以而且确实是在谴责资产阶级或小资产阶级的特征，谴责那样的（生活、思想、消费）形式……谴责、去神秘化（或去神话化）本身已经成为话语、常见短语、教义式的宣言。"[44]巴特本人后来也远离了批判，并尝试非常不同的风格和情感：慵懒的、兴奋的、警句式的、华丽的、感官的和符号学的。他的散文融进了更诱人、更脆弱的形式，使之与文字的质地和音调结合在一起，唤起一种依赖和欲望的状态。他在自己职业生涯后期曾说，批评往往是深情的：他现在反对不动感情的分析，转而强调批评的情感强度。[45]然而，这套"冷静审视表层、谴责自然本质"的方法传播到大西洋彼岸之后，却大受欢迎，而且影响更持久。在这番对批判的重塑中，批评家的任务不再是揭开虚假的面纱，以便用真理来取代它们，而是通过强调信仰的极端偶然性和可争议性，压制对这种替代物的渴望。用理查德·罗蒂（Richard Rorty）的话说，这样的批评家是典型的反讽者，"总是意识到他们终极词汇的偶然性和脆弱性，进而发现自我也是如此"。[46]

当然，这种反讽意识往往掺杂着激进承诺，这与罗蒂所说的颇为不同。超然不仅关乎无利害，也不只是哲学家为了自我质疑而"假死"（suspended animation），而是融入了政治的（有时是论战的）能量。[47]从 20 世纪 80 年代开始，在"法国理论"与酷儿理论、女性主义和后殖民主义的先驱之间，产生了一种选择性亲和①。在这里，尽管"靠后站"体现

---

① "选择性亲和"（elective affinity）指的是此两者非因果关系，而是相互改变和相互改更。

二 朝下挖，靠后站

为分离的模式，却取得了显著的政治优势。激进主义现在需要一种强力怀疑和高度警惕的立场；批评家不仅怀疑保守或主流的思想，而且对社会反抗运动热衷使用的"身份""自豪"和"赋权"等字眼持怀疑态度。通过与这种肯定性主张保持距离，他们希望避开形而上学的陷阱和守旧主义价值观，而且在他们眼中，这些不好的东西都潜伏在日常话语的范畴中。他们对妥协心怀警惕，对收编抱有恐惧，所坚持的观点——借用李·埃德尔曼（Lee Edelman）言简意赅的说法——就是："批判的负面性永远不能成为正统，因为它缺乏自我同一性。"[48]

从行动者网络理论（ANT）的角度来看，一篇带有负面性批判的论文则恰恰相反。简单地说，这样的论文其实有许多身份认同——它是物质化的实物，它对获得终身教职有益，它是对学术对手的清算，它是度过中年危机的手段，它是热销（或滞销）商品，它的论点在积极寻找支持者和盟友，它还是诸多情感反应（从热情到恼怒）的对象。简言之，人们常提及的"反社会论"（antisocial thesis）其实与事实是矛盾的，即这种论题只能通过争取盟友、产生联结和接入网络来维持自身——它所参与的，恰恰是那些看似会削弱和驳斥自身理论信条的行动。因此，否定与关系的普遍性相抵牾——

尽管行动者网络理论认为，仅仅点出这些抽象的压迫性正统观念，无助于真正理解这些关系的性质和多样性。

去自然化的趋势并没有被普遍接受，而是成为争议和分歧的主题。例如，在后殖民研究领域，"后结构主义"和"唯物主义"两派之间经常剑拔弩张，也就是说，有的学者一心想找出殖民话语中的矛盾性，以解构其主张或将其去自然化，而有的学者则渴望超越这些话语，以实现对地缘政治现实或属民身份更精确的描述。然而，在文学系，语言学转向和去自然化的方法论占据了上风，因此后殖民研究经常被描述为后结构主义的补充或替代者。例如，翻看一本广为使用的教科书，就可以看到"后殖民阅读"被定义为一种"解构性阅读的形式，通常适用于殖民者的作品（但也适用于被殖民者的作品），它显示了文本与其隐含假设相抵牾的程度……并揭示其（往往不知不觉的）殖民主义的理念和思想过程"。正如我们所看到的，"不知不觉的"（unwitting）这个词是关键。[49]

这种对肯定性定义的日渐警惕，让人文学科充满了建构主义（constructionism）的修辞。当批评家宣称性向或连环杀手是社会建构的产物，他们的观点并不是要把这种状况与自然原始的伊甸园状态进行对比。相反，批评家的目的是用力敲打自然和自然性的概念本身，使我们明白那些被认为根

二 朝下挖，靠后站

深蒂固或不言自明的东西，其实一直受到文化的深刻影响。这类社会建构的现象，成为一个不断扩张的领域，涵盖了一切可以想象的物体和实践。然而，这个常用概念的普及性并不能削弱其指控的力度。把某样东西描述为社会建构的产物，其实就是提出指控或进行指责。正如拉图尔所言，它试图通过表明某物是由别物构成的，从而将其贬得一无是处。[50]

例如，在朱迪斯·巴特勒常被引用的那篇《模仿和性别不服从》（"Imitation and Gender Insubordination"）中，她将对自然的怀疑和建构主义修辞用于细致分析性别和性向的日常假设。巴特勒问道，一个同性恋者"出柜"到底意味着什么？她表示，任何揭露或定义他人性向的尝试，都只会引发新的遮蔽和神秘化，因为情欲的运作机制总是不透明且难以捉摸的。当某人宣布自己是女同性恋或男同性恋，就有可能被纳入规训制度的统辖中；这意味着要服从新的期望、监管和正常化。巴特勒说，也许当一个人宣布自己出柜时，会受到最隐蔽、最强烈的压迫。

在这里，怀疑阐释学被用于解读意识的状态，以及通常被认为是最私密、最内在的自我。我们对自己是同性恋还是异性恋、是男人还是女人的理解，依赖于一种自然感，这种自然感掩盖了那些管控身份意识的语言及文化结构。尽管随着时间的推移，生理性别、文化性别和性取向会被同化和复制，从而成为第二天性，但其实这些范畴相互交织，具有高度的偶然性。在这种语境下，我们对自主性或独特性的任何感觉都被证明是错位的。巴特勒写道，自我是一种话语的效果，这种话语声称以一种先置的真理来表征自我。这就是说，那些看似重要的东西，其实是次要和从属的；自我从一种来源或起源，被降级为由语言不可抗拒的结构所制造出的副现象（epiphenomenon）。

我们由此看到了 20 世纪 90 年代批判理论的诸多特征：暴露语言和符号系统对人的控制，将自我和内部性清空，对日常语言和信仰的权力结构进行充满警惕的审讯。通过将这种策略与性别和性向研究绑定在一起，巴特勒的著作震撼并改变了女性主义，同时也为新兴的酷儿理论领域注入了活力。显然，像"女人"或"同性恋"这样的范畴并不像看上去那样固若金汤，次级群体完全有能力反过来操纵或边缘化其他人——简而言之，世界无法简单地区分为压迫者和受害者、有权力的和无权力的。一个特别引人瞩目的背景，是 20 世纪 80 年代那场臭名昭著的性战争，当时从事虐恋性行为的女同性恋往往遭到羞辱和排斥，并被指控为父权制的同谋。因此，巴特勒的文章是在针对某些圈子对同一性愈发强烈的不安感。

二 朝下挖，靠后站

同一性的语言可以被用来监管、控制或排斥他人，这一点是毋庸置疑的，哪怕只是用它来定义或确定性身份，也无疑会造成麻烦。然而，这并不意味着谈论自我、性向或身份的尝试就一定具有压迫性。毕竟，人们在不同环境中寻求表达和理解自己，目的也千差万别。他们说话，他们犹豫，他们接着说话：在教室和酒吧，在心理治疗师的办公室和脱口秀节目上，在监护权纠纷和亲密的恋人对话中。他们激怒或迷惑听众；他们让听众流泪或发怒；他们在对方身上激发出信任和反向告白。毫无疑问，其中一些言语行为是由自我欺骗或误解所引发的，另一些言语行为则可能是欺辱、训斥或排挤。然而，它们也可以形成新的依恋和团结，可以弃绝或重申过去的历史，可以提供新的视野角度，或重申被遗忘的重要洞见。它们满足不同的需求，有无数的用途。这并不是说权力与这种言语行为无关，而是说作者必须通过关注具体个案，来澄清它们的相关性。正如托莉·莫伊（Toril Moi）所言："在任何话语被说出之前，都不可能将语言中的权力理论化……你需要先了解谁对谁说了什么，出于什么目的，以及在什么情况下。"[51]然而，宣告自己对语言和权力等论题的立场，就相当于预知接下来会发现什么。批判理论家在论及人性时，总是忽视细微差别、微妙之处，无视各种怪癖、变化和语气差异，看到的只是正常化和规范化的滚滚机器——中断是他们唯一能够想象的漏洞和逃逸口。简而言之，靠后站的隐喻化行为有自身的风险和认识论上的损失。从远处看，事物都是模糊的，一切看起来非常相似，但区别和细节丢失了。远视眼既可以是优势，也可以是障碍。

此外，值得注意的是，深层和表层的区别在反自然主义修辞中并未彻底消失。那些自然的、正常的或内在的，现在被降格为具有欺骗性的外表；看似属于"内在心理或生理必需"的东西只是表层征兆，它会带来误导性的"内在深度的幻觉"。[52]然而，巴特勒指出，由于一些批评家仍对浪漫主义的内部性（interiority）概念执迷不悔，不愿放弃对自我独特性的执念，因此人性的虚构状态被隐藏了起来。换句话说，人们很难获得表面性（superficiality）的真相，这个真相被隐藏起来，埋在日常信仰的沉淀物之下。拉斐尔·塞缪尔（Raphael Samuel）很好地描述了这种感知的悖论性。他写道，批判理论渴望去揭露"那种伪装成自然性的欺骗"。[53]也就是说，表层和深层的隐喻交换了位置：现在，表面性成为那个隐藏的真相，而内部性则被降格为一种欺骗性的外表。

这种无处不在的反自然主义的后果之一，是在日常语言和批判精神之间竖起了一堵无法逾越的高墙。当然，学者完

二 朝下挖，靠后站

全有理由对身边的观念提出疑问，特别是那种认为某些生命形式由神或生物学所决定的信念。"自然"经常被用来为种族不平等辩护，为同性恋恐惧症开脱，并为妇女的从属地位背书。例如，在1999年《性别麻烦》(Gender Trouble)的序言中，巴特勒解释说，她之所以"坚持不懈地'去自然化'"，乃为了挑战主流的性向话语中固有的规范性暴力。这一点颇有道理，不过值得一问的是，我们是否只能在修复、巩固身份与解构身份之间二选一。[54]然而，知识界对自然和自然性的反感已经愈演愈烈，到了无法自圆其说的地步。指出某些想法是坏的，是想当然的，这是一码事；因为它们被认为是想当然的，就得出结论说它们是坏的，这又是另一码事了——换句话说，任何被认为理所当然的事物，都是支配的代理者。这种反自然的敌意，以及对任何被习规污染过的东西的坚定怀疑，产生了一个效果，即将日常语言自动归入落后状态。即使经过理论磨炼的批评家在有意识地用批判的激光束照射越来越无所不包的文化，日常语言依旧在无知（unknowingness）的永恒阴霾中衰落凋零。

然而，批判理论当然也浸透了想当然的假设，这些假设在旁人眼中显得古怪荒谬，或者有悖直觉。一切形式的行动和思考都依赖于"黑箱"（black boxes）：信仰和假设是如此牢固，以至于大家甚至不把它们当成信仰，而是作为呼吸的空气、泳池的水。缺了这样的黑箱，思考就无法为继；如果停下来检验每个假定，审问每个假说，那么桥梁就永远无法建成，书也永远无法写成。[55] 简言之，批判高估了其自我意识的超越性力量，高估了自己摆脱惯例的程度。把批判与常识对立起来，就无法承认批判的常识性。正如斯坦利·费什（Stanley Fish）不厌其烦地指出的那样，我们无法弄清使言语成为可能的所有条件，无法将所有的背景变成前景，无法将所有未经思考的东西纳入思考。如果我们相信可以将那些让思考成为可能的假定"去自然化"，可以远离那些塑造身份的信仰模式，那么这将意味着重回哲学超验、超然观看的旧梦。这并不意味着我们不能臧否自己厌恶或希望改变的事物。不过，最好把批评指向具体想法或要害问题，不能仅仅因为某事被自然化，就提出有罪指控。[56]

结 论

我们已经讨论了批判的两套变体：阐释学 vs. 谱系学，深层 vs. 表层，追求真理 vs. 审问自然。在第一种批判方案中，批评家努力恢复或寻回一些珍贵的东西：阐释基于隐藏

二 朝下挖，靠后站

之物和显露之物的区分。虚假的神祇被打倒，以迎来新的真理体系；批判性的怀疑被用来为终极启示服务。对于第二类批评家来说，这种阐释学的怀疑程度还不够，因为它依然对绝对概念和终极真理存在令人厌恶的依恋心态。他们的应对之道是扫除深度的拓扑结构，同时也消灭真与假、现实与隐藏之间的区分。不再有待剥开的隐藏层次、待揭开的神秘面纱，或是待打捞的秘密。相反，分析对象存在于平面，不再有二元区分和等级。批评家放弃了肯定性判断，不再问"这个文本到底是什么意思？"，而是问"这个文本是怎么来的？"或"它有什么功能？"。参照点不再是弗洛伊德，而是福柯。

当然，福柯对马克思主义的压迫概念或弗洛伊德的压抑概念都没有什么兴趣。他坚信权力并不掌握在统治性群体手中；它也不单纯是一种惩罚和禁止的消极力量。相反，它体现在话语的流通中，而这些话语创造了知识的形式，并产生了特定类型的人。这些话语是去中心化的、分散的；我们仿佛被卷入了一张没有蜘蛛的网。此外，权力的毛细血管并不扭曲或掩盖潜在的现实，而是将具有历史偶然性的行动和存在带入现实中。因此，潜在意义和显性意义之间的划分就从视野中消失了。正如大卫·海利（David Hiley）所言："对于谱系学来说，没有外观/现实的区分；如果要谈论伪装和揭面,那么只有一系列无尽的面具……生命权力的运作隐藏在表层实践本身的透明性中。"[57]

由于这种对表层的强调,福柯式方法经常被誉为阐释学的解毒剂。例如,按照休伯特·德雷福斯(Hubert Dreyfus)和保罗·拉比诺(Paul Rabinow)的说法,这种方法算不上"怀疑阐释学",因为它不涉及"寻找被有意隐藏的深层真理"。[58]他们的这一观点,可以从福柯本人的《临床医学的诞生》等著述中找到佐证,因为福柯在这些书中批评了某些阐释方法。例如,在《尼采、弗洛伊德和马克思》一文中,他明确反对将阐释者视为"地下世界的优秀挖掘者"。[59]福柯写道,他标题中提到的三位思想家不是在探究事物的根源,而是陷入了阐释各种阐释的无尽任务中,陷入了永恒的镜像游戏。任何对终极意义的主张,都会在其自身矛盾的重压下崩坏。可以说,阅读更像是掉进了一个无底洞,而不是击中了坚实的地面。

然而,仅仅将怀疑式阐释描述成依赖深度隐喻和隐藏意义(在德雷福斯和拉比诺那里,以及在当代学者的争鸣中,这一点体现得很明显),这种说法似乎缺乏理据。毕竟,正如我们所看到的,诉诸表层的批评家像那些致力于深挖的同行一样充满怀疑和不信任,甚至比后者更想疏远日常信仰和常

二 朝下挖，靠后站

识性假设。正如吉姆·梅罗德（Jim Merod）论及福柯时所言，这一思想理路之所以成为一种阐释学，乃因为它"不断强调权力是难以捉摸的关联现象，是逃避侦测却又普遍存在、影响深远的东西"。福柯式批评家是追踪隐身猎物的专家。[60]

通过区分"强"（strong）阐释学和"二阶"（second-order）阐释学，我们可以概括这种差异背后的相似性。正如我们在弗洛伊德式考古学中看到的那样，强阐释学是为了强行提取位于深层但不被承认的真理，并把浅层现象抛开，以证明文本从根本上有别于它的表象。相比之下，二阶阐释学则是站在文本远处，将文本的假定去自然化，并将其置于更大的权力结构中。批评家的关注点从意义的"内容"（what）转移到意义的"形式"（how），重视的是使文本具有表意能力的话语条件。然而，这两种阐释学有着同样的承诺，那就是致力于引出未被发现但又具有决定性作用的力量，揭露他人未见或忽视的东西。在这个意义上，批判本质上仍属于阐释的任务。

此外，正如前文所言，阅读风格会唤起氛围情绪或性情，促使批评家采取信任或不信任、喜爱或厌恶的态度。这里，深度阅读（deep reading）和远程阅读（distant reading）之间体现出明显的连续性，从而淡化（但不是抹除）了两者的差异。毕竟，它们都以特定方式将文本带入读者视野；它们都帮助读者谨小慎微地接近文本，并保持警惕；它们都鼓励读者用智慧对抗想象中的对手，把文本当作敌人，并假定文字和图像必然存在误导。深度读者和远程读者都相信，日常读者的反应不仅需要放大，还需要不断调整和校正。日常读者之所以失去方向感，乃因为他们容易对表象信以为真，笃信现存状态。在给这些倾向泼冷水时，批评家试图把未经训练的读者从自鸣得意中震醒。批判性分析就是致力于制造疏离，破坏连续性，并切断依恋关系。

此外，这两种方法都把文本作为惰性物体来审查，而不是作为需要参与其中的现象。在这个意义上，无论是深度隐喻，还是表层隐喻，都不能很好地阐明读者和文本的共同参与及共同生产。亚历山大·内哈马斯（Alexander Nehamas）曾质疑"浅层"与"深层"这样的说法，并指出："阐释不是地质研究。"[61]艺术作品是潜在的知识来源，而不仅仅是知识对象——它的认知效力和潜在后果，与情感影响紧密相连。读者与文本交织纠缠，两者的关联方式有待进一步思考。我们对文本充满期待，培养情绪和态度，投射执念并相谈甚欢。然而，这些文本不仅仅是心理投射的总和；它们可以制造惊讶错愕，带来意外的情绪或心态，让我们做出始料不及的事

二 朝下挖，靠后站

情。从这个意义上说，阅读既不是在坚硬地面之下的挖掘，也不是对文本表层泰然处之的追溯。相反，它是行动者们的共同创造，任何一方都会被影响波及。

三　探长来访

批判和犯罪之间有什么联系？侦探故事又如何帮助我们认识当代怀疑式阅读的习规？人们常提到批评家和侦探的相似之处。两者都以自己的慧眼和智识为傲；他们都能解读符号、破译线索、思考难题。文学研究者经常对小说中各色各样的侦探表现得情有独钟。从夏洛克·福尔摩斯到萨姆·斯佩德①，刑事侦探一直是令人着迷、引发认同的人物，被誉为同袍、知己和同道。借用恩斯特·布洛赫（Ernst Bloch）的话，批评家和侦探都喜欢在浑水中钓鱼。[1]

侦探和学者的同气相求由来已久——也形式各异。埃德蒙·威尔逊（Edmund Wilson）在《谁在乎是谁杀了罗杰·阿克罗伊德②？》（"Who Cares Who Killed Roger Ackroyd?"）一文中痛贬侦探小说，实情却是许多评论家确实相当在乎——倒不是关心阿加莎·克里斯蒂（Agatha Christie），而是关心一般意义上的侦探小说，以及它与自身方法的惊人相

---

① 达希尔·哈米特（Dashiell Hammett）1930年小说《马耳他之鹰》（*The Maltese Falcon*）中的主人公。
② 克里斯蒂1926年作品《罗杰疑案》（*The Murder of Roger Ackroyd*）中的主人公。

似之处。正如马乔里·尼科尔森（Marjorie Nicholson）在1929年所宣称的：“学者最终只是思想的侦探。”[2]从哲学、意识形态和形式主义的角度分析经典侦探小说和硬汉犯罪小说的研究已经汗牛充栋。在解构主义的全盛时期，埃德加·爱伦·坡的《失窃的信》（"The Purloined Letter"）催生了一个评论和元评论的虚拟产业。侦探小说往往是最新阐释理论的乐园。

我们很容易对这种相似性做出社会学解释。文学研究者常感到自己被市场导向的价值观排挤；他们对官僚机构心怀芥蒂，因为后者将文学研究贬低为臧否作品、贩卖论文；他们容易走向疏离和失范。因此，学者喜欢读那些有个人魅力的独行侠故事就不足为奇了，因为独行侠善于推理，与警察的拖拉作风判若云泥。理查德·阿莱温（Richard Alewyn）说，小说里的侦探往往是"怪咖"和局外人；他们独自生活，房间邋遢，喜欢吸食鸦片或种植兰花，致力于追求艺术和思想。[3]周围的普通人往往会低估他们的聪明才智，搞不懂他们的动机。这种相似性对文学研究者而言极具吸引力。丹尼斯·波特（Dennis Porter）写道，学界中人都执着于解决问题，他们在复仇侦探的形象中，发现了一种知识分子可效仿的英雄主义。[4]

三 探长来访

然而，下文采取的是修辞学方法，而非社会学。我对学者和侦探的共同身份不感兴趣（如后文所述，这种同一性身份近年来颇受冲击），我感兴趣的是阐释方法的重叠。具体而言，我将探案（detection）和批判进行类比，两者都是怀疑式阅读的风格，融合了阐释和道德判断。这里，相似之处不胜枚举：两者都偏向于审讯和控罪，都相信瞒骗和欺诈无处不在，相信每个人都有所隐藏，都致力于缉拿罪犯，并喜欢用"有罪"和"共谋"这样的术语。我注意到，批判的实践者与侦探都有一种职业上必备的情绪：它是不信任的氛围态度，表现为不肯放松警惕。现在，让我们把情绪和道德联系起来，以便提出一个假设：像侦探一样，批判性读者笃定要去追踪有罪的一方。怀疑让我们去搜寻那些需要为违法行为负责的施事者。

追责就涉及因果关系；只有当我们在事件发生过程中发挥了某种作用时，才能为之担责。换句话说，有罪与叙事是密不可分的。批评家和侦探一样，必须讲述有说服力的故事：把事件按时间顺序排列，追踪参与罪行的人，并区分罪责主次。在这两种情况下，确定违法行为即意味着确定手段、动机和时机。简言之，怀疑式阅读是一种谋划，旨在确定原因和划分罪责。怀疑式阅读属于因果律的泛文化史，其中诸多力量（从语言到社会，从性到权力，从祖先到情感）都被用来解释事件的最终成因。[5]同时，怀疑式阅读不仅产生意义，也生成道德。它不仅是论证，也是由头脑灵光的侦探和狡猾的对手构成的寓言。这里，批判在很大程度上借用了古典侦探小说的摩尼教（Manichean）结构。唯有像侦探一样行事——审讯和盘问文化文本——才能不被误认为罪犯（这些罪犯被指控犯了政治寂静主义、积极同谋或其他更糟的罪行）。对文学和艺术的解释也是一种心照不宣的指控，其驱动力来自人们识别错误、标定责任和追踪罪犯的欲望。[6]

讲故事是推理和思考不可或缺的组成部分，这已经是耳熟能详的观点。几十年前，海登·怀特（Hayden White）阐述了解释和情节编排之间的联系，表明历史书写依赖于罗曼司、喜剧、悲剧和反讽的原型模式。最近，罗杰·施兰克（Roger Schrank）阐明了讲故事在日常智力活动中的功能。他认为，知识需要发挥各种图式或脚本的作用，没有它们，就不可能有更高层次的思考。如果没有现成的情节模式库，使我们能够处理和理解纷乱的现象，脑子就会变成一团糨糊。是否能在一种文化中正常生活，很大程度上取决于是否熟悉其核心故事。从这个角度看，怀疑是文学研究者思考时借用的故事之一，也是对分析讲授的文本进行定位的方式。在本

三 探长来访

章中,我感兴趣的不是对叙事的阐释,而是作为叙事的阐释(interpretation-as-narrative)——借由批判的感性牵扯出故事线,并将理解与解释联系起来的手段。怀疑和讲故事之间,到底有哪些重要的相似性?

这里有一个值得注意的反讽。毕竟,在文学和电影理论中,叙事常常被当作头号敌人。批评家指责说,故事力图简化和压缩一个无限可能的世界;它们完全无视现象的复杂性;它们强加那些为人物提前设定道路的图式,并排除其他的可能选项。简而言之,叙事被视为文化压迫的机制,是诱导读者选择特定行为和思维方式的途径之一。这种对情节的批判性不信任,源自人们日益加深的历史认识,即结构的本质是虚假与任意的。例如,对于20世纪初的现代主义者来说,叙事不再能揭示自然或历史的秩序,而被认为是将这种秩序强加给变动的世界,并向壁虚构出更微妙难懂的关联。[8]

然而,不信任情节的批评家却也善于制造情节,精于编织故事。被 D. A. 米勒称为现实主义小说中的"权力策略"(stratagem of power)的东西(它是因果律的精巧网络,将看似琐碎的细节联结在一起),也是那些善疑批评家惯用的,他们确信事情比表面上更糟糕,看似随意或不连贯的,实则被隐蔽的因果逻辑所控制。[9](想想当代学术文章中流行的短语，如"并非巧合的是"或"这不是意外"；对批判的实践者来说，似乎并不存在什么巧合。）杰拉尔·卡迪尔（Djelal Kadir）的一番话表达了许多人文学者的感受，他写道："在这个时代环境下，警觉性和洞察力必须是自觉之举，披着反思和怀疑的外衣，唯恐遭到诓骗或利用。"[10]这种对"受骗"的恐惧，刺激着批评家采取防御手段，嗅出别人看不到的联系，把偶然的细节编排成令人不安的意义组合。批评家为坏消息做好了准备，并假定某人或某事——无论多么难以捉摸或难以确定——一定难辞其咎。简而言之，批判性思维质疑叙事，也沉迷于叙事，它把隐秘联系编织在一起，以暴露出地表之下的结构。文学批评家就像出色的警探，必须把故事说圆，以便找出有罪方。[11]上一章讨论了作为读者的文学批评家，现在我们要思考的，是批评家如何作为特定叙事脚本的作者。

在大多数情况下，这种情节模式的影响是潜移默化的；我们关注的是批评家摆在我们面前的主张，而不是这些陈述所维系的叙事。当然，批评家也不能随心所欲地编造故事。评论文学文本时，他们需要经常参考这个文本，并用证据来支撑自己的主张。这些源文本被当成了全权代表，负责提供踪迹、线索或症候；批评家的工作就是将这些线索置于更大的意义结构中，并由此来做出阐释（如后文所示，解构式解

三 探长来访

读把这一程序变得更精细了,但绝没有将之废除)。

在这个意义上,怀疑式批评提出了与侦探小说相同的问题,两者都属于卡洛·金兹伯格(Carlo Ginzburg)所说的猜想范式(conjectural paradigm):仔细研究各种迹象,从结果到原因重建,从观察到解释,从已发生的事情到对行为人的识别。金兹伯格的那篇著名文章将线索的现代概念置于阐释符号的漫长历史中。几千年前,猎人学会了破译动物足迹、毛发绺、打弯的树枝和缠住的羽毛;学会了嗅闻寻踪、解释和分类。这些做法是现代知识形式和真理制度的远祖:艺术史学家、精神分析学家和侦探都利用不起眼的痕迹,将之作为通向隐秘现实的大门。[12]专业侦探借助神奇的第六感,在一堆被弃置忽视的细节中,让秘密宝藏得以显形。因此,当代批评家加入了一个由阐释者、解码者和符号阅读者组成的跨历史共同体。

侦探小说和学术批判有一个明显的区别:在后者中,不法分子不是异常个体——一个发疯的乡村牧师、一个心怀怨恨的园丁,而是被评论家作为终极原因的更大实体:维多利亚社会、帝国主义、话语/权力、西方形而上学。经典犯罪小说对越轨行为的刻画,引起了文学批评家的不满。他们谴责这种小说只关注罪犯个人,是一种可耻的逃避,是在否认存在系统的、普遍的违法行为，否认罪犯其实与法律沆瀣一气，而不是相互为敌。弗朗科·莫雷蒂（Franco Moretti）宣称："侦探小说的存在，就是为了打消人们的疑虑，即犯罪可能是非个人的，因而具有集体性和社会性。"[13]批判的实践则反其道行之，坚持认为犯罪总是集体的、社会的——是由不道德的结构造成的，而不能怪罪那些不道德的人。警察和政治（通常还加入了大量的哲学）汇聚在一起，形成了怀疑阐释学的叙述动力。

本章标题来自英国戏剧家普里斯特利（J. B. Priestley）的一出戏，它是英国业余戏团和中学里备受欢迎的常演剧目，在美国却不那么出名。《探长来访》（*An Inspector Calls*，又译为《罪犯之家》）是一部惊心动魄的侦探剧，它有其社会目的，示范了警察如何成为政治。一位神秘的警官来到一个爱德华时代的富人家中，通过审讯每个家庭成员，查出了他们如何狼狈为奸，卷入不久前一位年轻女工的命案。探长无视他们愤怒的无罪抗议，冷静撕开了资产阶级体面的伪饰。他就像复仇天使，把一个中上层家庭的所作所为暴露无遗，并编织出牵涉所有人的社会叙事。他是典型的多疑读者，对历史进行逆向梳理，找出被忽略的关联和隐藏的原因；那些看似最不可能犯法的人，原来与社会苦难有莫大的牵连。探

三　探长来访

长咄咄逼人的提问，就如同施了魔法一般，引出了吞吞吐吐的忏悔和怯懦同谋的认罪，暴露了隐藏在资产阶级生活核心的烂疮和溃疡。他编织了一个故事，在这个故事中，一切都有联系，每个人都有责任，没有人——包括观众在内——可以脱罪。[14]

同样，文学研究的探长如今也来到犯罪现场，一心想将看似无辜的东西转化为政治上的有罪。就像普里斯特利的主人公一样，他们踩着泥泞的靴子，穿过文化的客厅，让历史罪行的共犯大白于天下。批判的方法亦受到启发，将推理和政治融合在一起，唤出犯罪叙事，引出忏悔自白。文学批评模仿了警探破案的方法——不仅学习后者破解线索，也同样致力于追查真凶。怀疑的情节线具有自我生命力，使读者带着极度不信任去接近文本，寻找犯罪的蛛丝马迹。让我们想想，怀疑阐释学是如何选择某种套路来组织阅读和推理的，然后再考虑一下，还有什么别的因素——除了揪出罪犯的正义冲动——在故事讲述中至关重要。

犯罪、线索、罪犯

一个方便的起点，是侦探小说的组成要素：罪犯、线索、犯罪。这三元素的作用是什么？它们如何结合在一起，创造出某种意义的集合？当调查者变成了文学评论家，而不是侦探时，这种模式是如何被重绘的？这些元素经历了怎样的变化？批判与犯罪小说具有怎样相似的结构？批判对叙事的依赖，在何种意义上与道德判断交织在一起？

侦探小说是一种情节驱动的形式，这一点似乎不言自明。这种文类的诱惑在于它的艺术性和独创性，这些特征能唤起并满足人们的好奇心。格伦·莫斯特（Glenn Most）和威廉·斯托（William Stowe）认为，就其本质而言，"侦探小说几乎是纯粹的叙事"。[15]阅读这类小说，就是屈服于一种诱人的节奏，它时而隐瞒，时而揭示，时而前进，时而岔开。细节就像在我们脑海中跳着脱衣舞，它们左摇右摆，晃来晃去，障眼法迭出，信息如抽丝剥茧般吐出，直到面纱最终被揭开，真相大白于天下。在波洛把一众人物领进客厅，并郑重解释谁对谁做了什么之后，悬而未决的问题解决了，谜团也随之散去。被转化为叙事的死亡，是一种被剥去了神秘性的死亡，是被破解的奥秘。

此外，侦探小说依靠的不是单一而是双重情节；它讲述的是"犯罪的故事"vs."调查的故事"。用茨维坦·托多罗夫（Tzvetan Todorov）的话说，前者不在场却真实存在，后者

三 探长来访

在场却无足轻重。[16]也就是说，侦探小说的结构核心是挖掘一段隐秘历史：一次原初的暴力行为让文本动了起来，其目的或目标就是做出解释。在经典的侦探小说中，一切重要的事情都与最初的犯罪行为相关，它作为前奏被有意省略了。该文类的特色在于回顾性叙述；它从结果（尸体）开始，直至推断出原因（凶手）。因此，侦探的工作是反向推理（reason backward），以便将过去的事件串联起来。

批判性读者的工作也具有相似的双重结构，他们希望从结果转向原因，以揭露隐藏的联系——这里，原因是指文学文本中的社会力量，它隐藏在文本令人困惑或相互矛盾的特征背后。通过阐释，批评家解决了思想难题，启发了读者，并体现出从困惑到理解的追踪过程。因此，文学批评和犯罪小说通过整合线索、解释过去，实现了当下知识的创造。

然而，在阅读体验中，这种模式的表现是有区别的。经典侦探小说的时间顺序是犯罪—线索—罪犯。一开始，我们就面临着死亡这个残酷的事实：那具瘫倒在地、双眼无神的尸体，是引发情节运动的震骇事件，它的身上藏着受害者死亡内情的诱人秘密。犯罪的探索之旅，引发了对线索的搜寻，尤其是那些看似微不足道的细节——丢失的纽扣、撕碎的票根、散落的烟灰——这些都会在专家的凝视下，透露出隐藏的信息。侦探小说将日常生活的随机碎片变成闪烁着神秘意义的象形文字。正是这些线索支撑着侦探的推理，为最后揭露凶手铺平道路，而且原则上任何人都有嫌疑，但最后凶手必定是特定之人。

虽然线索七零八落，凶手却无处可寻。在经典的侦探小说中，罪犯的身份一直到最后几页才真相大白；正因为破解"谁是凶手"的迫切渴望构成了我们读书的动力，所以真相必须延后公布。如果朋友或评论家无意间的剧透让我们提前知晓了谜底，那就等于破坏阅读的乐趣。作为读者，我们完全不了解侦探的内心世界——叙述者往往是一个笨头笨脑的伙伴（如华生、黑斯廷斯），他与我们一样感到困惑和迷茫。

然而，当转向批评实践时，情况就显得颇为不同。在学术批评中，叙述者和调查者的角色合二为一，读者在推理和演绎的过程中竖耳偷听。与侦探小说相比，这里没有令人窒息的悬念，没有对关键信息的狡猾隐瞒，也不存在"双重阐释学"，即读者与专业侦探相互较劲，争先恐后去识破玄机。事实上，批评家往往从一开始就点明了有罪的一方，将秘密暴露无遗。早在犯罪细节浮出水面之前，罪犯身份就基本不是一个谜了。

例如，马克·塞尔泽（Mark Seltzer）曾严厉批评亨利·

三 探长来访

詹姆斯,并在某书第二页就指出,在文学再现手段和权力技术之间存在着"连续犯罪"——小说之罪不仅在于施用权力,而且在于竭力掩盖这一真相。[17]他继续写道:"之所以怀疑艺术和权力之间存在瓜葛,正是因为詹姆斯如此煞费苦心地否认。"文本越是斩钉截铁地表明清白,就越在谎言的黏稠蛛网上尽力挣扎,从而暴露自身的罪责。这种将否认变成默认有罪的招数,是从上一章讨论过的弗洛伊德那里学来的,但它也借用了侦查探案的技术,将看似无罪的一方最终变为有罪。正如后文所示,线索的范式为批判性读者提供了理论依据,以证明文本意义与表面含义完全不同。因此,罪魁祸首在论证的一开始就被揭穿了,更典型的顺序乃罪犯—线索—犯罪。

在这个意义上,学术批评提出的关键问题与其说是"凶手是谁",不如说是犯罪的方式。读者的兴趣不是出于对坏人身份的强烈好奇——在大多数情况下,文类、话语结构或社会制度的失败,已为批评家们所熟知。学术论文并不以其水落石出的结局而闻名,揭露罪犯这一点也不足为奇。相反,在最好的情况下,我们会被批评家阐释的独创性和创造性所吸引,被他们在文本和世界之间编织关联的敏捷性与艺术性所吸引。

应该注意到,犯罪的一方往往是文本、文类或语言结构,而不是（比方说）某个特定的作家。几十年前，奇努阿·阿切贝（Chinua Achebe）在一篇著名的文章中宣称康拉德是种族主义者。当然，有不少批评家愿意讨论作家的政治观点。然而，许多文学研究者更愿意与传记式批评保持距离，坚持认为文本意义远远超出其创造者的目的和意图。结构主义和后结构主义理论进一步推动了这种研究倾向，这些理论都强调语言（而不是意识）的影响，摒弃任何形式的以作者为中心的批评，认为这是人文主义失势后的苟延残喘。因此，个人的作用——它是法律和侦探小说的基本参考点——经常被最小化或予以否认。

同时，侦查犯罪的故事线，以及它对有罪方的预先推定，激发我们去搜寻那些心怀不轨的施事者。道德判断与针对动机的假设捆在了一起；正如我们所看到的，这是怀疑阐释学的关键因素。因此，人格化在文学研究中是家常便饭，批评家总想着将意图、需求或欲望归咎于非人的力量。语言或社会结构被赋予了血肉之躯，并代替那些真正的人；文学文本成了刑侦大戏的主角或准主角。[18]因此，阅读行为导演了批评家和人格化动因（如权力、无意识、意识形态、文本性）之间的斗争冲突，后者扮演着刑侦剧里隐秘罪犯的角色。阐释成为道德和政治意义上的犯罪缉凶。

三 探长来访

例如，凯瑟琳·贝尔西在其颇具影响力的《批评实践》(*Critical Practice*) 一书中强调，她感兴趣的不是对特定作者的指控，而是展示文学的形式结构如何为政治目的服务。她的目的之一是揭穿19世纪小说的真理主张；她宣称，文学现实主义是一个意识形态的计划，旨在让读者接受特定世界观的自然性和必然性。她解释说，"现实主义文本是一个……结构，它声称可以传达出其元素之间可理解的关系"，并试图"创造一个连贯的、内部一致的虚构世界"。也就是说，现实主义文学作品假装提供事物真相的可信描述，进而竭力欺骗其读者。现实主义是意识形态体系的一部分，它通过掩盖自身的政治议程，"假装合乎逻辑、充分完备"。它让我们忽视那些不完整和不一致的现实描述，并将之作为大写的真理来呈现。夏洛克·福尔摩斯的故事向贝尔西完美示范了这种操纵的存在；这些故事旨在"消除魔力和神秘感，使一切都变得明确易懂，并经得起科学分析"。[19]因此，福尔摩斯的故事通过诉诸理性和科学的伪客观性，掩盖自身的逃避和遗漏。正是因为小说作品"看似无辜"，它才能"在意识形态上有效"。

批评家戳穿了纯真的虚假外表，并揪出文本的意图，把它当成和人一样的骗子。现实主义作品被指控欺诈和捏造，通过蒙蔽读者来掩盖社会矛盾。然而（这里，批判性叙事变成了一种准悲剧，不断描绘野心家的失败），这种欺骗注定失败。在意图和效果之间，在表层意义和深层意义之间，在文本讲述的和它回避否认的之间存在着断裂，这种断裂意味着专业的读者兼审讯官可以揭示文本的意识形态。因此，按照贝尔西的说法，儒勒·凡尔纳（Jules Verne）的《神秘岛》包含了"出人意表的矛盾因素"，其效果是破坏了"作品意识中的殖民主义意识形态"。同样，虽然"夏洛克·福尔摩斯故事的计划是消除魔力和神秘感，使一切都变得明确易懂，并经得起科学分析"，但这种意图被文本边缘的神秘女性削弱，她们颠覆了文本对父权制理性的刻意肯定。文本在不自觉的忏悔中谴责了自己，说出了文本的"不连贯、遗漏、缺席和越轨"。[20]

批评家由此形成了一种论证套路，将文本线索与作品急于掩盖的社会整体状况联系起来。正如上章所述，通过因果关系的叙事逻辑，压抑的主题将看似偶然的关联变成隐秘的联结。[21]一切都不是随机或偶然的；每个文本细节都暗藏着目的，并且兹事体大。然而，文本的罪愆先于任何具体的阐释行为；正是先假定了罪责，才使缺席或遗漏之物被转化为可疑的逃避。批评家与其说是发现罪恶，不如说是从阐释实践的公理中生成了罪恶。因此，夏洛克·福尔摩斯故事中所包

三　探长来访

含的真理，不是任何一种关于人类或社会现实的真理，而是"关于意识形态的真理，关于意识形态所压抑的真理，它本身的存在即意识形态"。[22]

在诉诸意识形态的过程中，文本的罪责被承认，但也受到限定。个人作品并不是单打独斗，而是由幕后暗自运作的宏大力量所引导。这样的情节设定唤起的场景将我们从牧师住所谋杀案的牧歌世界，带到硬汉犯罪小说或黑色电影的晦暗之地，那里暴力丛生，腐败泛滥。在个别犯罪者的背后，有一种更阴暗、更可怕的力量：政客与有组织犯罪沆瀣一气，大款与打手刺客狼狈为奸。詹明信说，雷蒙德·钱德勒（Raymond Chandler）的小说氛围中充满了怀疑，它不仅存在于私家侦探的态度中，也存在于客房经理、仆人、旁观者的警惕目光中。[23]批判理论研讨课上，也弥漫着类似的警惕气氛：大家坚信没有任何文本是无辜的，每句话都有所隐藏。像福尔摩斯或波洛一样，文学批评家使用阐释技巧和推论来弄清真相；像菲利普·马洛①一样，他们知道犯罪是无处不在、无法逃避的，遍及社会结构的表里。

那么，文本被指控的罪行是什么？在某些情况下，罪名

---

① 雷蒙德·钱德勒创造的虚构人物，硬汉犯罪小说的代表性角色。

是欺骗；文学作品似乎忽略了它势必知晓的东西。在对不平等现状视而不见的同时，它也默默纵容了他人的不端行为。文本首先不需要对支配结构负责，批评家将之归咎于物质力量。然而，文本容忍了这种不平等，不敢去面对——它选择去粉饰、忽视或无视不愉快的现实——于是，文本扮演了一个令人不齿的同谋角色。它是不法行为的协力者，是犯罪同伙。

然而，在其他情况下，指控的罪名不仅是欺骗，还有主动胁迫。文学作品不再是共谋的旁观者，而是被指控为积极的罪犯。这种加重罪责的做法，可以归因于理论的崛起，因为理论让语言扮演了关键的（甚至是独裁者一般的）权威角色。语言不是交流或自我表达的媒介，而是被指控钳制思想、限定言说边界。它是等级制度的主要施事者，制造社会创伤，让遭到排斥或边缘化的群体被迫陷入沉默。巴特谈到过这种将语言视为一种象征性暴力的看法，他在20世纪70年代末曾说，说话不是为了交流，而是为了征服。[24]

福柯式批评家坚持认为，权力并不是由个人或社会团体独断施行的。相反，它通过控制性的力量看不见的毛细血管扩散到整个社会，这就是一种话语的微政治，它一直在塑造着人格的轮廓。D. A. 米勒有一个经典的分析案例，他问道：

三 探长来访

"小说——作为一套表征的技术——如何系统地参与警察权力的一般经济活动?"现在,"警察"已经远远超出法律机构的范围,描述了无所不在的文化监管和监视的过程。维多利亚小说通过采用各种技术——全知叙述者的全景凝视、情节的解释机制、对家庭和出轨的再现——隐秘地参与了对读者的监管和规训,并教育他们要选择得体的行为模式。这种策略的有效性,首先在于其娴熟的自我掩饰;小说否认与警察有任何瓜葛,摆出一副权力真空区的姿态,假装自己是一个自由想象,甚至不受法律约束的救赎领域。米勒说,规训权力"是一种永远不会打着警察名号的权力,它要么是无形的,要么以其他更高尚或更平淡的意向性为掩护——教育、治疗、生产、防卫"。[25]

隐蔽性是关键;这是批判的一个前提,即胁迫的行为和事实要加以伪装,避人耳目。多疑的学者之所以有别于旁人,不仅仅是因为他们有能力破案,更根本的原因是他们知道犯罪已经发生。文学文本所实施的恶行——与倒在客厅地毯上显眼的尸体相比——在外行读者及老派学者和美学家的雷达追踪范围之外。当其他人评论的是精致的散文风格,或对人类经验的探索时,从事批判事业的人则在防范系统性的掩盖和隐蔽的犯罪戏码。他们坚持认为,这样的违法行为不是一种反常,而是普遍存在的,它支撑着现状的结构性不平等。经典侦探小说和学术批评之间的另一个关键区别是:在前者中,犯罪是可见的、反常的;在后者中,它是不可见的,却又无处不在。

这种认识会如何影响第三个类别,即线索?西蒙·斯特恩(Simon Stern)提供了一个令人钦佩的简洁定义:线索是重要的细节,在被专家识别和阐释之前,它们处于不可见状态。[26]它们只是细节——次要的、外围的、看似偶然的东西——这解释了为什么它们容易被普通旁观者或外行读者忽视。线索并不明显;它们不会跃入眼帘,也不会强加于人的意识。它们隐藏在显而易见的地方,需要人们灵巧地使用放大镜或珠宝商的单眼小型放大镜才能找到。这涉及微观逻辑和极微小的领域;正如华生对福尔摩斯所言:"你对细枝末节有一种非凡的天赋。"[27]当然,并不是每个细节都能成为线索;只有在特定条件下,前者才会变身为后者。在这里,阐释者的地位格外凸显;细节需要专业知识的加持,以使其真理得以显形。线索是专业知识的产物——如同象形文字,只有专家才能得其门而入。

从这里我们可以看出侦查探案和文学批评之间的相似之处为什么那么诱人。因为侦探就是读者,就是经过伪装的批

三 探长来访

评家,对这样的批评家而言,世俗之物和日常行为的世界——丢弃的火柴、一滴墨水、破碎的玻璃、口误——都是重要的文本。线索给平凡或无关的细节涂上了一层超强意义的光泽。莫雷蒂在论及侦探小说读者时写道:"如果你在寻找线索,那么每个句子都很重要,每个人物都很有趣;描述不再了无生气;所有的语词都变得更尖锐、更奇怪。"[28]破案式阅读在对日常现实抱以根深蒂固的怀疑时,也使现实变得更惊心动魄、引人入胜;每个细节都有潜在目的,被一种强烈的(甚至幻觉的)意义所笼罩。

莫雷蒂是否也在(自觉或不自觉地)提及他本人作为马克思主义批评家的经历?同样,对于这样的批评家来说,不存在无意义的段落,没有应该忽略的沉闷描述,也没有不值得关注的恼人的次要情节。相反,每个文学细节都悄然包含着秘密的意味;每个短语都隐藏着潜在的双重意义;任何小人物都可以突然跳出来,成为文本隐藏议程的有力证据。甚至沉默也可以被迫发声;某些话题未被提及,只是证实了资本主义意识形态无处不在的否认和拒绝。后殖民主义批评家致力于挖掘帝国的焦虑,在他们的研究中,也可以发现这种对隐秘潜文本的关注。例如,允娜·斯蒂奇(Yumna Siddiqi)的新书与本章的主题直接有关,她认同侦探和后殖民学者之间的平行关系。"这里所进行的分析工作,"她写道,"可以比作破案的过程。我的方法……是侦探式的,即解读线索,并将文学个案和历史事实重组成一个可理解的整体,借此来调查文化的真相。"[29]

正如斯蒂奇接下来承认的那样,这种方法有潜在的风险,譬如分类不当、强迫解释、妄下结论。她写道,自己的目标是以夏洛克·福尔摩斯为榜样,避开这些陷阱,细嗅文本,"根据它们提供的证据,来猜测帝国的焦虑"。[30]斯蒂奇对自身方法的清晰感和自觉性令人钦佩,但我们对于证据仍有一些棘手难解的疑问。如后文所示,线索的意义在侦探小说中远非简单明了。在症候式阅读中,它们似乎更加模糊——在这种情况下,缺席很容易被炼化为在场,文本细节被逆向解读,以支持批评家先前对群体心理或社会结构的观点。这就是劳伦斯·格罗斯伯格(Lawrence Grossberg)所说的"一沙一世界"(a world in a grain of sand)① 阅读法:相信个别文本是一个更大的社会整体的缩影,如果解读正确,它们将揭示出这个整体的隐藏真相。因此,微小线索承担着重大的举证责任,它们是系统性犯罪的蛛丝马迹,而非指向个体的

---

① 语出威廉·布莱克(William Blake)的诗《一粒沙子》("A Grain of Sand")。

三 探长来访

罪行。[31]

此外,我们应该注意到,近年来批评家和侦探已不再那么投契。如今,批评家不太可能将侦探视为盟友和同道,而是将他们当成需要去神秘化的症候。尤其是福尔摩斯,已经不受待见。他是业余玩票,而非专业人士,他像古怪的波希米亚人,而不属于古板的资产阶级——以上这些事实都不再能影响或抚慰福尔摩斯的研究者。相反,根据下一章更为详尽的论证,他看似偏离了社会规范,其实只是强化了与这些规范的深度共谋。福尔摩斯式破案技术被认为预示了现代监狱社会的到来,这个社会致力于记录和追踪公民的行动。莫雷蒂宣称,侦探是国家的形象,而侦探小说"是对文化压制能力的颂歌……每个故事都重申了边沁的圆形监狱思想:这所模范监狱预示着自由主义将蜕变为全面可查性"。[32]国家和侦探联手破译个人生存的所有细节,将嫌疑人的身体——我们都是嫌疑人——变成一个可读的文本。马克·塞尔泽也提出了类似的观点。"在福尔摩斯的意义上,被重新定义的犯罪涵盖了不断扩大的活动领域,这一转变的趋势是将日常生活的方方面面置于怀疑之下。"[33]福尔摩斯不再是怪人,或充满个人魅力的局外人,现在我们认为他预示了电话窃听、录像监控和数据挖掘技术,而这些恰好是当代监控社会的特征。

这种观点的改变，源自对法律机制日益增长的批判性祛魅——人们在政治上意识到，法律问题往往无关正义。同时，福柯思想激发了一种新型的、痛苦的自我意识，即专家知识可以作为一种权力机制的方式。批评家和侦探不再是团结的战友关系，而是转变为一种不赞同、反认同的关系。相反，批评家可能更愿意站在罪犯的一边，扮演侦探小说中的各种骗子和不法分子。在内容层面上，批评家将对侦探的忠诚转移到了罪犯身上——然而，在方法层面上，她继续像侦探一样阅读。也就是说，她拒绝接受表面意义，而是抓住那些被忽视的、具有启示意义的细节；文本就像犯罪嫌疑人一样，必须加以审问，并让它说出隐藏的秘密。多疑的批评家在侦探故事中质疑的——将一切置于审查和监视之下，以至于最微不足道的细节都有可能被定罪——也正是自身方法的核心和灵魂。普通读者就像倒霉的华生一样总被眼前的证据所迷惑：他们能看见，却不会观察。莫雷蒂宣称，小说的结构是被掩盖的，它的深层含义对作者和普通读者而言都是禁区。只有专业阐释者才能在顾左右而言他的表面之下，抓住符号的隐蔽含义，才能做出抽丝剥茧的推理，让有罪的一方无处可遁。再引用一下布洛赫的话，侦探和批判性读者的目标都是"搜寻真相"。[34]

三 探长来访

我一直在说，"搜寻"其实就是讲故事，创造令人信服的叙述。侦探必须反向推理，从结果到原因，从尸体到凶手，将不完整的信息碎片编织成连贯的序列。线索在这一过程中是必不可少的，但线索有很多声音，它们的信息是预言性的，且往往含混难懂。正如皮埃尔·巴雅尔（Pierre Bayard）所指出的："对某人而言是线索的东西，对另一个人可能毫无意义。而且，只有当线索成为一个更大故事的组成部分时，它才会被命名为线索。"[35] 事实上，只有当案情解释已准备妥当时，线索才会作为线索出现——它不是让人注意力涣散的无聊细节，如苍蝇一般等待被驱散。用巴雅尔的话说，线索是一种选择：决定将注意力集中在特定事情上，并选择忽略那些徘徊在注意力边缘的其他准线索——这些线索如果合在一起，可能会形成非常不同的解释。（在他的书中，巴雅尔通过重审《巴斯克维尔的猎犬》一案，将这些观点付诸实践，并以坚定的语气，解释了福尔摩斯究竟如何犯错，以及为什么犯错。）

因此，在破案和批评时，故事决定了什么是线索，就像线索决定了故事的形状一样。正是叙事将蛛丝马迹变成了线索；只有当侦探脑中已大致有了犯罪性质或罪犯身份的想法时，潜在的线索才会出现在眼前。通过彼得·布鲁克斯所谓的"回顾性预言"(retrospective prophecy)这一方法,侦探从一个假定的结论向后推理,找到线索并指向这种结论的必然本质。[36]文化批评家亦是如此,他们对有罪方的假定伴随或先于对文本细节的破译。不出所料,这些线索必将产生预期的意义,提醒人们注意社会机器的隐蔽齿轮和不透明的工作方式。正如伊丽莎白·斯特罗伊克(Elisabeth Strowick)所说,线索范式将怀疑变成了一种知识方法。[37]

维托尔德·冈布罗维茨(Witold Gombrowicz)的一个短篇小说很好地描述了怀疑式阐释的这种循环论证。《有预谋的犯罪》("The Premeditated Crime")是以一个治安官的视角讲述的,他到乡下去开会,却发现要见的人刚死于心脏病发作。他对死者的家庭成员越来越怀疑,坚信有人在掩盖一起可怕的罪行。他指出,尸体的概念毕竟与查案的治安官完全合拍:两者都需要并呼唤着对方。他坚持认为,自己的工作就是"将事实的链条连接起来,创造逻辑三段论,编织线索,寻找证据"。他超越了表象,摒弃显而易见之物,开始追踪犯罪线索。此人死于心脏病这一点无可争议,但它只是一个小细节,可以被断然忽视。"我举起手指,皱起眉头。'犯罪不是自动出现的,先生们;它必须要花心思琢磨,左思右想——饺子不会自己煮熟。'"[38]地方法官胁迫死者的儿子在尸体的喉咙上留下指纹，最终成功地将一次意外死亡变成了精心策划的谋杀。他成功地履行了自己的工作职责。怀疑会产生有待解读的无尽线索，以及有待得出的结论；犯罪不仅是罪犯预谋的，也是由一直勤勉地保持警惕的侦探预谋的！

元怀疑

那么，批判的实践者是否注定得扮演侦探的角色？如果不进行调查、审问和指控，还有可能进行批判性阅读吗？如前文所述，后结构主义激发了人们对充斥着权力的阐释语言的高度敏感：大家懊悔地发现，怀疑式阅读所指控的正是它声称要调查的罪行线索。于是，各路批评家开始共同为文学辩护，渴望帮它证明清白、洗刷罪名，确保文学不被挪用，免受狂热阐释者的指控。虽然文学作品免于被起诉并得以脱罪，但现在批评本身成了犯罪。

让我们看看苏珊娜·费尔曼（Shoshana Felman）对前人解读亨利·詹姆斯的《螺丝在拧紧》的精湛解读。在一篇广受引用的文章中，费尔曼借鉴了解构主义和拉康主义的思想风格，批判了那种"阐释即破案"的方法本身。她的出发点是埃德蒙·威尔逊，后者用弗洛伊德的方法，对詹姆斯的这个故事做了著名的分析：该文成为费尔曼揭露怀疑式阅读的首要呈堂证据。威尔逊对《螺丝在拧紧》中的鬼魂——声名狼藉的仆人彼得·昆特和杰西尔小姐的幽灵——做出了著名的解释，认为它们是故事叙述者（即年轻家庭教师）的狂热幻觉。以前的评论家对文本中的这些超自然现象并不深究，而威尔逊则一举重塑了《螺丝在拧紧》的意义，将其转化为一个神经症和性压抑的案例。看起来像是在闹鬼，其实不过是一个备受压抑的年轻女子迷恋其雇主，并由此产生的歇斯底里投射。

然而，费尔曼仍然没有被说服，也没有被打动。她宣称，威尔逊的这种阐释招数为心理分析做了一次恶劣的示范，即试图将文学翻译成自己的解释学语码范畴，从而获得对文学的掌握。弗洛伊德式批评家是侦探，一心想解开谜团，找出答案，并通过破译符号来解释文学的含混。他是怀疑式读者的典型范例，一心想给文本挑刺，迫使它坦白自己可耻的秘密。

费尔曼不断强调，这种试图掌握文本的做法是注定要失败的，文学作品会诓骗自诩不易受骗的弗洛伊德式批评家。她写道："《螺丝在拧紧》构成了一个心理分析的阐释陷阱，它所构建的陷阱就是等着怀疑往里跳。"也就是说，老练的读

三 探长来访

者在文本中逆向阅读，以期找出受压抑的意义，但这种做法被詹姆斯的中篇小说挫败了，因为它一直在对这种愚蠢的解码行为进行点评。别忘了，小说的主人公就是典型的怀疑式读者；她拒绝相信任何东西，疯狂地寻找周围怪事的真相。费尔曼写道："作为读者，家庭教师扮演着侦探的角色：从一开始，她就试图通过逻辑推理和确凿证据，来探究犯罪的性质和罪犯的身份。"[39]然而，这种类似侦探的狂热追问并没有带来令人满意的解决方案；相反，詹姆斯的故事以灾难收尾，家庭教师的一个年轻学生在她怀中死去。对费尔曼来说，这个结尾的场景体现了批判性阐释的显著危险。她指出，《螺丝在拧紧》对威尔逊强加于文本的阅读方法提出了明确警告——即使他一直对这份忠告置若罔闻。

由此，在对詹姆斯的解读中，费尔曼扮演了辩护者而非起诉者的角色。她竭力为文学文本中令人目眩的丰富性和多层次的模糊性做辩护。她反复证明，《螺丝在拧紧》是无法破解的难题，是超出理性理解和分析论证边界的语言艺术品，是一个迷宫般的镜厅，身在其中的读者必然会失去方向感。我们可能认为自己"知道"《螺丝在拧紧》讲了什么，但这份自信还言之过早；事实证明，詹姆斯的文本比我们更高明，它对指向自身的批判性解读进行了有预见的解读，与手法拙劣的愚笨批评家展开周旋。它的文字在我们试图强加给它的概念范畴之上、之下和周遭流动，逃脱了分析性概念的渔网。文学之美在于充满了语言的微妙和复杂，这让它涤清了一切罪行。

这里，费尔曼的解构方法标志着它与正统弗洛伊德主义及意识形态批判传统的分歧。然而，怀疑并没有被消除或根除，而是被拔高了几个档次，并重整旗鼓指向了新的目标。被指控犯罪的不再是文本，而是对文本的诠释。用费尔曼自己的话说："构成犯罪的不是别的，正是侦查的过程。"现在，我们用一套关于罪责的道德和司法语言指向批评实践本身。从事精神分析的批评家被指控寻求"'解释'并主宰文学"，并因为"在文学中杀死了使其成为文学的东西"而受到指责。在迫使文本坦白秘密时，埃德蒙·威尔逊犯下了骇人的暴行：他故意抹杀了文本的他者性。费尔曼用一种修辞性的夸张口吻宣称，弗洛伊德式阐释是"一种特别有效的谋杀武器"。[40]

这种将阅读行为与谋杀断然（甚至如情节剧一般）联系在一起的做法背后隐藏着什么？为什么解构主义批评家要扮演凶杀案侦探的角色？费尔曼就像一个勤勉的警察，挖掘线索来支持她的指控。然而对这些线索的解读，是由她的假设所决定的，即确实有罪行发生。她所构建的平行关系具有迷

三 探长来访

人的对称性：在文本内，为真相而痴狂的家庭教师谋杀了她的学生；在文本外，为真相而痴狂的弗洛伊德式批评家杀害了文学。然而，《螺丝在拧紧》结尾对迈尔斯的死吞吞吐吐，对原因和罪责都三缄其口，并不像费尔曼的解读那样明确。但是，费尔曼补上了缺失的一环，确认了原因、罪犯和动机。家庭教师是有罪的，这要归咎于她追根究底的执念，这导致了学生的死亡。追求真相的做法本身受到谴责；理性被揭露为某种危险和破坏；詹姆斯的文本表明，"理解行为本身可以杀死一个孩子"。[41]正如家庭教师杀死了迈尔斯一样，弗洛伊德式批评给文学文本带去了致命的暴力——而且，费尔曼认为，任何形式的意义解读都是如此。阐释不仅失当，而且残酷。

因此，即使费尔曼坚持文学的极端不确定性，她的评论依然相当于将詹姆斯的故事转变成一个阐释暴力的道德寓言。她的文章仍然固守着侦探小说的基本原理：谁干的？谁有罪？[42]它尽管批判了阐释，却卷入了阐释活动的旋涡，对围绕詹姆斯小说的学术评论进行深度勘测，以求揭示出一场误识与谋杀的隐蔽戏剧。费尔曼构建了一出道德剧，亦是情节剧，主题是有罪和无辜、指控和审判。怀疑因此让位于一种可称之为"元怀疑"（metasuspicion）的东西：对批判性阐释的历史进行一场严厉的清算。

解构主义和福柯式批评家尤其喜欢这种元批评策略。近几十年来，关于阅读犯下的劫掠罪行的故事层出不穷，因为批判将犀利的目光转向了自身的历史，以自反性的怀疑螺旋，反复审视自己的动机。检察官现在发现自己站在被告席上；怀疑阐释学被提堂审判。批评家的解释的西洋镜被戳穿，这意味着不可靠的合理化：批判不是阐明艺术作品，而被指控对文本霸王硬上弓，威逼它说出秘密。文学批评史充满了新名词——逻各斯中心主义、认识癖（epistemophelia），把批评的理由描绘成秘密为之的强迫和支配。伊丽莎白·斯特罗伊克以福柯式的夸张口吻宣称，通过鼓励怀疑式阅读，人文科学成了监控社会的同谋，"充当了权力微观物理学的代理人"。[43]批评家兼侦探现在成了终极罪犯。

本书下一章会进一步讨论"对批判的批判"的深远影响，但我们可以瞥见这种奇怪思路的悖论性和自我矛盾之处。如果怀疑式阅读是向文本的"背后看"，那么看向"背后看"的背后就合理吗？给怀疑拧紧螺丝，到底是会让它丧失机能，还是会为之注入新的活力和力量？毕竟，批判被审讯得越厉害，似乎就越是在强化我们想避免的那种思维方式。元怀疑并没有减轻不信任，而是放大强化了它。因此，怀疑阐释学被证明是一种特别难缠的野兽——它似乎非常抗打。它看上去无坚不摧,无往不胜,一头钻进死敌的肉里;它就像神话中的九头蛇,当批评家砍掉它的头,它立刻就能长出新的。

批判的艺术

我们显然需要改变策略。正如前文所述,利科区分了怀疑阐释学与信任阐释学,区分了解密化阅读与修复性解读。也许我们可以宽宏大量一些,给怀疑式阅读多一些它吝啬为之的同情,这样才能更好地把握这种阅读方式。我们不绕到它身后,而是正视它,并考虑它所表现出来的意义与动机。利科认为,现象学可胜任这个任务,因为它表现为对现象的关心和关爱,偏爱描述胜过解释,愿意去关注,而不是分析。现象学的描述不是为了揭穿诡计或戳穿幻觉,而是试图弄清事物的意义及其重要性。

然而,阅读现象学的许多工作显得异常苍白,缺乏感情和强度。阐释被当作纯粹的脑力劳动,只是去填补空白、强加模式、破译歧义,类似于礼拜日早上悠闲地玩填字游戏。但是,我们阅读时会遭遇能带来阐释能量的狂热涌动,会因为不透风的文字坚墙而痛苦地以头抢地,之后又会在柳暗花明时经历"我懂了!"的极乐时刻。这些又说明什么呢?阅读——甚至是学术阅读——也不像人们常说的那样是一种无聊冷血的活动。斯蒂芬·茨威格在他精彩的中篇小说《灼人的秘密》(*Burning Secret*)中写道:"没有什么比充满激情的怀疑更能磨炼人的智慧了。"他提醒我们,怀疑并不与激情相对,它本身就是一种激情,它影响并维系着许多种智识上的痴迷爱好。[44]

例如几年前,我绞尽脑汁想批判某种关于女性气质的观念(作为手法、表演、面纱的游戏),这种观念在19世纪末广受男性艺术家和知识分子的青睐。接连几个星期,我周旋于同样的问题却一无所获,对着一堆难懂的文本陷入沉思,心中满是焦虑的好奇和不断加剧的烦躁。我的反对意见仿佛找不到立足点;细读的作品似乎就像冰川的光滑表面一样,让我每次都无法站稳。然后,那个渴望已久的时刻终于到来,在没有预兆的情况下,我突然找到了一个合乎逻辑的阐释方法。正是这一时刻感受到的纯粹兴奋——经过艰苦努力,终于中了大奖的狂喜——让批判事业得以存续。在弗洛伊德对阐释的描述中,对知识的渴望与升华的性好奇心或无意识的支配欲有关。然而,我想关注的是那些显而易见的愉悦:看到一个想法找到合适的卡扣位置,发出令人满足的咔嗒声;一个难以解决的文本难题,散发出无比诱人的气息;当工作

三 探长来访

和游戏神奇地融为一体时，产生了令人陶醉的"心流"体验。

简而言之，怀疑阐释学不仅可能带来知识，也可能带来愉悦。是什么吸引了批评家采用这种阅读方式？一些可能的答案是，探测文本表面之下的形象和意图会带来智性刺激，制作出巧妙而反直觉的解释会产生莫大的乐趣，将看似风马牛不相及的东西整合成令人满意的规律样式意味着挑战。怀疑阐释学是一门艺术，也是一门科学：将符号整合起来，创造新的意义星丛，耐心解开和重织文本线索。它的猜想在很大程度上归功于创造性、信仰之跃和灵机一动的预感；在最佳状态下，怀疑式阅读非但不是枯燥的分析，反而是直觉和想象力的灵感融合。金兹伯格说，猜测与占卜相差无几，而对线索的破译模糊了理性与非理性之间的界限。当埃德蒙·威尔逊大胆认为一个鬼故事实际上是女性性欲受挫的寓言时，当 D. A. 米勒坚持认为维多利亚时代家庭生活的感人故事是在致力于规训和惩罚读者时，正是这种说法的冒天下之大不韪确保了其影响力。这种效果就像格式塔转换，视角的变动让从前始料未及的模式显形。

承认批判的艺术和艺术性，并不意味着否认其他方面的影响和压力。正如我们已经充分看到的，批判的魅力也来自它对专业知识的认可；批判的功能形式是提供学术资质，以一种"学究式怀疑主义"(clerkly skepticism)区别于那种外行阅读带来的拙劣愉悦刺激。[45]然而,如果这些做法没有吸引到一批拥趸,那么它们就不会"奏效",也不会如此深入地影响我们的思维方式。它们的影响是现象学意义上的,也是社会学的。我们被怀疑的故事所吸引;它们激活读者,引入思想,让人没齿难忘。阿瑟·弗兰克(Arthur Frank)说:"一旦故事深入皮下,就会影响人们的思维、认识和感知方式。故事教人们该寻找什么、该忽略什么;它们教人们该重视什么、该蔑视什么。"[46]

批判的故事发展线还有一个重要价值,那就是政治:它挑战了作家和读者的传统等级制度。罗兰·巴特在一篇著名的文章中宣称,作者的死亡解放了读者,使其能够按照自己的意愿来解读文本,以革命的方式摆脱上帝所赋予的并经作者认可的意义枷锁。对米歇尔·德·塞尔托来说,这种读者就像精明的偷猎者,他们偷窃并重新诠释别人的文字,对不归自己所有的财产进行抢夺。这种将读者描绘成叛逆的偶像破坏者和不法之徒的做法,固然有点不切实际,但我们很难质疑逆向阅读所带来的快慰。批评家拒绝将尊敬和忠诚视为义务,认为自己有权从书页文字中读出新东西,并根据自己的诉求、承诺,重新规划和利用它们。这样的重写总是带着傲慢，因为批评家声称自己比文本更了解文本，但它也可能会带来一种创造性的重塑，揭示一些意想不到的洞见。怀疑式阅读能够以新的方式把握旧文本——对于女性主义者、后殖民主义批评家、酷儿理论家等学术新锐来说，这是一种特别有吸引力的策略。正如凯特·麦高文（Kate McGowan）所言："不断逼问的价值，就是抵抗的价值。"[47]她的这一观点，很多批评家都有共鸣。

下一章会详细讨论这种政治回报，但除了这些高蹈的理据，还有其他动机在起作用。虽然怀疑式阅读经常对快感有所顾忌，但也产生了自身的愉悦：做出巧妙解释后油然而生的成就感，解释方案所具有的惊人优雅和经济简洁，激发同行学者崇敬喝彩的竞争性鼓噪。它所带来的快乐，在某种程度上是一种嬉戏的快乐，是从文本碎片中创造复杂的设计，从被忽视的细节中产生创见的快乐。对许多批评家来说，这样的阅读不仅是一种职业的必需，也是一项副业，具有检验智慧、锤炼技巧的强烈诱惑。探案式阐释提供了一种令人着迷的高强度智力刺激——它可能会带来福尔摩斯称为"精神狂喜"的回报。

换句话说，批判是一种上瘾性的、满足欲望的游戏：它是字面意义上的语言游戏。像大多数游戏一样，它将规则和期望与下棋妙手和巧妙计算的可能性结合在一起。以这种方式阅读，就是与想象中的对手周旋，进行确定而精准的战略计算，扮演满足必要条件的角色。阅读所具有的这种游戏属性，并不妨碍它的其他方面，但在学术语境中，这种游戏属性往往特别突出，学者们会因为巧妙的造谜和解谜而得到奖掖。伊丽莎白·布鲁斯（Elizabeth Bruss）指出了这种阅读方式的特质：

> 在游戏博弈中，沟通必须被视为一种策略，一种限制其他玩家期待的尝试。然后，我们必须有策略地回应它，带着谨慎的怀疑，将叙事手法或作品的指涉范围视为对手/合作者资源的证据……人们沉迷于文学游戏，却并不"相信"它。它的兴奋点并不取决于共情或幻觉，而是取决于战略困境的挑战：何时去信任，信任什么，是否选择信任，以及如何在这种风险和不确定性中进行阅读。[48]

元小说作品（如《微暗的火》）公开宣传并陶醉于阐释的这些游戏特征，但所有文本都可以循此思路来阅读，将文本视为要战胜的假想敌，而不是信任的对象。我们在文本中

三 探长来访

搜寻弱点和软肋,让批判性探查可以长驱直入。这种方法的好处之一,是游刃有余、纵横捭阖的喜悦;批评家努力想出符合学术阅读习惯的思想巧招,同时寻找新的方法在智力上超过对手。他们尝试一系列融合传统和创新的招数,努力成为更熟练的选手,不仅要赛过文本,而且要压倒其他批评家。推动这种阅读攻略的,不仅仅是道德或政治价值观层面的忠诚,还有一些审美的标准,如熟练、巧妙、精密、复杂和优雅。正如马泰·卡林内斯库(Matei Calinescu)所说,批评家"参与了一场竞争激烈的博弈,他或她想率先提出某些精妙有趣、令人折服和可资引用的观点"。[49]

然而,博弈论的缺陷在于,它倾向于将参与者设想为纯粹的理性行为者。在最近一本对维多利亚文学批评的研究论著中,安娜·玛丽亚·琼斯(Anna Maria Jones)好奇的是,为什么该领域充满了福柯风格的怀疑式阅读。她的答案是,怀疑阐释学也是一种感官阐释学。也就是说,批评家筛选文本线索,挖掘隐藏真相,不仅提供了智力上的快感,而且带来了感官愉悦。怀疑式阅读制造扣人心弦的故事线,显示让人紧张的悬念,紧接着就是启示和解释的终极愉悦。琼斯在这里提出,文学批评不仅借鉴了侦探小说,也借鉴了维多利亚时代的奇情小说(Victorian sensation novel),这种体裁能在读者中引发情感和内心的强烈反应。福柯式批评家,就像他们所分析的 19 世纪文本一样,以揭开惊天秘密、追查缉凶、侦破密案为乐事。就此二者而言,最明显的答案从来不是正确的,而反直觉的解释才最有价值。我们带着怀疑去写作和阅读,不仅是希望获得更多的批判性知识,也因为沉迷于叙事悬念和揭秘真相的强大力量。从看似无关紧要的线索中揭开隐情,是小说和批评的快感源泉。[50]

正如后文所述,怀疑式阅读的语气是混合多彩的,其动机往往含混不清。一方面,批判的实践核心中包含着明确无误的敌对性,因为我们着手对抗想象中的对手,认定对手身上存在恶意或敌对企图。批评性散文可能会有一种胜利主义的色彩,因为我们庆幸摆脱了以前的天真,自诩获得了新的洞察力,觉得自己更敏锐、更精明、更懂行、更强大。正如塞奇威克所言,怀疑式阅读取决于一种骄傲的自我确信,对批判性揭露真相的固有优点深信不疑。我们甚至喜不自禁地搓手,摆出幸灾乐祸的姿态:多亏了我们的批评工作,文本终于受到了应有的惩罚。

然而,这样的敌意也留下了赞美关注对象的余地,让我们承认它可以不限于此。毕竟,指出一部作品立场偏颇或带有偏见,获得的满足感有限。就像福尔摩斯在莱辛巴赫瀑布

三 探长来访

与莫里亚蒂对决一样,我们绞尽脑汁对付一个重要对手,挖出狡猾隐蔽而非不言自明的真相。我们参与的是一场艰苦的意志之战,希望从中获得胜利。从这个意义上说,有技巧的怀疑式阅读也是一种细读,需要对其对象有深入了解。事实上,在最初阅读时,那些被条分缕析的句子可能曾让我们心醉神迷。如果想成功发现文本隐藏的秘密,就必须栖居于文本中,彻底了解它,探索每个角落。

换句话说,批判性读者的超然和业余读者的热情存在一种程式化的对立,它不足以解释那些推动学术论争的混合动机和复杂激情。罗伯特·福勒(Robert Fowler)说得好:"我们许多人都在批评中找到了启示或狂喜,因为在拥有了批判距离之后,终于第一次得以窥见文本的特征,这些文本一直在阅读我们,我们为眼前所见而感到陶然,仿佛获得了解放。"[51]怀疑式阅读带来特有的快乐与激情,如果没有这些,这种阅读方法就不可能有今日的显赫地位。批评家不是沉浸在文本中,而是沉浸在破译和诊断文本的技术中,迷恋于分析行为本身。拥抱一门学科并接受其学科律令,可能会带来真正的享受;在探寻文本微言大义,进行抽丝剥茧的精细阐释时,会产生愉悦感。[52]批评的理性(这也是下一章的论点)常常夹杂着陶醉迷恋,而怀疑其实与爱隔得并不遥远。

批评不是死罪（只是轻罪……）

最后，请允许我尽量选择一个取巧的立场——对于从事怀疑式阅读的批评家同行，我的态度是既赞同又反对。我反对，因为过度怀疑是可悲的；我赞同，因为批判并不是死罪。我反对，因为需要降低审讯和盘问的频率；我赞同，因为怀疑式阅读并非了不得的暴力行为。阐释行为取决于讲故事，这不值得大惊小怪——但毫无疑问，千篇一律的学术叙事已经泛滥成灾。

奥登（W. H. Auden）说："侦探故事的迷人之处，在于无辜与有罪的辩证关系。"[53]在文学批评的警察式执法和自我监管中，也存在类似的魅力。阿尔都塞在评论马克思的《资本论》时有一个著名的观点，即不存在无辜的阅读，因此必须"说出我们的阅读犯了何种罪"。作为典型的怀疑式读者，阿尔都塞拒绝为自己开脱嫌疑，并心甘情愿地加入被告的行列。他说要为自己合理的罪行承担责任，并通过证明其必要性，为他本人的阅读方式辩护。[54]在他之后，各路批评家都探讨了阅读不可避免的罪责，呼吁仔细清点自身的阐释之罪。但是，我们可能会问：为什么阅读一定要关乎有罪和无辜、犯罪和

三 探长来访

同谋？这样的措辞暗示了一种世俗化的基督教教义：我们都被阐释的原罪所玷污。有罪不再是因为具体的语言、思想或行为，而被认为根深蒂固、不可避免——它是由语言的堕落所强加的存在状态。批判首先嗅出了别人的罪，最后才变成捶胸顿足、自我定罪的愤怒之举，变成对隐藏动机和不纯思想的无情铲除。我有罪，我有罪，主罪在我——只不过，与基督教神学相反，这里不存在最终救赎的希望！

文学和艺术往往是在不公正的社会环境中产生的，这一点无可争议；特定的作品可能表达了值得质疑的观点，这也是无可争议的。然而，这并不意味着批评的主要任务应该是谴责艺术的共谋，从事 T. J. 克拉克（T. J. Clark）——他自己也擅长社会批判——所说的那种工作，即"在政治法庭上，不断匆忙地拖出视觉（和语言）图像来受审"。[55]我们在审问文本时可能会暂时占据上风，但代价是永远不会因眼前的文字而感到惊讶不安，或重寻方向、收获新知、面对非难。在这方面，我们的收获也是重大损失。同时，我们的侦探技能并没有想象的那么出色：我们发现的不过是一开始就揪出的罪行。

然而，反过来说，也有理由反对现在那些针对怀疑阐释学的指控和抨击。当批评家们对批判进行声讨，并声称它抹杀了文学的他者性,对文学暗中施加暴力时,他们仿佛把文本——正如我们在费尔曼的文章中看到的那样——当作了人。其他具有解构主义倾向的思想家也有类似的论点。例如,莎拉·科夫曼(Sarah Kofman)就哀叹弗洛伊德式批评的残酷性,认为这种方法是对文学作品的折磨、残害、解剖和肢解。[56]最近,关于阅读伦理的论著进一步强化了这种认识倾向,它们主张将文本视为脆弱的人,要戴手套小心翼翼待之。然而,这种隐喻式思考会把我们引入歧途。毕竟,文本既不是凡人,也没有感知能力,即使是最无情或简单化的分析,也不能摧毁一个由文字组成的物体,它可以毫发无损地被其他读者重新阅读。就像嘉年华游乐会上的打地鼠游戏一样,文本是那些矫健的塑料地鼠,用橡胶槌将之敲打下去之后,文本又会重新出现。

当然,人们担心的是一种非字面意义上的损害——担心批判的传播会削弱或妨碍我们对艺术作品的欣赏。按照这种观点,那些嗜杀成性的批评家被怀疑所蒙蔽,对美和精巧的设计视而不见;他们愤愤不平,将一切有悖情感的文本丢进历史的垃圾堆。然而,批判性阅读的效果要比这种抱怨所暗示的更为含混。当涉及生存问题时,正如最后一章所言,受攻击往往强过被忽视。在大多数情况下,怀疑阐释学不太可能中断文本的传播,或导致其绝版。事实上,它往往有相反的效果。通过将之与新的议程、争辩和受众相结合,怀疑阐释学可以赋予文本新的活力和兴奋点。敌意可以激发人们对敌手的狂热关注,并对遭到审问的对象予以特别留意。例如,爱德华·萨义德将《曼斯菲尔德庄园》解读为帝国主义的寓言,这使得简·奥斯汀的作品重新变得有趣,让它备受后殖民主义批评家们的关注。如果不是因为萨义德的批评,他们可能不太会关注她的作品。

这并不是说可以忽视或回避"什么是公平负责的阅读"这一问题。我本人并不同意理查德·罗蒂的一个观点,他说自己十分钦佩那种"把文本改造成可为己所用的形态"的批评家,并认为这种批评家"是为了在文本中获得自己想要的,而不是为了实现不偏不倚"。[57]我们不能如此轻率地忽视"发现事物"和"编造事物"之间的区别,不能以为"将想法强加给文本"就等同于"从文本中学习"。虽然哪怕是最不友善或最愚钝的评论也未见得可以"暴力"伤害文本,但肯定会对文本的作者或钟爱文本的读者群体造成伤害。在这个意义上,阅读无可争议地具有道德维度。然而,一些文学理论说得过于夸张,对阐释的利害关系的强调几乎到了让人啼笑皆非的程度。如果说误读、过度阅读或糟糕的阅读是错误,那也是

批判的限度

人们常犯的错误：更像交通违规，而不是死罪。

我认为，笼罩在怀疑阐释学之上的危险，与其说是它的凶残性，不如说是潜在的平庸。几十年来，它一直是文学研究的默认做法。它致力于去神秘化和曝光丑闻，这已经不再是要去反对什么，而是变成了规定动作；它主张知识的新颖性或政治的大胆性，但这些主张已经越来越难以为继。在没有制衡的情况下，怀疑阐释学囿于自我确认的循环论证，已经失去了解决问题的能力，不再引人入胜。它不再能讲出什么新鲜东西；它完全不能让人感到惊讶。

我一直认为，怀疑式阅读也是一种阐释风格，它极少注意自身的美学和情感特质，把自己想象成一种严格的去神秘化实践。一旦承认怀疑阐释学不仅受思想的驱动，也受快感的驱动，承认它不仅是关于叙事的批判，本身也是一种叙事类型，那么它的特殊地位就会降低。批判不能再扬扬自得于自己与所审视的文本之间的殊异了。对一些批评家来说，这种反对性思想的萎缩似乎是一种损失。然而，这种缩减也可能变成一种解放，使我们能够尝试其他类型的批评风格，探索那些不那么执着于探案、审问和缉凶的阅读方式。

四 批——判!

现在，耐心的读者可能已经不耐烦了。(其余的人早就气急败坏地弃读了。)"是的，是的，"他们不耐烦地嘀咕道，"说批判性阅读关乎方向或立场，这没问题——它采取了一种'朝下挖'或'靠后站'的隐喻化举动。我们或多或少能同意你的观点，即批评家有时就像警察，一心想要抓到嫌犯破案。但你是不是忽略了什么？这些修辞手法和比喻是有原因的；学者们在用它们来完成重要的论证。现在难道你不能别绕弯子，直面这些论点的实质吗？不要忘记，批判是一种哲学和政治思想——它备受尊重，具有优秀的思想谱系！"

既然我们已经更好地理解了批判的修辞，就可以卷起袖子，仔细研究它的基本要义。我希望，前面几章已经充分描述了某些阅读与推理风格的质地和口味、音调和音色。批判在人文学科中经常被尊为挑战教条和正统的万灵药，但人们很少思考其世俗的细节——作为大杂烩，里面有言语、习惯表达法、道德戏剧、细微情感、文体癖好。它被征用而不受审视，被用来抵御敌人，充当保护伞。它在词义上等同于知识的严谨、理论的精密和不服从现状。对许多人文学科学者来说，它不仅是一件好事，而且是唯一可以想象的事。

珍妮特·哈雷（Janet Halley）和温迪·布朗（Wendy Brown）宣称，批判的作用是"剖解我们牢不可破的信条和习规"。根据罗伯特·戴维斯（Robert Davis）和罗纳德·施莱弗尔（Ronald Schleifer）的说法，批判"恫吓人们去放下既有观念"，并且"总是质疑文化"。[1] 难道剖解那些陈腐观念不好吗？难道质疑文化不是知识分子的根本工作吗？为什么有人愿意惹上缺乏批判力的恶名？必须指出，批判天生就是才华横溢的新闻官，具有无与伦比的公关能力。它占据了人文学科的政治和道德制高点，易守难攻；它的防弹衣可以抵挡敌人的所有炮火。事实上，正如我们将看到的，即使是那些最渴望破坏批判机器的人——那些痛恨批判结论先行的人——似乎也无力让它停下来。他们通常开出的灵丹妙药，是对批判进行批判，这可能会让我们消停一会儿。可是，怎么可能通过加倍批判来消除批判呢？难道不应该试着减少而不是增加批判力度吗？

"怀疑阐释学"这个词的妙处，在于提醒大家关注两个要素：一个是氛围态度或感性，另一个是阅读方法，它在我所说的"强"阐释学和"次层"阐释学之间翻转。我已经说过，批判并不能很好适应它自身的具体构成，它把自己表现为一

四 批——判！

种严格的，甚至是禁欲主义的智性活动。然而，它实际上是一种混杂生物，其组成相互矛盾：不仅有分析性的，也有情感的；不仅是对叙事的批判，也是叙事的一种类型（有时甚至是一部扣人心弦的情节剧）；它不仅是严厉的、不妥协的警惕立场，也是带来自身愉悦和满足的活动。

我们还将批判性或怀疑性阅读视为一种文类，也就是说，它是一种修辞模式和思想模板的组合，重复率高且容易识别。正如大卫·波德维尔所指出的："少关注批评家说自己做了什么，多关注他们实际的思考和写作方法——这样一来，你就会看到一个惯例的体系，它如绘画或音乐中的学术风格前设一样强大。"[2]这一事实本身并不那么让人惊讶，也不会让人感到尴尬——至少，如果你认为所有的交流都依赖于惯例、框架和理所当然的知识形式，就不会大惊小怪。然而，这对批判的自我形象是一个潜在打击，它让批判显得与日常生活更加有隔阂。所谓批判，就是与占据统治地位的思想和语言结构发生抵牾。然而，至少对年轻学者来说，批判是他们学到的主要范式；批判如同一个间谍、煽动者，不断在主流思想中制造事端，此时的它就是主流。一旦批判成为根深蒂固的职业规程和学科规范，那么它会面临怎样的下场？

这里，我们可能会想起艺术界曾经关于"先锋艺术之死"

的激烈争论。在这两者中，概念的号召力取决于它与一个更大的社会领域的对立，这个社会领域既是空间的，也是时间的。因此，批判/先锋的想象性位置在别处：外面、下面、边缘或边界。如果它占据了中心，就会成为别的东西，疏离于其本质。而批判，就像先锋艺术一样，是以未来时态创造出来的；它唾弃传统，破坏连续性，努力向前走，而不是向后。正如贾尼·瓦蒂莫所指出的，批判传统与进步的历史哲学有着密切联系，这种哲学设想人类会迈向更大的解放。[3]虽然这种历史进步的总体性叙事近几十年来有所减弱，但批判保留了对未来"尚未发生之事"的强烈热爱，对人所熟知的无聊工作则不屑一顾。

简而言之，批判就像先锋艺术一样，想象自己拿着撬棍，敲打体制的墙壁，而不是甘于被囚囿在其中。批判向着未来冲去，而不是被拉回过去。一旦这种自我形象黯淡消逝，而且破除偶像崇拜的雄心壮志也开始减弱，那么批判将何去何从？对一些学者来说，后果是极为可怕的；当他们确信行动的最后时机已经丧失，那么唯一能听到的声音就是监狱大门的砰然上锁。然而，批评之疾也可以让我们放开手脚，重新评估目前的阅读和推理方式：我们可以尝试别的论证方式，不再固守曝光、去神秘化和否定的诱惑。

四 批——判！

......

批——判！①这个词像武器一样从舌尖飞过，发出机关枪扫射的低沉吼声。首位和末尾辅音有不祥的咔嗒声，重复的短元音发出简短的砰砰声，伴随着 r 的喉音，还有如同来自地下的轰隆。"批判"听起来明显是外来词，以一种性感神秘的泛欧洲方式，让人眼前浮现出一群知识分子在烟雾缭绕的巴黎咖啡馆疯狂挥舞手势，或是在法兰克福的研讨教室里表情肃穆地进行讨论。在如今对康拉德和库切的文本细读中，它的身影无所不在，这证明"理论"的兴起带来了思想谱系的融合；这个曾经与欧洲哲学的深奥领域密切相关的词，现在成了大学新生英语课上的通用语言。然而，它的出现也提醒我们，我们仍然处于某种知识环境的边界之内。每个人都可以批评不喜欢的东西，但只在某些特定条件下，我们才会将自己从事的工作称为"批判"。

为什么这个双音节词能获得如此高的地位呢？是什么使它变得如此诱人和独立？批判的神秘感是什么？像任何复杂

---

① 原文为"Crrritique!"。

的符号一样,这个词包含了极多的东西——用法的漫长历史、联想的沉积物和分层,以及高度浓缩的意义。在下文中,我会尝试提出一个定义,点明这些联想中的重点。本书的目的不是提供一部批判的思想史,也不是细究政治理论家和哲学家对规范和基本原理的冗长争辩。[4]为了与本书的整体目标保持一致,我会继续关注批判概念近年来在文学研究及相关领域的运用问题。

那么,让我们慢慢向前,擦亮眼睛,紧嗅地面,注意那些明显的和被忽视的东西,考虑句子的组成方式,看看证据是如何被呈现的,以及段落是如何组合在一起的。再强调一次,我们的目标不是揭露决定批判的隐藏结构,并以此来揭开批判的面具。与其说要把批判看穿,不如说要公允地考察它,把它视为一个现实,而不是症候,把它看成多面体,而不是具有欺骗性的外表。简言之,应把它作为一个重要的修辞-文化行动者(rhetorical-cultural actor)来对待。

我认为,在当前的批判修辞中,有五种特质在发挥作用。

1. 批判是次级的。批判总是对某物的批判,是对其他论点、思想或物的评论。批判并不炫耀它的自足性;它不假装自己是独立的。它的存在要归功于先前之物。它不可能在没有回应对象、没有与之互动的其他实体的情况下存在。批判

四　批——判！

是共生的；它通过回应他人的思考，来完成自己的思考。

可以肯定的是，所有的语词都与其他语词相连。没有任何文本是孤岛；没有任何短语可以抵御四面八方涌来的无数其他短语。然而，在批判中，这种依附状态是它存在的理由；它毫不掩饰地面向来自他方的语词。在文学研究中，这种次级状态经常表现在长篇引语的实践中。长期以来，转述被认为是异端，现在也依然是有风险的；批评家被期望通过明智的引用，以及对页面文字的细心关注，来证明自己的观点。这里，从词源和历史上说，批判与文学批评、文献注疏和评论的悠久传统有着密切联系。这些联系有助于澄清一点，即为什么批判如此容易被吸收到文学研究的日常中；毕竟，琢磨加工出一些词语来评论别的词语，这是存在于该学科的DNA中的。

然而，批判也强调了它与文学批评的区别，后者按照勒内·韦勒克（René Wellek）的定义，指的是对具体文学作品的研究，强调的是审美评价。批判不是传统意义上的文学批评；事实上，它经常被凸显为文学批评的对手和反面。马克思主义批评家德鲁·米恩（Drew Milne）宣称，批判的功能之一就是"批评为文学批评设定的功能"。[5]这并不是说批判回避判断——如下文所述，它与判断纠缠在一起，而是说它从其他领域汲取标准。哲学、政治、历史、精神分析——这些领域公认的严谨性与审美判断的空洞形式形成了鲜明对比。雷蒙·威廉斯（Raymond Williams）在他的《关键词》（*Keywords*）中有力地说明了这个问题："文学批评之所以成为意识形态，不仅是因为它采取了消费者的立场，还因为它通过对其真正的反应条件（如判断力、品位、修养、鉴别力、感受力；非功利的、限定的、严格的等）的一系列抽象化来掩盖这一立场。"[6] 人们认为文学批评充斥着隐藏的利益和合理化过程，将其动机隐藏在纯美学标准之后。与此相反，批判的实践者拒绝这种表里不一的语言，蔑视文学批评家作为品位仲裁者的传统角色。他们对任何类型的审美主义或形式主义都怀有特殊的怨怼，因为它们试图将文学从语境的枷锁中解放出来——但我们将发现，批判从不缺乏超验的野心。

虽然它是次级的，但批判绝不温顺。相反，它试图从文本中获得不同于文本自呈的讲述。这样一来，它假定自己会遇到阻力，并克服阻力。如果没有阻力，如果真理是不证自明的，所有人都能看到，那么批判的行为就显得多余。批判的目的不是重建一个原初的或预期的意义，而是进行故意为之或脱离常规的反阅读，使先前未曾探知的见解显现出来。然而，批判不能偏离对象太远，否则会危及其主张的可信度。

四 批——判！

它必须表明，其所归结的意义一直都在那里，对于那些耳聪目明的人来说是可辨别的。批评家以变戏法的方式，把兔子从帽子里拽出来，表明艺术作品中蕴藏着自我批评的种子。"审问"文本，让它不情愿地说出自己的错误、失策、失职、疏忽、失误和误判。我认为，这就是罗伯特·科赫（Robert Koch）的意思。他曾写道，批判话语"保留了对象物，让它完好无损，但从内部挖空了它，使之用一种不属于自己的声音说话……这个物背叛了自己"。[7] 批判用腹语术讲出那些文本不愿承认的隐秘意义或反直觉意义。由此，它建立了对文字解读的至高主权，允许自己暴露文本的里层，从而比文本更了解文本自身。

批判的次级性不仅是一个概念问题——批判假定存在被批判的对象——而且也是时间问题。批判出现在别的文本之后；它紧随或接续另一篇文字，这个时间差可能跨越几十年、几百年，甚至几千年。因此，批判是向后看的，并由此假定自己对过去的理解比古人更好。后见之明被转化为洞见；我们站在后来者的位置，觉得自己有能力看得更好、更深、更远。电影学者汤姆·奥雷根（Tom O'Regan）说："我们阅读这样的文学批评，并不是为了依恋过去。过去告诉我们什么不该做，哪些事情不该如此，哪些地方不该去。"[8] 批判的延迟性也是其反权威的力量之源。研究希腊悲剧或浪漫主义诗歌的学者可能会哀叹，他们无法完全体验一个业已消失的世界，然而这种历史距离也是一种有效的疏离，可以产生洞见。尘封在图书馆里的书本必须屈服于我们的分析判断——即使我们偶尔会发现，在书页的空白边缘潜伏着自己想法的雏形。无论我们的视角有何局限，但我们怎么可能懂得比前人少呢？米歇尔·塞尔（Michel Serres）评论说，现代人在身后留下了一串错误，最后被修改过来，就像乌贼留下的一团墨汁。[9]批判喜欢盖棺定论。

关于什么的定论？文学作品常被发现有匮乏之处，其原因往往颇有规律：二元论和二分法的暴政；看似统一连贯实则不然的人物模式；把身份变成命运的目的论叙事；对社会不公正的文过饰非。在这个意义上，批判的实践往往等同于强语境化；扫描文本是为了寻找社会历史的裂痕和刻意压制的创伤。它们包含在某个历史时刻中，被要求对塑造了这一时刻的支配结构承担责任。狄更斯被指责与商品文化的视觉政体同流合污；弥尔顿受到仔细审查，以确定他是否与殖民主义的历史有牵连。[10]批判从一个睿智的角度切入作品，暴露其隐藏的利益和议程，挥舞"语境"的手术刀来针砭"文本"。

此外，学者们往往也同样不信任文学批评史——不信任那些伪装成纯粹审美或文学事务的批评研究,因为它们的批判性不够。怀疑阐释学是三角结构,不仅涉及批评家和文本,还涉及学术领域的过往历史,包括它的名人、圣哲、学术明星和幕后实权人物。批判的特点就是不信任权威(见下文第4点),所以它有义务拿起武器反对一切权威观点,只要这些观点成了学术磨坊(如劳特里奇入门读本和诺顿选集)的磨料。然而,在当前知识界,规则变化之快,令人目不暇接,哪些立场是"霸权",哪些是"边缘",大家往往莫衷一是——许多不同的群体都有充分理由感觉自己遭遇了不公。在女性主义、后殖民研究或酷儿理论等领域,其中的利害关系尤为紧要。在这些领域,"批判性不足"是极其可怕的指控,让你感到自己被同行逐出了门派。

例如,在美国研究中,人们常通过给予或拿走"批判性"这一名号来进行论证。利亚姆·肯尼迪(Liam Kennedy)在对该领域进行综述时指出,研究美国问题的学者"通常以怀疑、恐惧,甚至愤怒的态度对待美国;我们将其视为一种强大而狡诈的力量,需要加以谴责或神秘化"。[11]这种多变的混杂心态,也见诸美国研究的历史本身,因为每一波学术研究都指责其前辈,认为前人对美国的批判力度不够。过去几十年,因为存在人文主义和保守主义倾向,二十世纪五六十年代流行的"神话和象征"研究法饱受苛责；随后的"新美国主义"以妇女和有色人种的经验为研究中心，却被抨击是本质主义和幼稚的身份政治；最近的趋势是跨国的美国研究，它受到攻击的理由是拥护全球化和美化帝国。无论个别批评家的野心有多大，都很难回避这样的指责：他们在质疑美国例外论这种意识形态的同时，也在对其提供支持。批判是无处不在的工具，它可以诊断出各种妨碍该领域兑现其激进承诺的错误做法。[12]

然而，批判的共生状态也意味着，它的文字从来都不是纯粹且不掺任何杂质的，还意味着无论自愿与否，它都以多种声音在说话。它力图囊括先前的文本，宣示对他人语言的主权——但同样是这些语言，也可能笨拙不雅地指手画脚，在更大的论证结构中寻找漏洞。例如，一处引人注目或模棱两可的引文，会使周围的文字黯然失色，使人们怀疑它被召来此处到底是何目的。文本和评论紧靠在一起，两者可能会以令人惊讶或意想不到的方式相互摩擦，产生抵挡宏大论点的阻力。过去的语词可能复活，获得新的生命力，吸引和诱惑读者，并使它们支撑的负面判断陷入短路。文本实例或引文可以成为绊脚石，打断或破坏概念性论证的整体发展方向，形成多声部而非单声部的书写文字。简而言之，批判不能完

四　批——判！

全确保自己不受自身对象的破坏。[13]

这样一来，我们该如何理解超验批判（transcendent critique）和内在批判（immanent critique）之间的区别呢？——这种区别常常被用来比较这两种批判形式的优劣。阿多诺认为，超验批判的实践者在社会盲目性这个问题上，采取了一种阿基米德式的立场；超验批判者声讨并谴责他所关注的对象；他希望用海绵擦除一切。简而言之，这样的批评家试图抓住脚上的鞋带，把自己从乌烟瘴气、信仰堕落的世界中拖拽出来。他为自己与世界的疏离陷入沉思，完全不相信两者之间存在任何共性或亲缘关系。相比之下，内在批判则以一种更隐蔽迂回的方式运作，使自己沉浸在它反对的那些思想和观念中。它暂时"接受"这些思想以便做出检验；内在批判采用它们的标准，以它们的方式进行批评，从而找出它们的内在矛盾。内在批判不寻求理论或政治意义上完全纯粹的外部视角，而是乐于卷入其中，以便更好地了解其对象。因此，超验批判和内在批判是"从外部刺入的知识和从内部打钻的知识"的区别。[14]

阿多诺甫一提出超验批判和内在批判之间的这种对立，就急不可耐地把它扔到一旁，因为他觉得这种二分法过于齐整。这里，我们之前对批判的次级性的反思被证明是非常贴切的。正因为批判处于这种地位，它怎么可能存在于其对象之上或之外？它怎么可能是干净的，不受外来污染？正如我们所看到的，批判的文类是共生的、关系性的，因此本质上是不纯的；它以对手的思想为食，寄生在它所质疑的词语之上，它的生存离不开所谴责的对象。虽然在定义"批判"时，我们经常提及希腊语词源 krinein——意思是"分离、区分、判断"，但批判的主体和客体相互纠缠的程度，要比这些定义所承认的更紧密。无论我们把脚抬得多高，那块讨厌的口香糖仍然粘在鞋底。

然而，与此同时，批判在自身和对象之间打开了一个缺口；它肯定自己与所描述对象的区别，并坚决与它用腹语模仿的声音保持距离。在这个意义上，它蕴含着一种超验的冲动，去超越它在他者话语中感知到的限度。在政治理论中，人们时常争论是否要为批判的概念设置一个规范的基础或普适的依据。也许，我们应该以不同的方式想象批判的超验或准超验冲动：不是作为批判的基础，而是作为一个豁口。与脚踩坚实地面的意象相比，豁口所带来的隐喻（从窗缝落下的一束光，风暴云团中透出的一小片蓝天）描述了我们瞥见另一种选项却无法准确看清的感觉。与其说是乞灵于一个不可动摇的坚实基础，不如说是冲着某物招手示意，这个东西内在于当前的经验，但又不可还原为它。[15]通过使用对象物不会选择的词语来描述它，批判抵抗了普遍的压力，开启了别样思考的可能性。

当然，在某些情况下，文本的价值观和批评家的规范之间明显存在着冲突；作品受到审讯和评价，并立刻获得判决。然而，越来越多的学者对于谈论规范和价值变得小心翼翼，并在选择替代性理论时十分谨慎，因为这些理论可能会导致新一轮的审讯。他们将福柯的命令铭记于心，即应该挑战现有的东西，而不提供替代方案。结果，超验的冲动以其他方式表现出来：批评家是异见者和冒险家，他们的人格形象充满了魅力，或者，他们钟情于自我反思和洞悉秘密，并将之作为一种至善。正如我们所看到的，批判以社会精神或性情为外壳——那是一种不安分的怀疑主义、反讽或疏离的态度，而不是基于一种系统性的理论框架。如此一来，批评家与他人的话语和世界拉开了距离，采取了一种与常识的暴政格格不入的立场——艾伦·刘把这种立场称为"超然的内在性"。[16]

简而言之，要想解决批判的问题，不能以好坏来区分内在批判和超验批判——反过来也不行。[17]超验和内在并不是两种互斥的批评类别或群体的名称。相反，它们体现了一种张力，而这种张力是批判作为一种文类的核心所在。

2. 批判是负面的。使用批判的语言，就意味着做出不赞同的判断。批判在某种程度上是一种消极行为（尽管它不是纯粹或完全的消极；正如阿多诺所指出的，总有一种肯定的残余）。[18] 从事批判就是要努力解决研究对象的疏忽、遗漏、不足或回避。它要计算局限，辨别缺乏，发出一声不赞成或失望的叹息。雷蒙·戈斯（Raymond Geuss）指出，批判的概念拥有"毫不含混的负面含义"。罗伯特·科赫写道："作为批评性话语，批判话语绝不能做出积极的声明：相较于其对象，它总是'消极的'。"戴安娜·库尔（Diana Coole）则指出："负面性和批判因此是密切相关的。"[19]

然而，负面性可以用各种方式来传达。情感或情动的语气可以表达作家的精神状态：读到某种批评性散文，我们会想象作者是愤怒的、幻灭的或不对劲的。但是，负面性也是一个修辞问题，它通过贬损或诊断来传达立场，这与个人的态度关系不大，而是关乎语言的共有语法、惯例和限制。即使是最活泼开朗的研究生，一旦进入这个将批判视为缜密之法的领域，最终也会掌握这套专业悲观主义的门道。最后，负面性当然也是一种思想——它是哲学史上恒久的主题，许多思想家和理论家一直为之魂牵梦绕。

在文学和文化批评中，存在一种常见的消极论证策略，

四　批——判！

可以称之为"通过倒置来贬损"。这种修辞技巧往往分两步走：批评家先在读者面前炫耀一个诱人的或有希望的前景，然后把它弃如草芥，并用其反面来取而代之。先是上升，之后下降；表达一个想法，接着就是否定；一个充满希望的"之前"，让位于一场"之后"的冷雨。回想一下马克思主义的批判观，就是在运用"反转的反转"（马克思认为，资产阶级意识形态对现实的认识是颠倒的，因此必须把它翻转过来才能抵达真理），这种言语策略在当前文学批评中屡见不鲜。结果，我们总是期待坏消息，认为任何积极的事态要么是想象出来的，要么是转瞬即逝的，要为最坏的情况做好准备。积极面被证明是通往消极面的临时中转站，而消极面的至高权力则被重新予以肯定。当我们再次获知任何残存的乐观主义都是荒谬的，就会扔掉那副配有玫瑰色镜片的眼镜。

因此，动物研究学者凯瑞·沃尔夫（Cary Wolfe）在讨论迈克尔·克莱顿（Michael Crichton）最近的一部小说时，首先指出它似乎"从根本上质疑了物种主义的论述"。然而，新希望很快就幻灭了，因为沃尔夫提供了一个坏消息：尽管它表面上具有进步性，但克莱顿的小说"完整保留了人类的范畴，同时人类也继续在小说中拥有成就和再现的特权形式——技术科学和新殖民主义"。[20] 乔瓦尼·波菲多（Giovanni

Porfido)承认《同志亦凡人》与以往的电视剧都不同,它提供了"完全现实主义的同性恋生活形象",然后他话锋一转,声称这种可见性并非大家想要的,而只是一种假想;我们知道,它与"社会身份的商品化和新自由主义的视觉治理性有关"。[21]按照类似的思路,我们总是会被告知,表面的差异不过是另一种形式的同一性,表面的颠覆只是一种更谨小慎微的遏制,任何包容的尝试都会产生更多的排斥。虽然术语起伏变化,但不变的是修辞套路,它先是唤起希望,再使其破灭。"你可能认为自己看到的是 X,"批评家宣称,"但其实你真正看到的是 Y!" Y 不仅与 X 不同,而且是它的对立面,不是提供补充或修改,而是撤销了它。与可能的后果相比,坏消息看上去更糟。

问题的关键,不是说动物权利话语的现状或男女同性恋者的包容政治无可厚非。毫无疑问,扬扬自得的社会进步故事(看,我们已经走了多远!)特别令人厌恶。但我们不能把这种进步的"神话"与批评家对真相的悲观评价对立起来——仿佛批判的负面性超越了修辞、误解、偏见或叙述,直抵真理的粗粝机质。这不是"虚构 vs. 现实"的问题,而是要权衡不同处置方式的利弊。这里,"可批评性"(criticizability)本身就是一种创造,其建构性比学者们承认

四 批——判！

的要强，它源自一种阅读实践，旨在发现缺陷并记录失望。批判的基本品质是"反对性"，就像布鲁诺·拉图尔可能会说的那样，它证明了拿着锤子去攻击他人的信仰和情感依恋的做法是合理的。对于信仰，就要用怀疑主义来回击；幻觉要屈服于令人清醒的祛魅；恋物癖必须加以革除，要剥夺理想世界的权力。批判就像高级排毒设施，承诺要冲掉那些束缚我们的有毒物质和文化毒素。它一次次证明，那些看似充满希望的社会进步符号，其实隐藏着令人不安的潜在影响。在这个意义上，有一种完美主义或绝对主义的逻辑在起作用：批评家不仅对渐进式变革的缓慢感到不耐烦，而且坚信这种变革是有害的，因为它让我们对尚待完成的事情视而不见。它掩盖了根除结构性不平等的失败，只会助长自满情绪，为自由主义的乐观精神提供助力。所以，零碎的变化比没有变化更糟糕。

然而，批判的负面性就像芭斯罗缤冰淇淋一样，也有各种口味；它不仅仅是找碴、批评、谴责和纠正。事实上，相当多的学者很想摆脱这种谴责式修辞，因为这种批评姿态缺乏风格上的精巧，以及哲学上的细腻。说不的批评家很容易让人联想到晃着手指的道德家、语言刻薄的女教师、维多利亚时代的家长、目光炯炯的警察。否定的行为与令行禁止的漫长历史有着复杂的联系，并背负着一系列不佳的联想。它很容易被认为是轻蔑的、复仇的、无情的或愤怒的。近年来，它经常与各种刻板印象关联在一起，譬如说话难听的女性主义者、满腹牢骚的少数民族和其他充满怨恨的"政治正确"的化身等。[22]

作为回应，当今批判的捍卫者常常淡化它与负面判断及所谓"惩罚的法律压迫范式"之间的联系。他们坚持认为，批判并不是指责或绝对否认；相反，它采取的是一种更深思熟虑的评价形式。他们更喜欢用"麻烦化"（troubling）或"问题化"（problematizing）这样的习惯说法，以证明信仰并无确凿的基石，而不是去诊断虚假的意识。他们普遍使用反讽的、审慎的语气，而不是愤怒的、指责的语气。批判的作用不再是指责，而是使之复杂化，不是参与对思想的破坏，而是揭露它们的文化构建。例如，朱迪斯·巴特勒宣称，批判与负面判断没有什么瓜葛；相反，它是一种"持续的努力，以勘测、收集和识别我们在声称知道任何事情时所依赖的基础"。[23]这是一种基于福柯式谱系学的论证模式，而不是从前的那种意识形态批判：批判不是对错误的谴责，对遗落真理的追寻，而是在探求知识的组织方式，以尽可能地谋求对判断的悬置。沿着类似的思路，芭芭拉·约翰逊（Barbara Johnson）

四 批——判！

认为：

> （对一个理论体系的批判）不是对其缺陷和漏洞的审查。它不是一套旨在使该系统变得更好的批评。这是一种侧重于系统可能性基础的分析。批判对看似自然的、明显的、不证自明的或普遍的事物进行回溯，以表明这些东西有其历史，其存在方式有自己的因由，对后来者有影响，而且其出发点不是（自然）既定的，而是一种（文化）建构，并且通常自己视而不见。[24]

然而，说这种批判不受负面判断和缺陷审查的影响，似乎有点虚伪。认为文化建构物"通常自己视而不见"，这种说法难道不是在传递隐含的批评吗？正如第二章所说的，当代文学批评把一些最消极的形容词串烧在一起，诸如"自然的、明显的、不证自明的、普遍的"。换句话说，疏离超然很容易传达出一种隐含的判断，特别是当它被用来揭露他人深藏的信念和发自内心的依恋。在这方面，意识形态批判和后结构主义批判之间一直存在冲突，但并没有推翻它们共同的精神：以尖锐的怀疑，在对话者的背后寻回反直觉的、不光彩的意义。"你不知道自己是由意识形态驱动的、由历史决定的、由文化建构的，"批判的主体对批判的客体宣称，"但我知道！"[25]

那么，我们如何解析这些程度各异的负面性——一种是激烈的争论或声讨，另一种则是更有分寸，但又带着怀疑的质问技巧？政治理论家戴安娜·库尔对现代思想中负面性的各个层面进行了有益的总结。当学者们谈论否定（negation）的时候，他们往往很想反驳某个特定的想法、论点或文本；相比之下，负面性（negativity）的概念体现了一种更普遍的撤销或解开的过程，该过程并不指向单一的判断行为。可以说，前者经常否定同一性，而后者则指向非同一性。后者总是关乎话语的限度、意义的边缘、限度的经验和不可再现性的状况等主题——库尔在尼采、德里达、阿多诺和克里斯蒂娃的著作中发现了这些主题。负面性与"差距、空隙、遗缺、不连续、不确定、混乱、含混、不一致、越界、矛盾、二律背反、不可知"这样的词有关。[26] 总而言之，这不是特定的缺陷，而是语言和知识的结构性局限。

当代的批判风格分为否定与负面性。否定——明确的反驳、拒绝或拒斥——显示了道德的清晰感和修辞的力量，要求我们大声反对不公正，谴责偏见，揭露谬误或虚假的推理。哲学家苏珊·尼曼（Susan Neiman）提出，我们的道德构成包含了一种需要，即"表达愤怒，拒绝虚与委蛇，确定事物的正确名称"。[27]简而言之，否定体现了我们在重要问题上表明立场并选边站的期望。然而，对一些学者而言属于尖锐指控的东西，在另一些学者看来就是粗陋思维——后者担心这种说不的行为显得轻率自信、自以为是，但它可能只是某种肯定的镜像。理性可以如此轻易地被用来纠正非理性吗？谴责他人错误的行为，难道不是在为批评者的自鸣得意和优越感打鸡血吗？而且，这种急于论断的做法是否有节制——仿佛批评者被一种有碍明智思考的狂热愤怒所驱动？

相比之下，负面性虽然不乏警惕——对一般原则或规范性主张的警惕，但更体现了一种淡然的态度。可以说，这与其说是选择立场，不如说是采取姿态：负面性以怀疑的眼光看待确立真理的程序，远离肯定性主张所体现的那种天真。现在，批评家的作用是磨炼和提高对语言思想局限性的认识。库尔写道："负面性传达了一种不安，这种情绪扰乱了既定事物的沉睡，破坏了任何被物化的充盈、在场、权力或位置。"[28]换句话说，负面性现在与规范性交战。它不是通过禁止或惩罚这类词语来制定法律，而是要抵制法律本身。负面性并不与某一特定对象绑在一起，而是自由漂浮，不受具体原因和催化剂的影响，它是一种永久躁动的精神，其本身就值得称赞。文学批评家斯蒂芬·罗斯（Stephen Ross）以赞赏的语

批判的限度

气说道，"批判是一种本质上趋于消极的能量，它处于不断破坏和挑战的过程中"，这使得它避免了为被挑战的事物提供具体替代方案的错误。[29] 批评家现在负责拆解、拆装和拆卸，就像后世的珀涅罗珀①一样，总是将前一天编织的解释、辩解和判断重新拆散。

在这个意义上，批判与科赫所说的"失败的悲情"有关；这种悲情对思想上不可避免的脱轨和行动上的失望耿耿于怀，它被一种深切的不满所驱使，与彻底的悲观主义隔得并不遥远。它预设的总是最坏情况，纠结于如何避免被诓骗，它从"谁人"乐队（The Who）的那首《我们不会再被愚弄》（"We Won't Get Fooled Again"）中得到启示。然而，这种负面性也具有一种英雄主义倾向；批评家蔑视能提供慰藉的东西，瞧不起纾缓心情的虚构作品，并将自己置身于主流思想的对立面。"批判是有风险的，"有评论家说道，"它可能是一种破坏性的、令人迷失的知识事业，有时还具有摧毁性。"[30] 这种对颠覆的肯定，导致了一种光环效应，那是伦理和政治美德的光晕，用库尔的话说，是用"规范的光辉"为其负面立场增彩。[31]

---

① 荷马史诗《奥德赛》中奥德修斯忠贞的妻子。为了拖延时间，等待丈夫归来，她白天织布，晚上拆掉，循环往复。

四 批——判！

谈到光环，可能会让人想起波德莱尔那首著名的散文诗《失去的光环》("The Lost Halo")。一位友人惊讶地发现诗人待在一处声名狼藉的地方，诗人此时解释说，在他穿过巴黎的林荫大道时，光环从头上掉了下来。然而，他并没有为失去光环而感到难过，而是欣慰于自己失去了这种圣洁感。他宣称，现在他终于可以作为一个有缺陷的、不完美的普通生物在这个世界上活动了。马歇尔·伯尔曼（Marshall Berman）认为，这首诗是描述"现代性的原始场景"的典范。他认为，波德莱尔带给我们的是一幅被改造的世界图景。诗人被扔进城市街道的漩涡中，躲避着路上的混乱交通，却发现自己身处的环境已被连根拔起，被彻底地去神圣化。失去的光环证明了一个不再有等级差异的世界，在这个世界里，诗人不再享有先知的地位，艺术品本身也被褫夺了上帝赋予的神秘权力。简而言之，它象征着不可逆的神圣性之殇。[32]

这种认为现代性一头滑向祛魅的观点，我们有过一些怀疑。事实上，波德莱尔这首诗的结尾暗示了光环并没有永远消失，而是有可能被诗人拾起，并重新戴上——叙述者宣称，哪怕这个光环是被一个"坏诗人"得到，那也是好的。伯尔曼也认可这一精妙的断语：如果光环还没过时，它就只是反

批判的限度

现代冲动持续存在的标志，是一种退行性的怀旧渴望，怀有这种渴望的人不愿意直面现代生活的含混和反讽。但是，光环注定要被扔进历史的垃圾堆，难道这一点是不证自明的吗？这不仅仅是因为批判没能消除人们对神圣的渴望，也没能根除魔法的、神秘的和神话的思维（这种思维以新旧两种面目同时出现）。我们也可以认为，批判性思维自身也会导致中魅；在某些方面，对批判的信仰与其他形式的信仰并无二致。它关乎对某些戒律和实践的依恋之情，这种依恋的体验可以达到一种近乎原始的强度，它往往让人听不进任何反驳，放弃它是一件痛苦而艰难的事。在这个意义上，信仰与其说是对一系列命题的有意识认同，不如说是对一种整体倾向和思维方式的逐渐接受。当一个人真正迷恋批判时，就会觉得它是完全合理、合乎逻辑的，甚至有着必然性。[33]

批判有自己的经文、仪轨和信仰条款，这并非可悲可耻的缺陷——也不需要通过更高强度的批判来予以纠正。然而，这是一个及时的提醒，让我们看到世俗与神圣、现代与前现代之间的模糊界限，从而清楚知道任何认为批判具有负面破坏效果的观点有何局限。这里，我们可以参考伊恩·亨特（Ian Hunter）写的批评史，它修正了人们对启蒙运动起源的通常说法。亨特认为，批判绝不是一种在笛卡尔怀疑论和政治革命的火焰中形成的纯粹世俗现象，它的根源在于宗教的精神教育和自我反省的传统。正是在这里，一种关于人的思想形成了：根据这种思想，人的自我意识和道德目的感，是通过警惕的自我调节实现的。亨特认为，在17世纪的新教良心论中，存在一种典型的自我严格审查，它与当今文科院系中占据文化统治地位的批判性自我反思存在着惊人的相似之处。像尼采一样，亨特将现代的怀疑与历史上的自我反思精神联系了起来。他认为，批判已经成为世俗神圣性的媒介，是当今"精神知识分子"钟爱的修辞。[34]诗人掉落的光环（现在它已经满是凹痕，又脏又歪，但仍然散发着微弱而稳定的光芒）已经被批评家捡起来了。

3. 批判是智识性的。日常我们做的评估和评价，例如与朋友辩论一部电影的优缺点，通常属于"批评"的范畴。那么，"批评"和"批判"之间有什么区别？是否真的像学者所认为的那样，批评只是找碴、贬损，而批判——作为一种学术实践——通过提供合理依据，证明其判断？[35]当然，一般的批评也存在辩解与解释。也许，第一反应会体现为粗暴的发怒或霸道的裁决："那是一部糟糕透顶的电影！"走出电影院时，我们对同伴烦躁地嘀咕着。然而，如果要进一步解释，通常可以这么说："这部电影的各个部分缺乏联系，它描绘女性的方式完全是历史的倒退，而且我一直讨厌那个导演的作品！"在与他人交谈时，我们经常为自己的判断提供理由，为自己的观点辩护，并描述自己的感受。声称批判与批评的不同之处在于前者"具有严肃的思想性"——仿佛日常互动的领域完全没有这种严肃——这似乎是一种误导。

当然，批评和批判之间具有修辞或操演的差别，也就是说，这种区别是通过说话者的语言选择来实现和施行的。说自己从事的是批判，就是想象自己参加了一种特殊的对话。我们默认自己与更大的历史联系在一起，其中有康德、马克思和福柯等人的身影；我们将自己的思想置于一个理论反思和思想异议的优秀传统中。在这种语境下，正如前文所言，批判沉迷于自反性思维。它的领域由次层观点构成，即我们在此反思那些影响并形塑了理解的框架。批判的观察者是一个自我观察者；其目标是通过外部观察，让思想客观化，从而戳穿任何自发性或直接理解的幻象。当代批判不可抗拒地被"元"这个前缀所吸引：元小说、元历史、元理论。即使客观性是一种幻觉，真理是一种幻想，批判性的自我意识怎么能不胜过其他选择呢？自反性是当代思想的圣杯：被广泛誉为绝对的善。在该领域广为流传的一篇导论中，作者指出，"批判理论旨在促进自反性探索"，其目的是"质疑常识的合

四　批——判！

法性，或质疑关于经验、知识和真理的传统主张的合法性"。[36]这一观点与很多同类导读著作可谓同声共气。

这种对常识的质疑，也是对日常语言的质疑。当代批判常常不信任那种追求清晰、简单和直接的散文风格——它认为这些品质在本质上体现了意识形态。批评家和电影制作人郑明河（Trinh T. Minh-ha）宣称："清晰是一种征服的手段，是官方教授的语言和正确的写作（这两位是权力的老伙伴，它们一起流动，一起迈向成熟，垂直地强加一种秩序）所具有的品质。"[37]郑担心对清晰的要求是有害的，甚至是危险的，它会把语言变成传达已知事物的工具。它明确地站在封闭传统的一边，如警官一样决定什么是可接受的交流。它听不到差异或怪异的声音；它对古怪和不合常规的节奏视而不见；它蔑视一切逻辑论证和简明散文无法表达的东西。

这种对清晰性的怀疑，导致了人们对复杂句法和专门术语的偏爱，因为复杂句法和专门术语可以让我们关注到语言的陷阱。简言之，自反性既涉及学术散文的形式层面，也关乎其内容。这种所谓的"困难写作"（difficult writing）现象，引发了一连串的指责和反驳，但它们往往情绪大过内容。哲学家丹尼斯·达顿（Denis Dutton）不满"笨拙的、堆砌大词的学术散文"日渐得势，认为那些磨人的新词和复杂的句法掩盖了实质内容的匮乏。他写道,"这种糟糕至极的学术写作体现了一种自命不凡,暴露了其思想上的媚俗",它承诺但从未提供真正的洞见。[38]对达顿而言,这种写作的艰深只是表面现象。它其实是要唬住读者,并通过文字的迷惑性(而不是思想真正的复杂性)来宣扬其意义。

达顿的这番炮轰,引发了后结构主义批评家的尖锐回应,他们质疑通俗易懂是否一定具有不证自明的优越性,并对"普通语言"(common language)的概念感到愤然。他们宣称,如果批判的目标是挑战那些被认为理所当然的事物,它就必须对表达的形式和内容施加压力。乔纳森·卡勒和凯文·兰姆(Kevin Lamb)提到了文学现代主义的历史,以及它如何用语言来异化人们的感知。他们认为,像现代主义一样,"批判性散文必须让人们注意到它是一种不能被看穿的行为";它必须抵制被消费、被消化、被吞噬。这样一来,它就可以削弱或取消构成世界的主流话语。[39]保罗·博维(Paul Bové)采用了类似的论证方式,他认为存在一种"传统,它坚决要保持晦涩、缓慢、复杂,并时常具有辩证的、高度反讽的风格",而且这种传统是一种重要的解毒剂,可破除"当前真理制度的偏见:速度、口号、透明度和可复制性"。[40]简而言之,批判要求对语言进行艰苦的改造,拒绝简单化的措辞和现成的套路。

朱迪斯·巴特勒在介入这些辩论时，援引阿多诺作为先例。她指出，阿多诺担心，"如果用已被认定可理解的方式说话，那么后果就是让人们无法进行批判性思考，就是接受现状，就是不利用语言资源来对世界进行激进反思"。真理的交流，取决于传达真理的结构。如果这些结构是已知的，只会巩固读者的无知，助长自满和狭隘。巴特勒问道，当我所看重的唯一知识只能满足我对熟悉事物的需要，而不能让我渡过孤立异化、艰难困苦，这说明了我的什么特点？[41]简而言之，新思想需要一种语言，它摒弃了习习相因和陈词滥调，甚至为此冒着疏离集体的风险。在这里，巴特勒把达顿所说的风格和感性之间的关联颠倒了过来。晦涩的语言不再昭示权力或混淆，而是传达了某种谦逊——它没有教条主义的那种危险，而那些拥护明白晓畅文风的人，往往摆脱不了教条主义。

然而，我们也必须牢记，无论直白还是晦涩，都不是文字本身的属性，而是取决于读者如何接受和回应这些文字。一种写作风格是否难懂，与特定受众的期望有关，而不能说这种风格本身就是晦涩的。在大多数情况下，学者都准备好了去阅读深奥或晦涩的表述，去欣赏一长串限定语。正如洪

批判的限度

美恩（Ien Ang）所指出的，尽管人们在政治上重视陌生化的实践，但这些实践是在学术共同体之内进行的，而且这些做法对圈内人而言已经非常熟悉了。[42] 对外人来说似乎深奥晦涩的写作方式，也促进了群体内部成员的归属感和学术环境的社会化。学者们当然有理由去使用专业术语或严谨的风格来与同行交流；毕竟，有些思想可能具有挑战性和复杂性，而且并非所有的学术研究都需要让普通人读懂。但是，它与专业化模式和学术看门人有着密切的联系，这使我们很难坚称困难写作在本质上具有激进性或反抗性。

总之，正如迈克尔·华纳（Michael Warner）所言，陌生化不能靠自身发挥作用，我们需要更具体地去思考——所说的话在公共生活中是如何被听到、被听错，或被忽视的。[43] 更重要的是，如果接受拉图尔的观点，即思想的影响力与它所处的网络的强度和长度直接相关，那么，对可理解性的轻视可能是错的——哪怕当我们的论点在公共空间流动时，它们将被输送、转化，并且常常遭到误解。此外，指控日常语言被"商品化"的人，未能承认批判理论也是文化资本的一种形式，一种由声望驱动的商品——尽管在这两种情况下，这种商品属性并未说明语言在不同情况下如何被使用，以及出于什么目的。同时，批判和常识之间形成了巨大的鸿沟，它使日常语言陷入一种愚笨和奴役的状态，并对那些没有学过文学和批判理论行话的人摆出一副屈尊降贵的姿态。但是，一个人不参与"批判"，并不意味着他一定不具有批判性。

布鲁诺·拉图尔说，知识分子经常"表现得好像他们是'批判的''反思的'和'保持距离的'研究者，在与'天真的''非批判的'和'非反思的'行动者打交道"。[44]拉图尔这里指的是社会学家，但他的看法具有普遍性。批判性思维被限定在思想接触的其中一方，日常思维被描绘成一个由简单见解构成的领域。针对这种趋势，实用主义社会学家卢克·波坦斯基（Luc Boltanski）和劳伦·泰弗诺（Laurent Thévenot）试图将批判重新定义为习常之事，而非稀罕现象。在他们颇具影响力的著作《论证成》（*On Justification*）中，两人分析了各种所谓的"城市"（cités），即构建日常经验领域的价值领域。[45]社会远不是一个同质化的整体，而是由这些不同领域和它们表达证成的语言之间的持续冲突所组成的。（例如，家庭生活的特色价值——个人的依恋、跨代的责任、难以衡量和量化的工作——与办公室或工厂车间的价值发生冲突。）当人们在这些不同的世界之间游走，并对他们的主张进行裁决时，必须进行评估、辩护和争论。从这个角度看，批判性思维植根于个体的日常生活，并与竞争性的价值领域协商着两者间的关系。这里并没有预先假定日常语言的性质会妨碍这种思考。波坦斯基说："社会世界似乎并不是一个被动且无意识地被支配的场所，而是被各种争论、批判和分歧所贯穿的空间。"[46] 如果仿造雷蒙·威廉斯的那句"文化即日常"（culture is ordinary），可以说，对波坦斯基和泰弗诺而言，"批判即日常"。

我们可能会问：为什么这些争论和质疑需要被称为批判——仿佛学者们认真对待这些做法的唯一方式，就是给它们冠以荣誉性的学术标签？既然"批判"不属于日常语言，为什么要把日常语言重新描述为一种批判的形式呢？然而，这里必须充分注意翻译的不确定性；法语中的 critiquer 一词既指"批判"，也有"批评"的意思，尽管译成英语时必须做出取舍才能消除歧义。无论如何，这样思考的有趣之处在于，对于怎样才算是有思想的反思，法语表现出了更宽宏、更民主的眼界。这并不是要掉入那种时常困扰文化研究者的民粹主义心态，即认为"普通人"天生就比那些研究他们的学者更聪明、更敏锐、更具直觉性、更真实或更激进。（这是一种自我憎恨和自我否定的奇怪观点！）我真正想说的是，理论与普通语言之间并没有根本的隔阂，而是处于与普通语言的对话之中；我所否认的前提是，在学术思想和日常思想之间存在根本的不对称性。现在难道不应该抛弃某种论证法的"狗占马厩"式逻辑吗？依照这种逻辑，学者为自己指定了一个有利位置，扮演不知疲倦和充满警觉的思想家，但拒绝将同一种能力给予他们所谈论的那些不懂反思的人。

4. 批判来自下层。负面判断可以有许多不同的来源，但它们对我们的论题并非同等重要。举例来说，父亲责备行为不端的孩子，政治家感叹选民只顾眼前利益，教师用红笔写下学生的错误。为什么"批判"这个词在这里不适用？毫无疑问，因为我们认为批判来自下面，是对权威的打击，而不是在行使权威。在《什么是批判？》（"What Is Critique?"）一文中，福柯指出了批判与反抗统治的斗争之间的这层联系。他认为，批判的态度是对15、16世纪新出现的管理方式的回应，同时也与中世纪的宗教态度和精神斗争有关。它表达了不愿被统治的欲求，或者至少是不希望受到过度统治。批判在精神上具有反偶像崇拜的气质；它抨击权威，试图揭露法律的不公。它具有显著的政治性和道德性。它是"一种自愿的反抗艺术，是一种反映出顽固性的艺术"。[47]

在文学研究等领域，政治和批判经常被等量齐观。正如金佰利·哈钦斯（Kimberly Hutchings）所指出的，批判作为一种示范性政治的想法，一直萦绕在现代思想史之中。[48]但

批判的限度

是，这里所指的到底是怎样的政治？谁算是批判的支持者？在媒体上，"保守的批判"一词被大肆宣扬，然而许多人文学者对这样的说法嗤之以鼻。一位新保守派的学究讨论平权法案的失败，这当然是在进行政治上的论辩，但在大家看来，这位学究的论述并不符合批判的要求。然而不可否认的是，存在一种重要的带保守主义色彩的文化思想（Kulturkritik），它鄙视现代资本主义的堕落和市场的肮脏，心心念念的是过去的岁月。[49]但这种思想流派通常被翻译为"文化批评"，这就很说明问题："批判"是一个通常与进步政治相关的术语，批判要以某种方式，与传统的从属群体利益结盟——工人阶级、妇女、少数种族或族裔、性少数群体。（正如下文所述，如何精确诠释"以某种方式"这一点颇受争议。）

这种批判观可以追溯到马克思——他很喜欢在自己的书名中用这个词，并且被法兰克福学派的批判理论继承。马克斯·霍克海默（Max Horkheimer）在写于20世纪30年代的一篇著名文章中，对"批判理论"进行了定义，以区别于他所谓的"传统理论"——后者指的是那些蛰居办公室或实验室的学者搞的研究，它们"见树不见林"，狭隘刻板。这些专家把头埋进沙子，一心只知整理故纸堆，对他们在资本主义宏大体系中所处的位置茫然不知。相比之下，霍克海默认为

四 批——判！

批判理论"以社会本身为对象"。它的目的不是努力改善结构中各要素的运作，而是质疑结构本身的存在。简言之，批判是一种公开立场的学术形式，不假装中立客观或置身事外。批判理论的目的，不仅仅是增加知识，而且正如霍克海默所宣称的那样，是要"把人类从奴役中解放出来"。[50]

我们在这里看到了批判的愿景，它将激励后世的文学和文化研究——这不仅包括它的马克思主义变体，还有一系列的政治方法，从女性主义到文化研究，从酷儿理论到后殖民主义。例如，对霍克海默和阿多诺所抨击的流行音乐与电影，文化研究经常持肯定的态度，但它坚持了批判理论的两个关键原则：主张提供一种全面的社会观，并将政治置于反对的语域。[51]批判的倡导者坚持认为，它超越了学科的狭隘视野，超越了社会科学那种乏味的实证主义，也超越了传统批评的纯文学清谈。批判所关注的是整体（即政治的整体）。批判对专业化嗤之以鼻，对思想的传统分野不屑一顾，批判打破了那些人为的区隔。

批判概念中还包含了一种政治认识论：它是一种信念，即相信那些不满于现状的人比其他人看得更清楚、更深远。当社会的卫道士们大谈为什么我们生活的世界是最好的，批判的实践者却在痛斥这种欺骗，并暴露其赤裸裸的自私性。

他们对抵抗的鼓吹,来自对当前弊端和不公正的强烈意识。根据戴维·库曾斯·霍伊(David Couzens Hoy)的说法,"批判使我们有可能将解放性的抵抗,与被压迫力量收编的抵抗区分开来"。[52]在这个意义上,批判不仅仅是一种工具,而且是一种武器,它不仅仅是知识的形式,而且是行动的号角。

但是,谁能获得反对派的衣钵?批判作为智识性话语(见第3点),如何与它"来自下层"的主张(见第4点)相互协调?近几十年来,由于学术界人员结构的变化和新研究领域的激增,这些问题再度变得十分迫切。特别是在美国学术界,从非洲裔美国研究和女性研究,到后殖民研究和酷儿理论,各种领域都热衷于批判。这些领域的前提是,无权势群体的知识是受到压迫的。这让他们愈发与现状疏离,并为他们提供了独特的视角,使之可以获得批判性见解,并做出怀疑性判断。从边缘性的经验,到选择某种思维和阅读的方式,这之间似乎存在自然的流动或进步。批判的权威性,基于那些在历史上无权无势者的经验;第一章中,我提到过民间怀疑的传统。

然而,对学术界以外的人来说,批判可能看起来略有不同:它声称自己是从下面发声,却在语言、修辞和论证方法上受惠于学术惯例和学术习语(又称"职业化怀疑")。这样

四 批——判！

的习语，以及它们所蕴含的专家知识和伴随的地位，可以激发人们的怨恨，并惹来牢骚抱怨，因为这些语言对广大受压迫群体而言其实是佶屈聱牙的，或者并无关系。温迪·布朗和珍妮特·哈雷认为：

> 批判被指责太学术、不切实际、吹毛求疵，不适应当前的政治需要，思想上过于自我陶醉，比真正去解决问题或提供解决方案来得容易——总之，它要么左过头了，要么过分理论化，但无论是哪种情况，批判都无法把握住真实世界。[53]

这些话让人想起历史上女性主义理论家和更广泛的妇女运动之间经常发生的抵牾，以及最近争取同性恋婚姻合法化的活动人士和反对这种做法的酷儿先锋理论家的对峙——后者认为，这是在让少数性向正常化。毫无疑问，在哈雷和布朗所在的法律与政治研究领域，人们尤其喜欢抱怨批判逻辑不接地气——在这些领域，学者们更有可能受到那些缺乏耐心的活动人士和运动参与者的挑战。但是，批判在更大的政治层面到底有何好处？这个问题在文学研究领域被更尖锐地提了出来。在文学研究领域，在一份鲜有人订阅的学术期刊上发表一篇对简·奥斯汀的后殖民主义解读,这到底对它所暗指的全球斗争有何影响?答案极不明确。

在一篇著名的文章中,南希·弗雷泽(Nancy Fraser)说,批判理论拥有一种对反对性社会运动的"党派性认同,但并非不加批判"。[54]一方面,它的承诺公然具有政治性;弗雷泽效仿了马克思的名言,说批判理论"是对时代斗争和愿望的自我澄清"。[55]另一方面,正如弗雷泽使用"并非不加批判"(not uncritical)这一表达所强调的那样,批判也保持着自身的独立性,保留了质疑被压迫者和压迫者的行动与态度的权利。它有对世界说"不"的能力,它拒绝义务和隶属关系,它开辟了消极自由的空间——所有这些,对批判自身的使命感而言,依然是至关重要的。在这个意义上,批判是一种典型的不幸福意识,永远在纠结是该忠诚于思想,还是忠诚于更广泛的政治。

这种分裂感或纠结感,在文学和文化研究中表现得尤其强烈。一方面,正如我们所注意到的,批判可以激发强烈的亲和力,形成以前不存在的团体和集体性。它不仅有助于为种族、性别和性向的新研究铺平道路——在那里,人们可以提出紧迫的问题,以新的方式重读文本——还能将学者吸引到思想共同体中,在那里辩论观点,推荐图书,分享教学大纲。批判不仅是"疏离的",也是"联结的"。将自己与共同的阻碍对立起来,这是建立联结和友谊的有力方式;通过与对手和压迫者进行斗争的共同体验,人们形成了一种团结意识。尚塔尔·墨菲坚持认为,敌友之分是政治性的关键。

同时,这些知识共同体往往对更流行的少数派表达方式投以怀疑或嫉妒的目光。因为受到文学和文化理论中流行语言模式的影响,日常的自我理解往往被认为充满了形而上学的残留和本质主义的假设。例如,在一篇颇有思想的文章中,苏-伊姆·李(Sue-Im Lee)描述了亚裔研究中不断加剧的批判性,以质疑亚裔小说的成功——现在,这种成功被认为是迎合中产阶级期望和美国主流价值观的标志。汤婷婷、谭恩美等人的流行小说受到指责,因为它们为"趋于完整性的规范化进步这种愿景"背书;使用亚裔美国人的身份语言,即被视为与主流思想体系共谋的标志。这里,任何与更广泛的少数派共同体的联系,都意味着知识分子违背了对批判原则的忠诚,批判原则激发了更强烈、更切肤的依恋心态。

那么,批判如何调谐它的知识承诺与"从下面"说话的政治主张呢?一个越来越受青睐的策略是,从具体的他者转向一般或抽象的他者原则——用以代表一切被压抑的、处于边缘的东西,它与权力毫无共谋关系。例如,"激进的他异性"（radical alterity）这种说法在后结构主义思想中脱颖而出，用以抵挡负面性和怀疑主义可能带来的麻痹作用。埃娃·齐亚雷克（Ewa Ziarek）将这种他异性的概念，定义为一切超出启蒙思想和主体哲学范畴的东西，并为之辩护。在齐亚雷克看来，这种理性的"他者"与贝克特、卡夫卡和冈布罗维茨等作家的作品存在着重要的相似性。[56]他异性被证明是一个非常适合文学文本研究的概念，尤其适合文学现代主义中那些神秘隐晦、阴魂不散的作品——这些作品语言复杂，典故杂多，无法加以确定的阐释。

通过诉诸非特定的他者，批判被注入了一针强心剂，获得了巨大能量和道德内容。就像具有乌托邦思想的左派传统（批判与之颇有渊源）一样，批判为一种完全不同的未来提供了可能性。然而，执迷于"极端他者"（radically other）并把希望寄托在"即将到来的未来"（future to come）之上，其风险是把目前存在的一切都视为相同之物。如果我们盯着明亮的天空太久，眼睛就会难以适应周围的环境；一旦被光线晃花了眼，就不能感知明显的物体，而只能看到一片模糊和混乱。同样地，极端他者性的修辞也会使我们看不到当下社会状况中的差异、变化、矛盾和可能性。当下的多种色调被简化成了一种单调的灰色阴影。

四　批——判！

如此说来，该如何理解人们常常抱怨的批判的"驯化"（domestication）？"驯化"的说法很醒目，因为它暗示批判曾经是野性的、桀骜不驯的——一匹憔悴的饿狼在苔原上游荡，眼睛在黑暗中闪闪发光。它从荒野被安置到家庭的女性化空间里，用自由换取食物，并通过与人类接触，变得温顺可亲。被驯化的批判，是一种被拔去獠牙的批判。这个词带着责备口气，它来自一个仍然响亮的理想，即批评家是流浪者和局外人，过着英雄般不可预知的生活，远离主流的责任和妥协。它代表了布鲁斯·罗宾斯（Bruce Robbins）所称的"游荡的、无依附的批评"的理想，避免了纠缠不清或妥协苟且的忠诚。[57]

罗宾斯剑指这种无依附的批评家神话，认为人们总是对体制怀有千篇一律的敌意，而且对他们的专业人士地位怀有错误的尴尬，这两点阻碍了学者对思想的政治学进行清晰的思考——这种政治学必然会在高等教育体制内出现，而不是在其之外。我一直在说，批判的精神常常鼓励这种信念，即联系等同于收编，并认为社会和制度意味着奴役——即使在批判被质疑的时候，这种信念仍然存在。例如，在最近的一篇文章中，罗宾·维格曼（Robyn Wiegman）抨击了美国研究领域的学者（包括从前的自己）所怀的愿望，他们总是与被压迫群体站在一起，并把这种团结视为对现状的某种挑战。她指出，对于那些渴望在《批评探索》（Critical Inquiry）或《美国季刊》（American Quarterly）上发表文章的人来说，这种批判立场的操演实际上已经成为一种义务。换句话说，进步学者对其学术领域之外的政治原则的吁求，只是证明了他们在这一领域之内的浸淫程度，证明了他们已被专业规范和价值观收编。用维格曼的语言来说，学者摆出一副"批判性非共谋"（critical non-complicity）的姿态，既巩固又掩盖了他们的实际共谋——不仅是与学科传统的共谋，也是与不公正的经济和政治宏大结构的共谋，正是这些结构维系了那些学科传统。怀疑让位于元怀疑，批判让位于对批判的批判。[58]

我认为，这里的问题所在，是批判的空间隐喻和随之而来的政治愿景所带来的最终牵引力：外部和内部、中心和边缘、共谋和非共谋的范畴。只要这些范畴还在，批评家就注定要在狂妄的蔑视和沮丧的绝望之间反复打转。批判的挑衅宣言一旦被接受、复制和传播，就会自动降级，被视为收编的标志，进而失去价值。任何看似成功的东西，都是失败的标志；特定的思维方式被广泛采用并被制度所认可，这只能证明它们一开始就不够激进。结果，批判发现自己陷入了一种不断自我指责的逻辑中，它为自己在吸纳门徒和产生联结

四 批——判!

方面取得的成功感到羞愧,于是就自我批评。它永远被一种恐惧感所折磨,总是担心自己的批判性还不够。

我要等到下一章才会对另一种框架展开详尽阐述,但简单地说,它的灵感源自拉图尔的观点,即"解放并不意味着'摆脱束缚',而是更好地依附"。[59] 按照这种思路,我们总是已经被纠缠、被中介、被联结,我们总是相互依赖、相互交织地存在;"外部性"和"非共谋"这类语言所表达的,不仅仅是未能实现的想法,而且是根本就无法实现的想法。有一些"束缚"被证明比其他"束缚"更有益或更有利,有一些中介可能会为我们赋能,而其他中介则会带来限制或约束,但我们无法选择是否"被联结",也不能把体制描绘成纯粹的压迫性结构,把所有的变革尝试贬损为改良主义的幻觉,并以为这样就能逐渐掌握制度的运作机制——如墨菲所言,这种思维方式明显属于一种本质主义的建制观。简言之,我们需要的是关系政治,而不是否定政治,是中介的政治,而不是收编的政治,是结盟聚合的政治,而不是疏离批判的政治。

5. 批判无法容忍异己。批判常常对其他形式的思想感到愠怒,它总是刻意强调其他思想的缺陷。它不愿意承认与不同意见和平共处的可能性,甚至连互不理睬的可能性也不接受。它的结论是,那些不接受批判信条的思想一定是对批判的否定或拒绝。这样一来，任何与批判相异的，都变成了批判的反面——证明自身存在一种可耻的不足，或有罪的缺席。拒绝采取批判立场，就意味着非批判性；这种判断带有一种无法摆脱的言外之意，即对象是天真的、奸诈的，或是寂静主义的。按照这一思路，批判不是一条路，而是唯一可以想象的路。德鲁·米恩以一段非常直白的话表达了对康德的纲领性解读："成为后批判，就是放弃批判性；只有批判的道路才是行得通的。"[61]

琼·斯科特（Joan Scott）也为批判做了辩护，她认为批判受到了日渐保守的学术氛围的威胁。她借用日渐增长的折中主义来佐证这种保守主义的存在，也就是说，学者们倾向于借鉴不同的理论，包括经验论的方法，而不是围绕后结构主义的旗帜。她大胆指出，这种转变是年轻学者为安抚前辈而采取的防御性策略，而不是真正体现了对怀疑阐释学的厌倦。斯科特不厌其烦地强调，她并不反对思想术语的变化或交叉借鉴。然而，她认为由于这种折中主义拒绝解决理论或政治冲突，它只能是"保守的、修复性的"。斯科特敦促大家回到解构主义和后结构主义所代表的那种严格审讯的做法，她认定批判的作用是"颠覆被普遍接受的智慧，以激发大家未曾预见的想法和新颖的理解"。[62]

四 批——判！

斯科特和米恩并不缺乏同道中人；多年来，许多学者都在倡导批判，认为它是开辟自由空间的唯一途径，可以抵御来自各方面的压力。保罗·博维以尼采和马克思为原则，宣称不进行修辞和制度性批判的文学批评"是最糟糕的形而上学"。他警告说，那些不进行这种批判的人，会让自己沦为社会主导秩序的工具，尽管大多数"自由主义的教育者和批评家最多只是部分意识到他们的功能"。[63]不客气地说，他们是现状的傀儡。

在这里，我们再次看到了批判的光环效应，它骄傲地承诺了政治和思想的合法性。因此，即使是那些对批判已经彻底祛魅的人，似乎也无法最终摆脱它的控制。例如，英国社会学家迈克尔·比利格（Michael Billig），不满于本学科现状的他指出，批判认为自己是在与正统观念做斗争，现在却成了统治性的正统观念——它不再是反对性的，而是强制性的，不是陌生化的，而是压迫性的常规。他说："对越来越多的年轻学者来说，批判范式是学术界的主要范式。"[64]他们的前辈当初转向批判，是为了挣脱自己继承的学科规范，而这些年轻学者则不同，他们将思想生活用于解构、审问和模仿福柯。

那么，学者如何才能摆脱这种强迫症一般的批判性？可以想象怎样的替代方案？可以接受哪些新的倾向或方法？比利格给出的解决方案是"对批判性进行批判"。换句话说,批判不是被抛弃,而是被强化;批判将被更公允的批判所取代。如果批判被诊断出有什么问题,它又怎么能被当成解决方案呢?事实证明,批判的问题在于它批判得还不够。也就是说,批判的指导价值——审问和诘问的益处,坚决追寻有罪之人,以及确信"没有线索指向无辜"——仍然存在。然而,这些信条现在被用于批判本身,以哀叹它变成了陈规陋习和教学上的陈词滥调。对批判的反对,仍然是批判世界的一部分;批判的价值虽然受到质疑,结果却是被再度强调。

最近关于"批判世俗性"的辩论中,也出现了类似的议题。虽然后殖民研究是批判的主要舞台,但它也对去神秘化的修辞提出了一些重要的疑问,因为这种修辞并不能融入世界上大多数人的宗教信仰和意识。例如,塔拉·阿萨德(Talal Asad)令人信服地阐述了批判的腐蚀性和殖民主义层面,并指出了它对信仰的无知、对虔诚的蔑视,以及它如何无法想象性地进入神圣的生活体验。他认为:"就像破坏圣像和亵渎神祇,世俗化的批判也试图为新的真理创造空间,而且就像前两者一样,批判实现这一切的途径,是破坏其他符号所占据的空间。"[65]他认为,批判已经成为一种常识,加强了西方在面对深陷教条主义信仰的非西方文化时的优越感(这次辩论所回应的,是丹麦漫画嘲笑先知穆罕默德并引发阿拉伯世界激愤一事)。阿萨德指出,批判现在是西方知识分子的一个准自动化立场,助长了他们的自鸣得意,让他们可以蔑视别人的深刻信仰和情感依恋。他写道:"我不明白,为什么要把'批判'单独拎出来,将之作为领悟真理的优越方式。"[66] 然而,阿萨德在结束这段令人信服的论证时,却呼吁对批判进行批判——重新征用他在文章中煞费苦心拆解过的概念。

为什么对批判的各种抗议,以重新拥抱批判而告终呢?为什么设想其他方式的论证、阅读和思考似乎如此痛苦困难呢?我们可能会想起伊芙·塞奇威克如何评论怀疑式阐释的模仿性:它成功地激发了模仿和重复。它是一种有效运行的思想机器,塑造了一种容易识别、广泛适用、易教易学的思想风格。批判具有感染力,魅力四射,把我们吸引到它的力场之内,划明何为严肃思想。因此,对批判局限性唯一可以想象的反应,似乎就是堆砌更多的批判。批判将学者的工作打造成一种永无终结的劳动,训练他们去疏远、贬斥和诊断,并排除了自身与对象建立另一种关系的可能性。正如塞奇威克所说,它似乎越来越"像高饱和溶液中的晶体,抹除了一切可能性,让人们看不到任何另类的理解方式或别的理解对象"。[67]

因此，干脆一点说，其他的阅读方式被认为是多愁善感、过分乐观、听命顺从和自以为是的。从维特根斯坦、卡维尔（Stanley Cavell）和波兰尼（Karl Polanyi）的著作，到近年来的拉图尔和朗西埃，现代思想中那个胜过或挑战批判逻辑的重要传统，从人们的视野中消失了。我们以为批判的唯一替代选项，即意味着全面倒向感伤、寂静主义和过分乐观主义，或者在文学研究中，即意味着屈服于审美欣赏的雕虫小技。简而言之，批判通过洗牌作弊，让自己每把都能赢。

一旦拒绝参与这种语言的游戏，那将为更丰富的情感和思想开辟出空间；将让我们惊讶于学术同仁的研究；将鼓励我们提出不同的问题，发现意想不到的答案。这里，正如理查德·罗蒂所指出的，改变既定思想路径的最佳方式，不是拿起武器反对它（通过"批判"技术），而是提出鼓舞人心的替代方案和新的词汇。如果我们拒绝在批判和非批判之间被迫做出虚假选择，一切会变成怎样？如果批判不再是无处不在的口号和永远警惕的看门狗，论证和阐释该如何进行？我们还能想象出什么其他形式的思想？如果不再听命于怀疑式阅读，还能如何大胆地阅读？

五 "语境糟透了!"

"那么，你的建议是什么？"我们不能再对这种抬杠的声音充耳不闻了。我们不能再回避问题——停止模棱两可！如果放弃批判，如果发誓要抵抗怀疑的诱惑，那么凭借什么来指引道路呢？又有什么能使我们免于惨败，不犯当年机灵的新手屡遭警告的那些过错：天真的阅读、感伤的流露、印象主义的判断、傻乎乎的业余主义，以及"闲扯雪莱"[①]？我们能否走向后批判——以区别于非批判？

我们记得，伊芙·塞奇威克的文章将臆想症式阅读与"修补式阅读"进行了对比——后者的立场是从艺术作品中寻求安慰和补充，而不是将其视为审讯和指控的对象。近年来，各色批评家都在探求更具肯定性或参与性的审美反应。例如，迈克尔·斯内德克尔（Michael Snedeker）就坚定地站在乐观主义一边，反对让酷儿理论研究沉溺于忧郁症、羞耻感和自我破碎，并试图解救幸福的观念，检讨那种动辄指责他人幼稚自满的做法。多丽丝·萨默（Doris Sommer）批评有的人

---

① 此为19世纪末牛津大学一些学究对文学研究的蔑称。

"以冷酷的严肃来假装高蹈的理论",她肯定了游戏驱力的重要性,以及艺术在激发和维系公民参与意识方面的普遍吸引力。与此同时,还有人谈论文学研究中更广泛的"快乐转向"(eudaimonic turn):对祛魅的祛魅,开始愿意接受诸如快乐、希望、爱、乐观主义和灵感等主题。[1]

然而,如果流行的世界图景和论证模式保持不变,那么情感维度的转变其实无济于事。情绪不是方法的同义词,尽管它对方法有影响。正如塞奇威克所言,怀疑式阅读是一种强理论,它反反复复地在其裁断中证实自己的悲观预测。一个弱理论会怎么做呢?弱理论会为偶然和意外留出余地。它不会将文本意义归因于某种决定一切的不透明力量,不会假定批评家在面对这种无处不在的支配力量时能独善其身。这样一种框架需要阐明作用力如何分布于更大的社会行动者群体中;拒绝内部与外部、越轨与遏制的二分法;并更充分地承认文本和批评家之间盘根错节的关系。在这个意义上,重新思考批判,也意味着重新思考熟知的语境观念。

"语境糟透了!"布鲁诺·拉图尔在他的《重组社会》(*Reassembling the Social*)中如是宣称。他引用的是建筑师雷姆·库哈斯(Rem Koolhaas)的话:"当你太累或太懒,不想再做描述时,就这么说。"[2] 拉图尔对社会学思维的这番挑

五 "语境糟透了！"

战，也是对那些寄希望于语境解释力的文学和文化批评家的一种挑衅。诚然，在文学研究中，语境经常受到质疑，无论是俄罗斯形式主义主张的文学形式自主性，还是伽达默尔坚信的艺术作品从来不只是历史遗物。近几十年来，解构主义批评家抨击了那些将历史或语境视为牢固基础的观念。对语境相关性的认识，其实是被修辞手段所操纵的，我们总是凭空抽出某些语境，而忽略无数其他的语境。不仅如此，拉图尔等人还认为，这种解释的尝试源自一种被误导的欲望，即希望让意义一锤定音。

然而，这些观点根本无力阻止那些基于语境的批评迅猛发展。其中一个原因或许是，质疑语境会显得吹毛求疵，与当代思想的民主雄心不吻合。学者们有时会严格区分两种文本，一种是超越或先于其历史时刻的"特殊文本"（exceptional texts），另一种是囿于历史内部的"常规"（conventional）或"老套"（stereotypical）文本——这种区分从经验上判断似乎很脆弱，在理论上也殊为可疑。抑或，对语境的否定可能会导致批评家过度沉溺于那些珍贵稀缺的语言和风格细节，这与我们如何读、为何读的世俗纷乱现实相去甚远。（本章将提出一个反直觉的主张，即如果换一种方式来质疑语境，反倒可以让我们更加关注这些现实。当过早结束描述时，被削弱

239

的不仅仅是艺术作品，还有它周遭的一切。)

因此，批评家发现自己在文本与语境、语言与世界、艺术作品的内部主义与外部主义解释的二分法之间游移不定。文学研究似乎注定要在钟摆的两端摇摆，而对立的双方总是老调重弹。语境论者骂道："你们的天真和理想主义太荒唐了！你们只顾书本上的文字，这种短视让你们罔顾社会和意识形态力量的必然影响！"而形式主义者则针锋相对道："你们把事情过分简单化了，这太笨了！你们面色铁青地唠叨着社会能量或父权制意识形态，但你们的语境理论对那些让一幅画成为一幅画、一首诗成为一首诗的因素充耳不闻！"当然，历史主义各有不同，政治也不一而足，但令人芒刺在背的任务，始终是如何公正对待艺术作品的独特性。让-保罗·萨特调侃说，瓦莱里是个小资产阶级知识分子，但不是每个小资产阶级知识分子都是瓦莱里。这句话现在听来依然尖锐。然而，我们清楚地知道，艺术作品不是从天而降的，它们不会像天使一样在大地上空翱翔，免不了会弄湿鞋子、弄脏手。那么，如何才能公正地对待它们的独异性和社会性？如何更好地处理它们的迥殊有别和奥妙辞章呢？

正是在这里，行动者网络理论提供了对艺术作品和它们所处的社会集群的另一种看法。这里谈论的不再是重文本、

五 "语境糟透了！"

轻语境，也不是要反其道而行之，而是重新思考分析的基本构成。在这一章中，我借鉴了行动者网络理论的见解，提出以下主张。

1. 历史不是盒子（box）——关于历史语境的标准思考方式，根本无法解释艺术作品跨越时间的运动。我们需要建立文本流动性和超历史依附性的模型，而且这类模型拒绝对历史分期的神圣性俯首帖耳。

2. 文学文本可被有效地视为非人类行动者（nonhuman actors）——如下文所言，这种主张需要修正人们关于能动性的惯常假定。根据这一思路，文本的影响效力不是来自它对世界的拒绝，而是来自它与世界的诸多纽带。

3. 最后，这些想法引出了一个后批判阅读（postcritical reading）的概念，它可以更好地解释文本跨越时间的生命力，以及文本和读者的同构——无须将思想与情感对立起来，或者将思想的严谨性与情感的依恋剥离开来。

历史不是盒子

从前学术研究长期以历史为导向，现在文学和艺术学者正在回归审美、美和形式。他们问道：仅仅把艺术品当作某个历史时刻的文化症候,当作囚禁在过去时代的垂死之物,难道不会一叶障目吗?近几十年来,学界一直在谈论新审美主义、新形式主义、对美的回归——这些迹象表明,人们已做好准备去讨论曾经的禁忌话题。[3]然而,这一波批评不太关注文本如何跨越时间产生共鸣。它专注于形式技巧或审美经验的现象学,只是将时间性的问题放入括号中,而不去思考如何解决。我们不能对艺术作品的历史性视而不见,我们亟须另寻他途,而不是一方面把它们看作超验的永恒之物,另一方面又把它们囚禁在起源时刻。

我们用于论述时间性的理论框架十分单薄,这与思考空间概念的丰富资源形成了鲜明反差。特别是后殖民主义研究,它改变了人们对观念、文本和图像如何迁徙的思考方式。后殖民学者质疑民族或种族存在于分离和自足的空间的说法,并提出了一系列丰富的术语,如转译(translation)、克里奥尔化(creolization)、共生主义(syncreticism)和全球流动(global flow)。类似的理论模型可以帮助我们探索文本跨时代传播之谜。为什么人们会被千百年前的文字吸引并激动地与之对话?当年毫无影响的文本,如何在另一个时代产生新的启示,让读者大开眼界,甚至改变读者的生活?这种跨时空的联系和意想不到的启迪,又如何悖逆于批判修辞的进步

五 "语境糟透了！"

叙事？

毫无疑问，后殖民研究打破了历史分期的整齐划一，挑战了我们的时间和空间模式，表明支撑历史观念的往往是西方中心主义的自大心态。借用迪佩什·查卡拉巴提（Dipesh Chakrabarty）的著名说法，要想"将欧洲外省化"，就需要从源头开始，反思历史化和语境化的方式，以及目的。文学研究的各个领域出现了类似的针对历史主义的抵触情绪。尽管还不能说存在某个后历史主义学派，但诸多小型哗变和小规模反抗正在发生，参与其中的学者思考的是"历史之后的时间"。酷儿理论家们呼吁"非历史主义"（unhistoricism），相信过去时代和当下存在相似性，不惮于承认古今同理和时代误植。研究文艺复兴的学者正在重提"现时论者"（presentist）一词，将之作为一种荣誉勋章而非轻蔑的嘲弄，并毫不掩饰地承认他们感兴趣的是莎士比亚戏剧与当代的相关性，而非其历史上的影响。文学评论家宣称他们皈依到了米歇尔·塞尔门下，这位颠覆偶像崇拜的学者让人们不要把时间想成笔直的箭头，而要视之为起伏逶迤的蛇，甚至是皱巴巴的手绢。在这一切的背后，浮现出瓦尔特·本雅明充满光辉的圣像，对所有警惕历史断代划分、年代学限制和进步历史的人来说，他就是守护天使。[4]

这些学者都反对将语境作为一种历史容器的流行说法，不认为个体文本被牢牢固定在语境之内。笃信历史主义的批评家赋予时代这个盒子一系列属性——经济结构、政治意识形态、文化思维——以便巧妙雕琢出它们在特定艺术作品中的表现细节。这样的作品可以被赋予"相对的自主性"，但只是相对于更大的力场而言。这种宏观性手握底牌，控制基调，并明确游戏规则；具体作品只是被包裹在更大整体之内的微小单元，仅能对这些预先设定的条件做出反应或回答。从这个角度看，历史是由一堆垂直堆放的盒子组成的——我们称之为时期——每个时期都包围着、维系着并容纳着一种微观文化。理解文本，即意味着搞清楚它在盒子里的具体位置，凸显作为物的文本和作为容器的语境之间的因果关联。

当然，新历史主义对区分文本/语境的强势做法进行了激烈的抗争。用一句常被引用的话来说，新历史主义证明了文本的历史性和历史的文本性，它努力使文字和世界之间的界限变得暧昧不明。依照新历史主义的看法，艺术作品不再是历史背景下隐现的巨大纪念碑——这种历史背景被认为具有物质上的决定性，但在符号学意义上并不活跃。相反，历史本身被揭示为众声喧哗的文本——探险家日记、法庭记录、育儿手册、政府文件、报纸社论——它们确保了社会能量的

五 "语境糟透了！"

传输。同样，文学作品并没有超越这些平淡无奇的环境，而是始终与权力的纤纤细丝彻底纠缠在一起，成为诸多社会文本之一。这不再是将文学视为前景、将语境视为背景，而是全面地取消了这种区别。

斯蒂芬·格林布拉特在《莎士比亚式协商》（*Shakespearean Negotiations*）中有句话常被引用，说的是他希望与死者对话。然而，很多新历史主义风格的研究都倾向于诊断，而不是对话，它们将文本视为历史上遥远的人工制品，并强调过去的文本和现在的生活之间的距离，总是区分"当时"和"现在"。历史主义被当成了文化相对主义，它将差异隔离起来，否认关联性，并悬置（或者干脆回避）一些问题，如为什么过去的文本重要，以及它们如今如何向我们说话。新历史主义者常说，我们无法了解过去的真实情况，历史总是（至少部分是）当代史。而在其著作的导论、序言和后记中，他们证明了自己当下的激情，并阐述了存在或政治的承诺。然而，这些信誓旦旦的话很少转化为对跨历史方法论的尝试，或对跨时域网络的调查。相反，文学对象仍然被囚禁在其诞生时刻的历史条件下，与同时代的其他文本、物或结构锁在一起，并为这些人工制品牢牢打上"早期现代""18世纪"或"维多利亚时代"的烙印。这正是宋惠慈（Wai Chee Dimock）

所说的"共时性历史主义"(synchronic historicism),在这个理论模型中,同一时间截面(slice of time)中邻近的不同现象紧密黏合在一起。[5]

这种"时间截面"的方法,是对早先那种以单一的宏大故事来解释过去的历史思维形式的反拨——这类故事通常是关于西方文明、人类精神或工人阶级的,这样的集体代理人引领历史车轮滚滚向前。这样的故事——在后现代主义的全盛时期,它们被称为"宏大叙事"——总是难免要简化和扭曲过去事件之间的关系,同时将大多数人贬谪到历史的边缘地带。然而,对这种历史叙事的抵抗,却产生了不太令人满意的后果:任何形式的跨时域思维——沾上了联想之罪——都不再流行了。相反,我们以历史的名义,被灌输了一种非常静态的意义观,即文本被关锁在过时的语境和古旧的互文中,被囚禁在过去,没有假释的希望。

相较之下,对拉图尔而言,并不存在什么历史的盒子和社会,如果"社会"这个词指的是由一套预设的结构和功能所支配的有边界的整体性。社会并不是居于幕后,控制人类的实践,仿佛它外在于这些实践,并在本体论的意义上迥异于这些实践,就像一个暗中操纵木偶的全能主人。相反,拉图尔所说的社会性(the social),只是关联的行为和事实,是

五　"语境糟透了！"

各种现象聚集在一起所形成的集合体、密切关系和网络。它只存在于实例化（instantiation）中，存在于有时可预见、有时不可预见的关联方式中，在这些关联中，观念、文本、图像、人与物相互结合和脱钩、附着和分离。我们不再被赋予一种社会秩序的全景视野：搞行动者网络理论，不是像老鹰一样翱翔在高空，批判性地或不动声色地凝视下方的遥远人群，而是像 ANT（蚂蚁）[①] 一样跋涉前行，惊叹于隐藏在深草中的复杂生态圈和各式各样的微生物。这就意味着要放慢脚步，放弃理论捷径，关注同伴行动者的话语，而不是用自己的话语来撤销它们——覆盖它们。换句话说，社会性不是一个预构的存在（preformed being），而是行动（doing），它不是一个暗藏在表象领域下的隐秘实体，而是多个行动者之间持续的联结、断联和重新联结。

这些相互联系既是时间性的，也是空间性的；它们由时间中的阡陌纵横交错而成，将我们与之前的事物联系在一起，也将我们卷入责任和影响的大网。时间不是由分割单元组成的整齐序列，而是由无数激流和漩涡构成；这些时间碎片可以是物、想法、图像或来自不同时刻的文本，它们在不断变

[①] 亦即"actor-network theory"（行动者网络理论）的缩写。

化的组合与星丛中旋转、翻滚和碰撞。新的行动者与那些有着千年历史的行动者推搡在一起；发明者和创新者从他们抨击的传统中汲取养料；"过去不是被超越，而是被重温、重复、包围、保护、重组、重新阐释和重新洗牌"。[6] 诀窍在于不带目的（telos）地思考不同时代的相互依存，不以相互取代的方式看待运动：过去是我们自身的一部分，而不是古旧的残余、怀旧的来源，或压抑的复返。拉图尔声称我们从来都没有进入现代，这倒不是否认我们当前的生活与中世纪农民或文艺复兴时期的朝臣有明显的不同。拉图尔只是坚信这些差异被夸大和渲染了，因为那些流行的故事总是在讲世界如何祛魅、现代批判如何激进，或者用别的方式证明我们自身的特殊地位。

类似地，乔纳森·吉尔·哈里斯（Jonathan Gil Harris）也质疑了所谓的"时间的国家主权模式"，这种模式在文学和文化研究中很盛行。他指出，"时期"（period）的概念与"国家"（nation）的概念具有相同的功能；我们将文本和物归结到某个单一的起源时刻，就如同将它们与其出生地绑定起来。时期和国家都被当成自然边界，具有决定性的权威，如同最高上诉法院。文学作品被认为只能待在一个历史时期和一套社会关系中；学者们如边界守卫一样勤劳工作，任何跨越时

五 "语境糟透了！"

代边界的做法都被严惩不贷。过去仍然是异国他乡，陌生而不可捉摸，它的异国性一再被拿出来强调。哈里斯问道："对于那些跨越时域边界的东西——那些非法移民、双重间谍或持有多本护照的人，我们到底该怎么办？这样的跨界会如何改变我们对时间性的理解？"[7]跨时域的网络扰乱了缜密的时代划分方案；它们迫使我们承认相似性、近邻性和差异性，努力解决过去和现在的同期性与关联性。

这种思路显然与福柯式批评相悖，后者将过去设想为一系列自给自足的知识型（episteme），让批评家以冷静中立的眼光去审视早先时代的信仰和态度。超然不再可能，取而代之的是牵连和纠缠。不存在绝对的时间差异和距离，我们面对的是一锅配料丰富的大杂烩，是一种跨越时期分界的溢出，我们在当中与自己描述的历史现象联结在一起。行动者网络理论同样也理解不了现代主义者的时间观，因为后者觉得自己的时代与愚昧的过去有云泥之别。跨时域网络的无处不在不仅让经典的革命模式变得无法自洽，而且连先锋精神也说不通了——那些担当历史大任的精英凭着智慧远见、政治信念或艺术感性，从混乱欺瞒的迷雾中跳脱出来，而其他人则依然深陷其中。历史并没有向前发展，也没有谁在引领方向。

简言之，为什么我们确信自己比过去的文本懂得更多？

我们固然有后见之明的优势，但过去的文本更加强健、坚韧，影响力更持久。它们的时间性是动态的，而非固定或凝固的；它们与自己（但不限于自己）的时代对话，预料到在未来会有知音，并勾勒出超越想象的联系。珍妮弗·弗莱斯纳对历史主义做过非常明晰的反思，她建议在阅读 19 世纪的小说时，应该将之当成有生命的思想，而非过去文化劳动的体现，还应该将之视为对当代公理和信念的评论言说。[8]语境并不自然而然或不可避免地胜过文本，因为语境的定义标准及解释策略的优劣，通常在阅读中遭遇人们的期待、质疑、扩展或重新想象。一旦认识到过去的文本可以置喙与当代攸关的问题（包括历史思维的状况），那么历史化解释的超然感就会被破坏，甚至被颠覆。

旧日文学作品在后世的这番忙碌，驳斥了我们的一些做法，即把文学作品装进某个起源时刻，把它锁在时间容器里。当然，文本诞生的时代对主题、形式或体裁有明显的影响：在阿提卡诗歌中注定找不到现代主义的秉性，在 18 世纪的风景画中也看不到达达主义的剪贴装饰。然而，这些局限并没有排除跨时域联系和比较的可能性——例如，卡尔·海因茨·博赫勒（Karl-Heinz Bohrer）就能够跨越历史差异的鸿沟，论述波德莱尔的诗和希腊悲剧之间的呼应与相似。[9]文本

五 "语境糟透了！"

作为客体，云游四海；它们跨越时间，邂逅新的语义网络、新的表意方式。宋惠慈所说的"共振"（resonance），就是文本跨越时间去意指、去改变的潜能，它能积累新的意义和关联，在意料之外的地方触发意外的回声。她在一篇重要的文章中宣称，共振的概念将时间轴置于文学研究的中心。[10]

当然，宋惠慈并没有讨论制度如何影响文学的寿命。某些文本持续存在，而另一些则从视线中消失，这不仅仅是因为特定的文本引起了个别读者的共鸣，也是那些对文学进行把关、评估、选择、淘汰的制度结构使然。在这些筛选过程中，决策者讨论应该出版什么、如何分配营销资金或如何修改本科生课程，从而使一些作品比其他作品获得更广泛的传播。从这个角度来看，超时域流动至少部分是因为制度的惯性。引用带来更多的引用；学生毕业后继续教授他们当年课上所学的文本；正典——无论是小说，还是理论——随着时间的推移而自我繁殖。事实上，即使新的文本逐渐进入课堂，即使阅读方式发生变化，如果没有某种程度的固定尺度和对先前知识的传承，教育恐怕难以为继。但这只是进一步证实了我理解的拉图尔的核心观点：不能一厢情愿地切断与过去的联系，而且艺术作品的影响——下文就会论及这一点——取决于它们嵌入社会的程度，而不是与之对立的程度。

251

此外，关于什么是"真正的"语境的争论，远远超出了理论论争的界限，已影响了日常的教学内容和方式。特别是在英文系，年代区分仍然是专业知识的标志，它们出现在带注脚的书本、会议、招聘广告中。一切都强化了这样的想法，即文本的原初历史意义是其最重要的意义；如果有学者的治学领域跨越多个时期，而不是固定在某个时期，那么他们常常被怀疑缺乏学术专业性。布鲁斯·罗宾斯说："时期划分……也许应该被看作一种伪人类中心主义的规范，是长久以来的懒惰做法。它将某个时期挑出来放大，所选的对象并非不重要，但也不乏任意性。"[11] 罗宾斯建议将"文类"作为同样彰显的类别，并围绕它来组织文学教学，因为文类更有利于学者研究文学跨时域的联结、重复和转译。简言之，没有任何令人信服的知识或实践理由可以证明，原初语境应该是终极权威和最高上诉法院。

主张更多地关注跨时域的相似性和联结，并不是要否认历史差异——就像跨国研究的兴起并不意味着波兰或秘鲁的消失一样。不过，这是在主张去选择一种不那么封闭、不那么僵硬的意义模式，这会给予文本更多的呼吸空间。一旦批评家相信——有很多充足的理由——文本不是永恒的、普遍的或非历史的，就相当于把全部赌注都押在了艺术作品的时

五 "语境糟透了！"

间限度上。对原初语境的引征，已经成为一种伦理和政治责任：这表明我们站在正确的一边，与唯美主义者和文学家对着雪利酒杯喃喃自语的颓废做派进行正义的斗争。[12]然而，每当我们在地铁上看到有人沉浸于《傲慢与偏见》或《福尔摩斯历险记》，文本的跨时域移动作为一种日常直觉就获得了确认。艺术作品可能不是永恒的，但它们具有在不同时代激发共鸣的潜能，这确凿无疑地说明，文本里充盈着不同的时间。

作为非人类行动者的艺术作品

到目前为止，我所说的一些内容似乎与伯明翰派文化研究的传统相当吻合。文化研究和行动者网络理论都对理论捷径和社会学上的取巧做法保持警惕。这两个学派都坚持认为，不能把现象简化为隐形结构的副表象，文本、思想和人以不同的（且往往是不可预测的）方式断开联系或重新联结，而且我们无法预知艺术或文化文本会产生何种政治后果。[13]不仅如此，文化研究还将接受行为放在其文化模式的中心。原则上，它支持文本意义的多重时间观，认为随着时间的推移，文本意义可以由新的观众重新创造：因此，与《麦克白》在纽约、新德里、悉尼或新加坡的许多当代演出版本相比，17

世纪早期在伦敦演出的《麦克白》并不具有特殊的优先权。然而,在实践中,这种情况并不常见。例如,在美国的文学系,文化研究经常强调历史主义,并强化"时间截面"的方法,这从"维多利亚文化研究"或"中世纪文化研究"之类的提法中可见一斑。如此看来,跨时域的研究仍然乏人问津。

此外,谈论语境之所以困难,不仅是因为人们对历史源头有所偏袒,还因为思考能动性和因果性的方式。批评家常挥舞语境这根大棒,剥夺艺术作品的影响力,使其成为一个羸弱的无用之物。这种倾向在文化研究传统中被强化了,它把语境化视为终极美德。(劳伦斯·格罗斯伯格写道:"对文化研究来说,语境就是一切,一切都关乎语境。"[14])简言之,语境被放大了,以便让文本紧缩;当新放大的社会条件可以呼风唤雨时,艺术作品就会变得晦暗,从视野中消失。我们总是强调社会领域、话语机制或权力技术的重要性,却没有考虑到这样一个事实:"艺术作品是参与其自身创造的行动者之一。"[15]

为什么文化的生产者或接受者被赋予了如此特殊的权力,而个体文本却几乎未被赋权?人们愿意驱车数百英里去听一个乐队演奏某首歌曲,或者在研究生阶段花数年时间苦苦研读一本小说,这些理论对此又能做何解释?"文化资本""霸

五 "语境糟透了!"

权媒介工业"或"阐释共同体"之类的术语不能很好地说明为什么人们的脑海里会反复播放一首特殊的曲子,为什么弗吉尼亚·伍尔夫成为人们痴迷的对象。为了解释这种依恋之谜,我们会诉诸"被遮蔽的决定"和"隐秘的社会利益"等说法——却很少关注这些对象如何激发情爱、撩拨感情和满足迷恋。

当然,《达洛维夫人》或《褐眼女孩》①的塞壬之歌不会在虚空中回响;要想描述它们的魅力,就不能忽略那些最终让你相信范·莫里森天才之处的高中小团体,不能忽略当年对你二年级的作业赞不绝口、并由此激励你将来读研深造的父母,不能忽略那些由《批评探索》或《滚石》杂志传播的词语,正是借由这些词语组成的语言,你才能表达和论证迷恋的对象。但是,无视一些动因和影响,以牺牲"文本"为代价来提高"语境"的力量,这样做到底能得到什么?为什么要淡化艺术作品的自身角色以确保其存续?为什么要忽视它们进入心灵的方式,以及它们让读者心生依恋的巧妙之处?

也许拉图尔关于非人类行动者的想法,可以为我们释疑解惑。首先,非人类行动者是什么?减速带、微生物、杯子、

---

① 《褐眼女孩》("Brown-Eyed Girl")是爱尔兰音乐家范·莫里森(Van Morrison)在1967年创作的一首热门单曲。

狒狒、报纸、不可靠的叙述者、肥皂、丝绸裙子、草莓、平面图、望远镜、清单、绘画、开罐器。将这些如此不同的现象描述为行动者,并不是忽略了事物、动物、文本和人之间的显著差异,也不是要将意图、欲望或目的归于无生命的物体。相反,在这个理论模式中,行动者指的是任何通过产生差异来改变事态的东西。非人类行动者并不决定现实,或单枪匹马地让事情发生——切忌掉入任何技术或文本决定论。然而,正如拉图尔所指出的,"在完全的因果关系和纯粹的非存在之间",在成为行动的单一源头和变得彻底无作为、无影响之间,"有许多种形而上的灰度差别"。[16] 行动者网络理论中的"行动者",并不是一个单独的、自我管理的主体,它唤起行动并策划事件。相反,行动者之所以成为行动者,仅仅是因为它们与其他现象之间的关系,它们是中介者和转译者,在因果关系的辽阔星丛中相互联系。

因此,非人类行动者参与改变事态;它们是事件链的参与者;它们帮助塑造结果,并影响行动。承认这些行动者的参与,就是通过强调它们相互依存的关系,把人、动物、文本和物放在相似的本体论基础之上。拿拉图尔的著名例子来说,减速带并不能完全阻止你在郊区街道高速开车,但这些"沉睡的警察"(法国人这样称呼它们)的存在,使得这种冒

五 "语境糟透了!"

险行为的可能性大大降低。不可靠叙述者这一文学手法总是会被忽视或误解——但也让不少读者学会了逆向阅读和读出言外之意。减速带或叙事技巧的重要性源于其独特的属性、其不可替代的特质——如果它们被溶解在一个大的社会理论中,只被视为预定功能的承载者,那么所有这些都会被弃如草芥。如果用单一原因来解释一千种不同的影响,就无法洞悉这些影响的本质。正如拉图尔在挖苦布尔迪厄式社会学时写的那样,把丝绸和尼龙之间的关系当作上层和下层阶级划分的讽寓(allegory),就是把这些现象简化为对某个业已存在的方案的说明,而回避了颜色、质地、光泽和手感等不确定却殊为关键的差别,这些差别虽然细微,却激发了人们对不同织物的依恋情感。[17]换句话说,丝绸和尼龙不是被动的中间方,而是主动的中介者;它们不只是传达预设意义的渠道,而是以特定的方式构成和配置这些意义。

在这里,可以关注一下"可供性"(affordance)这个概念——文学研究者对这个词兴趣日增,用它来解释文本和读者如何共同构成意义。该词由心理学家詹姆斯·J. 吉布森(James J. Gibson)首创,用以解释动物如何与环境互动。可供性可以帮我们思考物质属性与使用者之间的关系(例如,与膝盖同高的表面提供了"坐上去"的可能性)。[18]对于本书而

257

言特别重要的一点是，可供性既不是主观的，也不是客观的，而是产生于人与物之间的互动。纳姆瓦利·塞尔佩尔（C. Namwali Serpell）最近借用这个概念来讨论阅读经验，以解释文本和读者的能动性，探讨"可测量的形式和经验活力"之间的张力。像建筑一样，文学作品"提供了"在其内移动的特定选择，然而对经验性读者来说，这些可能性被接受的方式千差万别。[19]

那么，承认诗歌和绘画、虚构人物和叙事手法是行动者意味着什么呢？[20]我们的思维会有怎样的变化？显然，壁橱里的妖怪（bogeyman in the closet）① 是唯美主义的高雅传统——不敢承认文本的能动性，唯恐它会让我们重坠深渊，掉入落后的艺术宗教中，让无数"布鲁姆"② 竞相绽放。一旦我们开始谈论艺术能让我们有不同的思考和感受，那"永恒的超越"和"不朽的正典"之类的语言甘愿服输吗？拉图尔说："雕塑、绘画、高级菜肴、铁克诺锐舞③和小说，都被归结于它们背后的社会因素，并被解释为虚无……而在这里，

---

① "壁橱里的妖怪"是民间俚语，原义是大人用来吓唬小孩的虚构怪物，后来泛指疑神疑鬼的无端恐惧。
② 此处是戏指西方文学正典的捍卫者哈罗德·布鲁姆，并取 bloom 一词的"花朵"之义进行一语双关。
③ techno-rave，一种电子舞曲。

五　"语境糟透了!"

一些人像往常一样,被社会阐释的野蛮无礼所激怒,站出来捍卫作品的内在神圣性,反对粗野之流。"[21]根据行动者网络理论,正如我们开始看到的那样,这两种观点都站不住脚。捍卫"文本"的荣耀,并不是从"语境"垂涎三尺的大嘴下去拯救它。这不是什么零和游戏,不是其中一方必须被击垮,另一方才能取得胜利。我们不再将之想象为大卫和歌利亚之间的殊死战斗:诗歌和绘画抵抗社会秩序,或者,如果说得更悲观一些那就是,它们被周围的邪恶力量收编。这种想象很煽情,让人热血沸腾,却离题万里!

ANT的观点则相当不同:它认为艺术的特质非但不排除社会联系,而且恰恰因为艺术的这种特质,这种联系才得以建立和维系。从一开始,就不存在孤立的、自成一体的审美对象;如果任其自娱自乐,这个对象早就彻底被人遗忘了,而不会引起我们的注意。艺术作品只有通过结交朋友、建立盟友、吸引门徒、激发依恋,抓紧接受它们的宿主,才能生存和发展。如果它们不想迅速从人们视野中消失,就必须说服人们把它们挂在墙上,在电影院里观看,在亚马逊上购买,在评论中剖析,并在朋友当中推荐。这些联盟、关系和转译的网络,对实验性艺术和畅销小说而言同等重要,即使两者看待成功的标准有云泥之别。

对文本的生存来说，这类网络的数量和长度，远比意识形态上是否合拍更为重要。如果你是一个坚定的前卫艺术家，用脏尿布和圣母玛利亚的雕像来制作装置作品，那么盟友不仅是《艺术论坛》（Art forum）杂志上盛赞你的评论家，也包括那些援引你的案例来抨击当代艺术状况的保守派学者，因为后者提高了你作品的曝光率和话题热度，并由此吸引更多的评论，让美国国家公共电视台（NPR）的栏目报道你，几年之后，还会有一本论文集问世。对孤独颠覆者的浪漫想象，很容易让人忘记一点，即如果断裂没有被人们留意、承认和中介，也就是说，没有成为行动者之间新的依恋、联系的对象，那么这种改变就会了无痕迹地消失。艺术作品必须进行社会交往方能生存，无论其对"社会"的态度如何。

这种社交性有一个不可或缺的因素——无论其他因素如何参与其中——那就是作品巧妙吸引和维系读者依恋的能力。当我们在电影院排起长队，在深夜狼吞虎咽詹姆斯·乔伊斯或詹姆斯·帕特森（James Patterson）的文字，这是因为某个文本——而不是无数其他的文本——在某方面对我们意义重大。当然，它体现重要性的方式会有所不同，欣赏的形式也各有千秋；一本典型的书友会小说附录页会有"讨论题"，这些问题可能会在英文系教师休息室引发轻蔑的笑声。但是，

五 "语境糟透了！"

没有任何书迷、爱好者、"死忠粉"——无论他们的教育或阶级背景如何——会对他们所欣赏的文本的特殊性无动于衷。

不过，这种特殊性在目前大多数接受理论中都未获得充分重视，这些理论总是通过贬低文本来提高语境的地位。例如，文化研究学者托尼·贝内特（Tony Bennett）强调的力量，源于他所说的"阅读构成"（reading formations）或"组织并激活了阅读实践的话语性、互文性测定"。[22]他认为，我们对艺术作品的反应方式，既不是由文本的内部特征决定的，也不取决于读者的种族、性别或阶级这些人口统计原始数据，而是由读者浸淫的文化框架所决定的。虽然阅读看起来是自然形成的，但人们从来都是通过家庭、教育和文化环境的熏陶，以特定方式进行解码和解读的。这种思路很好地凸显了我们吸收阐释风格的方式（当然，批判的实践就是这样一种"阅读构成"）。然而，语境派思维中顽固的"赢家通吃"逻辑也让贝内特看轻了文本的影响——他宣称，文本"不先在于或独立于不同的'阅读构成'，文本是被构成为要被阅读的对象的"。[23]

这种被动语态的使用，表达了一种对文本惰性和被动性的看法，即认为它们是听命于外部力量的软弱之物。正如贝内特在这里所描述的，电影和小说融入了受众的文化假定和阐释框架；它们是无声的物体，没有力量，没有重量，没有自己的存在。但是，当文本产生不可预见的影响，当它以出乎意料的方式冲击我们的时候，又该如何解释呢？广播里那首让你莫名流泪的歌，那部萦绕在你梦中的恐怖血腥电影，那本说服你去学佛或离婚的小说，这些又是怎么回事？对贝内特来说（斯坦利·费什也是如此），文学作品似乎是一块空白屏幕，各类读者将他们预先存在的想法和信仰投射到上面。因此，我们很难解释为什么有的文本会比其他文本更重要，为什么我们能够如此强烈地感受到文本之间的差异，为什么我们能够被文本唤醒、扰乱、惊吓，或者为什么文本能令读者以意想不到、莫名其妙的方式采取行动。正如贝内特自己所承认的，阅读构成的语境胜过并超越了文本的力量。

这里，显然存在一个令人费解的二元论：阐释的框架被认为是"真实的"——它拥有存在的稳固性和特殊的社会力量，我们却否认文学文本具有这样的真实性。这种二分法的麻烦之处在于，文本和框架的界定要比贝内特设想的更加变动不居。毫无疑问，我们的确接受了某种阅读方法的教育，并借此去理解文学文本；同时，我们也通过参照想象或虚构的世界，学着去理解生活。艺术作品不仅仅是阐释对象；它们也是解释的框架和指南。如此说来，考虑到文学作品可以

五　"语境糟透了！"

轻易实现类别迁移，我们不太可能在决定性的语境和被动无力的文本之间划出明显的界限。为什么要固守图与底、物与框之间的单一关系？为什么不承认艺术作品既可以作为阐释的文化参照点，也可以作为被阐释的对象？[24] 文本既可以生成标准，也可以是标准的对象。

事实上，贝内特的实践比其理论更灵活。他与珍妮特·沃拉科特（Janet Woollacott）合著了一本有趣的书，里面就体现了这一点，该书探讨了邦德这个品牌的非凡成功。[25] 两位作者的问题是：为什么詹姆斯·邦德系列的小说和电影能够在全世界大获成功？它们是如何参与到如此多的网络中，吸引越来越多的中间方，直到整个世界似乎都被邦德电影、平装书、广告、海报、T恤衫、玩具等周边产品所淹没？可以肯定的是，邦德现象是由变幻莫测的接受方式所形塑的；众所周知，伊恩·弗莱明（Ian Fleming）的小说与美国硬汉犯罪小说有渊源，同时又倚借了英国流行的帝国题材间谍惊悚小说。但是，这样的解释并不能说明为什么这一系列的小说在全球范围内受到如此多关注，而无数其他的间谍小说却乏人问津，在打折书专柜或废物箱里自生自灭。究竟詹姆斯·邦德小说有什么特别之处，从而吸引了这么多的盟友、"粉丝"、崇拜者、爱好者、狂热者、译者、梦想家、广告商、企业家和戏仿者？当然，他们的存在起到了作用；他们吸引了共同行动者；他们有助于事情的发生。

此外，非人类行动者的概念中没有对规模、大小或复杂性的特别规定。它不仅包括具体的小说或电影，还包括虚构的人物、情节手法、文学风格、拍摄技术等，这些都超越了源头文本的界限，从而得以吸引盟友，产生依恋，引发翻译，并激发复刻、衍生和克隆。换句话说，我们远离了精英式的审美主义，依据那种传统，文本与世隔绝，不食人间烟火，仅仅具有自身的内部关联。按照贝内特和沃拉科特的假说，弗莱明的想象世界之所以如此具有吸引力，乃因为他创造了一个颇具个人魅力的主角，邦德可以轻松进入多种媒介、时间和空间，并满足不同观众的兴趣和情感。来自小众环境的人物同样可以充满活力和生机，并在跨越地域和时间的过程中带出新的关联；全世界都庆祝的"布鲁姆日"，或爱玛·包法利延绵不绝的影响力，这些例子对某类读者而言，仍然是检验文学有无共鸣效力的最佳尺度。

当然，大多数虚构人物诞生后，就以不太体面的速度湮没在文学史中。在《文学屠宰场》（"The Slaughterhouse of Literature"）一文中，弗朗科·莫雷蒂为我们描绘了荒凉的文学坟场。即使有些作品被证明颇具活力，跨越了时间和空

五　"语境糟透了！"

间，但绝大多数作品还是很快就从读者的视线中消失了——根据莫雷蒂的估计，即使放到维多利亚时代的英国出版环境中，这个淘汰率也有99.5%。为什么有些文本能够存活，而还有那么多文本却消逝不见？我们如何解释有的文学经久不衰之谜？对于莫雷蒂来说，答案就在于形式的力量。他追溯了侦探小说的演变，认为要归因于一种新颖的形式手法——运用线索的技巧——它解释了夏洛克·福尔摩斯为什么成功，而他的大多数同行却迅速过气。[26]换句话说，破案线索是一个有效的行动者，通过产生新形式的阐释愉悦来吸引读者。福尔摩斯得以青史留名的原因，既不是随机的，也不是纯粹出于意识形态（如果柯南·道尔是父权理性的卫道士，那么毫无疑问，很多变得寂寂无闻的其他作者也是如此）。无论拿文艺复兴时期的戏剧、现代主义诗歌，还是好莱坞大片举例，都会发现有些作品更具流动性、轻便性，更容易适应不同受众的兴趣。

然而，受众的社会构成、购买力和信仰的重要性，仍然要比莫雷蒂似乎愿意承认的程度更高。文本的形式属性不能单枪匹马地操控其跨时域的影响，其关键在于诸多因素的相互作用，以及大量的机缘巧合。文学作品的流行度阴晴不定；曾经的必读之书，现在看来已经陈旧过时，而首次出版时备受冷落的作品，日后可以获得很高评价，甚至是狂热追捧。这些转变既关乎作品的主题，也取决于社会及作品形式；海明威的市场行情看跌，而凯特·肖邦却声名日隆，这不仅仅是文学手法的问题。我需要重申这一原则：文本不是仅靠自己，而是与各种各样的行动者共同行动。

消化吸收这个想法，即意味着应该打破那种通过文本/语境二分法来确定能动性的惯常方式。我们已经质疑了文学作品隐秘地参与胁迫和欺骗读者这一观念。在这种情况下，文本一方面被授予超人般的力量，但另一方面又被一笔勾销。一部小说受到指控和定罪，原因是它批量生产出了温顺的资产阶级主体，但这个惊人的"成就"其实并没有表面上那样了不起。事实证明，文本是更大的权力系统的体现，这些系统在幕后操纵一切，它们是神秘的决定性理论，不被任何东西控制。在这种情况下，文本变成了被动的中间方，而不是主动的中介者——文本是卑微的随从和谄媚的恶霸，听命于那些躲在暗处却无所不能的主人。

这种情形固然有缺憾，但也不应该矫枉过正，让我们转而去追求颠覆、抵抗、越轨和断裂——这些都是批判性最推崇的。文学作品不是这种粗犷的个人主义行动者，不是反抗恶劣现状的孤勇斗士。如果它们有所作为，那也只是作为共

五　"语境糟透了！"

同的行动者和依赖者，存在于依附和联结的混杂网络之中。如果没有无数的支援——出版人、广告商、批评家、评奖委员会、书评、口口相传的推荐、教学大纲、教科书和文选、不断变化的品位和学术词汇，以及（放在最后说，但并不意味着最不重要）我们自己和学生的热爱与偏好——那么，我们研究和教授的作品（包括贝克特或布朗肖、布莱希特或巴特勒最离经叛道的文本）就永远不会引发关注。可以肯定的是，相较之下，其中一些中介者可能对这些对象文本更有帮助、更宽厚或更尊重，但中介这个事实并不意味着可悲的错误，不意味着变成同谋或共犯，而是意味着作品为世人所认识的一个不可或缺的条件。如果不去买、不去读、不去批判、不去教授这些我们崇拜的文本，那么它们就会被束之高阁，永远寂寂无闻，无所作为。

　　此外，无论是基于政治还是其他原因，这种观点也并不妨碍我们对一部作品所表达的内容提出异议，与之进行论争，谋求有益的分歧。总会有这样的时候，即使已经尽力退而求其次，但一个文本还是会让我们觉得审美上乏味、政治上落伍，或者缺乏真诚。然而，如果仅凭这种判断就断言文本具有压迫性，那么这种方法论是有问题的。我们从作品细读，滑向了对其社会影响力的因果论断，似乎这两种活动在某种程度上是等同的。[27]正如拉图尔所言，我们搭了一次顺风车，却没有追踪相关的网络，没有识别新组合的产生，没有为因果论证收集经验证据。在行动者网络理论看来，政治不再暗示存在解释一切的隐藏力量；它是一个追踪的过程，观察行动者和中介方在出现时如何相互联系、形成依附和冲突。

在这个中介链中，有一个不可或缺的环节就是读者，他们的反应是无法完全预知的。正是在这里，文学研究需要避开庸俗社会学（即读者被简化为人口统计数据）和单一维度的语言理论（即把读者当成语言或话语流动的一个节点）。读者当然不是独立自足的意义中心，但也不是在社会或语言之潮中翻腾的浮萍，对影响他们的力量束手无策或毫无理解。当遭遇文本时，读者们的应对既有共性，也有彼此的特异之处；他们参与中介，也被中介，其方式既是可预见的，也有令人不解之处。如果像贝尔纳·拉伊尔（Bernard Lahire）所主张的那样，我们需要一种个人的社会学，不将人仅仅简化为先在结构的影响[28]，那么我们也需要换一种方式去看待个体读者，不将他们扁平简化，而是把握其个体的脾性和重要性。文本本身并不能影响世界，而只能通过那些阅读、消化、反思和抨击它们的读者，正是这些读者将文本视为方向坐标，并将它们传递下去。

五 "语境糟透了！"

在此，我们可以感谢德里克·阿特里奇（Derek Attridge），正是他提出了"个体文化"（idioculture）这一有用的术语。他的定义如下："构成一切单个主体的独异的、不断变化的文化材料和倾向性的组合……它表现为特殊的偏好、能力、记忆、欲望、身体习惯和情感倾向的综合体。"[29]简言之，个体文化的概念既涉及人格的共性和独特性，也关乎确立我们自身属性的各种影响的不稳定组合。说自我意识在很大程度上是由遇到的人、迸发的想法、接受或服从的经验所形塑的，这并不意味着自我就不重要了，或真实性大打折扣。人是在多种影响的动态往复中形成的，而不是听命于单一的意识形态。即使我们都是文化混合的产物，但每一种影响、词汇、记忆、取向和性情的混合，都拥有可辨识的独特味道。我们依照遇到的范例去创造自己；通过栖居于不同的形式，赋予自身某种形式。阅读的经验总和让我们有所改变——这种改变有时微妙，有时显著——我们也会将这些差异带入阅读事件之中。

后批判阅读

阅读的问题不能再耽搁了。现在是时候把这些关于文本流动性和能动性的观点与当前关于阐释的争论联系起来了。

如前所述，很多批评家现在正在寻找替代"找碴式"（fault-finding）批判的方法。是否应该像蒂莫西·贝斯（Timothy Bewes）所主张的那样，尽量以宽厚之心去读，努力"顺着纹理"读，而不是"逆着纹理"？是否应该像莎伦·马库斯所说的那样，成为"公正/单纯的读者"（just readers）？这里，我们沿用了 just 的双重含义（既是"纯粹的读者"，有别于那些过于自信的理论家和高超的阐释者，也是"符合伦理的读者"，试图更公允地对待所遇到的文字）。[30] 是否应该重回利科和伽达默尔所说的"信任阐释学"？或者接受塞奇威克关于"修补式阅读"的愿景？

为了稳妥起见，我宁愿继续使用"后批判阅读"这个更宽泛的术语。它的一个优势在于体现了与先前思想的关系：显然，后批判（the postcritical）不能与非批判（the uncritical）混为一谈。像其他人一样，我发现这个术语的模糊性也正是它独特的优势所在，因为可以用来指代那些新兴的思想和尚未明晰的诸多可能。该术语在各个领域越来越受欢迎，它表示那种具有实用性和实验性的参与模式，其概念未被一般化的理论预先框定。[31] 那么，"后批判"一词的作用既不是规定阅读应有的形式，也不是命令批评家选择何种态度；它帮我们远离那种闭着眼都知道结论的思辨方式。以下就是后批判阅

五 "语境糟透了！"

读拒绝为之的：对文本提堂审讯；诊断其隐蔽的焦虑；将承认降格为另一种形式的误认；哀叹我们身处的语言牢笼；证明抵抗只是另一种形式的遏制；将文本解读为对意义不确定性的元评论；满足于证明文本的范畴是社会建构；沉溺于语言和世界之间的沟壑。

那么，还能剩下什么？比我们想象的更多。首先应该承认，强调文本的跨时域运动及其生机勃勃的能动性，对阐释学的历史而言并不完全陌生。如果行动者网络理论是一种关系哲学，那么阐释学亦然，只是方式更温和，它将文本和读者视为共同的意义创造者。如果用ANT的语言来表述，读者与文本的联系成为网络的一部分，而不是自我封闭的二分体——但这种联系对于文学研究依然至关重要，尤其是在课堂上。从这个角度看，阅读关乎依附、整理、协商、聚合——它在从前没有联系的事物之间建立联结。这不是去探查深度或在表层追踪——这些空间隐喻不再那么诱人了，而是要创造新的东西，读者在这个过程中与文本一样关键。阐释成为行动者之间的共同生产，它带来新的东西，而不是耽于思考文本的隐藏意义或再现的失败。这些阐释会"加入"并帮助产生新的网络，而另一些则会从人们的视线中消失，不会吸引信徒或滋生持久的依恋。

我们现在知道，世俗化的阐释——即使打着批判的幌子——其实并没有剥离其神圣的残留物，而且理性不可能彻底抹除中魅的全部痕迹。那么，经常与阐释学联系在一起的赫尔墨斯又是怎样的呢？当然，赫尔墨斯是希腊神话中步履如飞的传令官和信使，是"诸神中对人最友好的"。[32]他是道路、十字路口、门槛、边界的神祇——也是跨领域翻译和交易的神祇。他从一个地方到另一个地方，总是在移动，提醒我们，正是在文本和读者、词语和世界之间的持续穿梭，才决定了阐释学的事业。他也是意外和机遇之神——一个人突然走运或意外收到礼物时，要感谢这位神。在这个意义上，他也恰好象征了阐释行为——在那里，理解可能会倏忽闪现，或令人茅塞顿开。但赫尔墨斯也是狡猾的骗子和窃贼，是诡计多端的幻术大师。他提醒我们注意自身的不可靠性和脆弱性，以及阐释之举如何会弄巧成拙。[33]

公元前415年，散落在雅典各地的许多赫尔墨斯雕像在一夜之间遭到了不明身份者的破坏。这一神秘事件与雅典宗教政治的阴暗历史有关，也预示了当下这个时代狂热的反偶像风潮。正如前文所说，一些批评家热衷于把赫尔墨斯从基座上打倒，喷漆破坏他的神庙；他们指责赫尔墨斯的追随者与反动的形而上学或极权主义政治沆瀣一气。阐释学已经被

五　"语境糟透了！"

诊断、解构和谴责了。人们满腹狐疑地看着这股去神秘化的运动，质疑"超越"阐释学的各种尝试。拥戴那些守护我们工作的神灵吧，而不是试图去打倒它们！赫尔墨斯的个人魅力将带来激励，为思想插上翅膀。他所代表的品质——敏捷、灵活、活泼、欢快、顽皮、足智多谋、多变的行动和思想——都是我们迫切需要的。敌人不是阐释本身，而是像野草一样泛滥的批评方法论，它挤占了其他形式的生活。ANT学者亚当·S. 米勒（Adam S. Miller）说得好："需要去阐释和转译，这不意味着世界的堕落，而是生命的本质。活着，就是去阐释。"[34]

因此，没有理由断定阐释与行动者网络理论格格不入。可以肯定的是，拉图尔并不是要推广一种阐释哲学，这种哲学吹嘘人类主体在面对沉默惰性的客体世界时如何善于阐释。然而，这不是要拒绝阐释，而是要扩展阐释："阐释学不是人类的特权，可以说，它就是世界本身的属性。"[35]易言之，许多不同实体都在参与交流、中介、示意和转译；世界不是一个物化的僵死区域，而是像任何现代主义诗歌一样充满了含混性。然而，在这个扩展后的框架内，人类如何对诗歌或绘画做出反应，仍然相当重要，因为这帮助我们认识艺术存在的特定模式。也许可以说，阐释构成了一种强有力的依附模式，而当前流行的文学研究并没有很好地描述其运作机制。[36]

令人高兴的是，法国现在出现了阐释学的复兴——这件事让人颇感意外，因为在后结构主义的全盛时期，大家经常对阐释这个概念进行诘难。这些新一代的法国批评家从阐释学传统中学到的，就是强调文本与读者之间的复杂关系。文本不再是死去思想（histoire）的纪念碑，也不是语言符号（écriture）的自我指涉网络。相反，它通过一个世俗而又神秘的过程复活了，在这个过程中，文字被读者赋予了活力，并反过来让读者恢复活力。这些批评家融合了现象学和语用学、福柯和费什，对阅读问题提出了全新的理解。这种新观点既强调阅读的情感层面，也关注认知——他们毫不介意使用"中魅""热烈""狂喜"之类的语言——并将阅读与日常生活的诸多联系视为公理。

譬如，听听玛丽埃尔·马瑟的见解。她写道："文学作品在普通生活中占有一席之地，它们能留下印记，并发挥持久的效力。阅读不是一种与生活相互竞争的独立活动，而是一种日常的手段，赋予我们的存在以形式、味道甚至风格。"[37]在一本重要的新书中，马瑟描绘了书籍的点点滴滴如何融入日常经验。这种文学作品渗入生活的现象，并不是由于读者太单纯天真，以至于需要批评理论家加以纠正。相反，艺术模

五 "语境糟透了！"

式正是借此才得以参与形塑马瑟所说的"存在的风格学"（stylistics of existence）。

在这个意义上，阅读不仅仅是一种认知活动，而且是一种具身化的关注模式，让我们参与感觉、感知、感受、关注和理解。〔在此，马瑟的观点也让人想起理查德·柯尔内对"肉体阐释学"（carnal hermeneutics）的精彩阐述，它涉及身体和思想、感觉和意义，并将这些要素交织在一起。〕[38]谈到存在的风格学，就是承认人类存在于世是按照一定方式构成和组织的，而且审美经验可以修改或重绘这些模式。通过阅读行为，我们遇见了组织知觉的新方法、不同的模式和模型、亲近和疏远的节奏、放松和悬置、运动和犹豫。我们通过不同的方式，赋予存在以形式，而凭借这些方式，我们栖息于新遭遇的艺术形式中，并对其进行调整和挪用。马瑟坚持认为，阅读不是简单地对内容进行解码，而是要去"挑战"和测试新的感知可能。

由此可见，文学的独异性和社会性是相互交织的，而非彼此对立。文本不是傲世独立或形影相吊；它显然是世俗的，而不是彼岸之物。然而，文本是社会性的人工制品，这并不意味着其用途必须听命于批评理论教科书的神谕。阅读行为就是一种"双人舞"，是文本和人的相互作用，它摒弃了强调艺术自主性的美学或工具性政治。马瑟认为，不能简单地把阐释和用途对立起来，仿佛可以找到一种接触文学作品的方式，把世俗的需要、欲望和兴趣全都剔除干净。这是超越之梦，梦想在空中楼阁里阅读和写作，梦想参与其中而避免挪用（文学批评家往往不愿意放弃这种挪用的原罪）。

反过来说，文学之用也不能一味诉诸权力计算：仿佛看书只是为了巩固社会地位；仿佛这些书释放诱惑，只是为了让我们屈服于现状。这种简单化的理论，用拉图尔的语言来说，其效果就是让网络缩小降级，绕过共同行动者，把积极的中介者变成被动的中间方。它只能将文学作品塞进预制的盒子里，然后由此来解释它——而不能公正对待文学中迷宫般的路径、意想不到的弯路、模糊的动机和纯粹的偶然性；正是通过这些，"阅读的方式"（借用马瑟一篇文章的标题）方能与"存在的模式"相连。

在这里，马瑟大胆颂扬了爱玛·包法利的形象。与其说福楼拜的女主人公是阅读走火入魔的象征，不如说她现在体现了审美经验中的某种普遍性，因为包法利阐明了心理投射、认同和想象性转化的重要作用。马瑟认为："这种阅读的欲望以亲近性为基础……我们应该公允地看待读者的这种被动性，或者说，被文学范例俘获并沉溺其中的被动性。"看似盲目的

五 "语境糟透了！"

顺从，其实背后有更复杂的编排，因为读者要屈服于文本，方可品味到与日常意识疏离的乐趣。这种忘我的时刻让读者能够尝试另一类自我，探索虚构的模式，并暂时从思维的窠臼中摆脱出来。因此，爱玛代表了主体性彻底的混乱与斑驳。马瑟认为，不应再把共情和阐释、痛苦和行动、情动经验和阐释学距离对立起来。[39]情感不仅仅是蛋糕上的糖衣——顶多是让人愉悦的消遣，最坏的情况下，还可能是一种神秘咒语，只有打破它，才能开始严格分析。相反，情感投入正是文学作品得以接触、重新定位，甚至重构读者的手段。[40]

马瑟著作的重要价值在于，她拒绝将情感与阐释割裂开来，反对针对审美经验的反阐释学描述，坚持认为这些元素是相互交织而不是对立的。这里，可以提及法国批评界的另一本书：伊夫·西顿的《阅读、阐释、现实：为什么要进行文学研究？》[①]。萨科齐总统曾说过一句话——他搞不懂为什么那些注定要当柜台职员的学生需要阅读《克莱芙王妃》（*La Princesse de Clèves*），而不是去学些实用的东西。西顿对此做了回应，他为文学教育和过去的艺术作品的现实意义做了有力的辩护。他认为，文学研究应该将自身作为一项独特的阐

---

① *Lire, interpréter, actualiser: Pourquoi les études litléraires?*.

释学事业来捍卫，作为"阅读"（lecture），而不是"故事"（histoire）或"写作"（écriture）。西顿主张他所谓的"与时俱进的阅读"（une lecture actualisante）——在这里，"与时俱进"是指去实现并使之生活化，同时也指当代化。西顿坚持认为，阐释不是挖掘，而是重新发明，同时人们对过去语境的关注，不应掩盖文学作品跨时域的共鸣，以及对当代的发声。[41]

西顿为情感阐释学做了有力的辩护，他坚信阅读从来不是认知或分析解码。情感线索通过传达关于人物和情节、风格和世界观的重要信息，促使读者做出推断或判断；意义的情感和分析是紧密相连的。同时，当文本细节与我们的激情和癖好、与饱含感情的历史和记忆挂钩时，就会产生特殊的振动和共鸣。阐释学的公理是，读者难免会把已有的信仰投射到文学作品上，而这些信仰又会因读到的文字而改变。然而，这个阐释机制不仅包括信仰，还包括情绪、知觉、感觉、调适：我们不仅把感情带到文本中，也可能反过来让文本影响感情。

但是，我们可能会问：如何将关于情感的这番话纳入文学研究，并将之作为学术课题和学术认证的形式？怎样才能防止批评语言变成主观情感的流露，或私人化的怪癖联想？西顿说，这不是要排斥批评性分析，而是要在方法和灵感之

五　"语境糟透了!"

间建立更好的平衡,以使枯燥的思想词汇变得更生动。同时,阐释学关注的既不是"文本本身",也不是读者的生活,而是这两者在哪里,以及以什么方式相关联。换句话说,学生依然需要获得必要的知识和分析技能,以阐明文本的相关特征。然而,西顿也敦促我们不要羞于面对自己的倾向、依恋、判断、热情、虔诚和痴迷。为什么我们迟迟不肯承认,研究文学可以是一种塑造感性的方式,可以让我们重新定位自身的情感,重估自己的关注重心和目标?[42]

这并不是说此类情感是"无辜"或无可指摘的;就像其他世俗活动一样,没有人会质疑文学研究也可能陷入误认、高估、自我激赏、挑衅或自欺。[43]我强调的是在某种程度上,习惯性地诉诸怀疑,会在智力上变得无趣,也会产生反作用,特别是在目前公众对人文学科的支持日渐减弱的情况下。这里,可以回到行动者网络理论的原则。拉图尔说:"如果你去倾听,就会发现人们在讲述那些动人的艺术作品为什么会,以及如何让受众产生依恋感,并被这类作品触动和影响。"[44]我们很可能会质疑,凭什么文学研究的合法性要屈从于这种直觉。拉图尔的论著就是一直在与这种洁癖——非要将理性与情感分开,保护批判免受信仰的影响,将事实与恋物相对立——进行论战。在这种情况下,艺术作品的经验——就像

279

他举的宗教语言或情话的例子——不仅传达信息，而且带来转变。[45]文本的重要性并不局限于它所揭示或隐藏的周遭社会条件。相反，它也关乎对读者内心的触动——它在读者心中点燃了什么，引起了怎样的知觉变化，建立了怎样的纽带和依恋。

这种思路的一个结果是，不再轻视非专业的阅读经验（在专业批评之外，这种阅读经验始终存在）。[46]我们不再穿透这些经验，去寻找影响它们的隐秘法则，而是正视它们，研究目之所及的神秘之处。可以肯定的是，感情是有历史的，个人的崇高之情或失落感是与文化框架相联系的，但强调情感的社会结构往往会假定批评家对他人所沉浸的幻觉具有免疫力。如果放下这种批评机制，那意味着什么？如果不再将读者参与、惊奇或沉迷的经验当作天真或错误，而是首先作为解释艺术吸引力的线索，那又会发生什么？是否可以打造一套关于依恋的语言，使之像超然的批评修辞一样有力和精致？至少，这将要求我们不再把文本作为调查对象，而是作为使事情发生的共同行动者，不只作为事实，也是关切焦点。

举个简单的例子，以说明如何将其中一些想法带入课堂。几年前，我对教了十多年的文学理论课做了一番大调整，使其符合我不断变化的关切和承诺。课程的前半部分仍然类似于标准的概论课程，向本科生介绍结构主义、精神分析、马

五　"语境糟透了！"

克思主义、解构主义、女性主义、后殖民研究等，让他们对常见的理论术语有基本了解。然而，在后半部分，我们将注意力转向通常在此类概论课程中被忽视的话题：共情和同情、承认和认同、中魅和沉迷、震惊和崇高、追星族愉悦和鉴赏力，因为它们塑造了阅读的方式和原因。之所以选择这些经验，乃因为它们与日常休戚相关，而且在学术批评中一直存在，尽管常常处于边缘地位。我向学生建议，这些经验不是亟待看透的意识形态症候，而是我们关注不足的复杂现象。这门课程的目标是希望学生在培养超然性时，也学会认真思考他们对文学的依恋感，同时懂得睿智的反思并不局限于批判的实践。我希望他们可以超越那种僵化的二分法，即天真的感情式阅读和严格的批判式阅读。

这门课程的第一部分——实际上是归纳各种怀疑式阐释的风格——有令人满意的教学效果。除了向学生介绍当前文学研究的争鸣，对他们中的一部分人来说，这也是初次接触弗洛伊德、福柯、女性主义等现代思想史的重要流派。然而，我开始觉得，如果把一门课完全用于讲授批判理论，这是不真诚的做法，它回避或简化了文学为什么重要这个问题。我将课程的后半部分用于后批判阅读，迫使全班同学努力回答一些艰难的问题。艺术作品如何，以及为什么会打动我们？

文本的某些特征是否更容易引发共情或承认、沉迷或迷失？当谈论对角色的认同时，这到底是什么意思？（我认为至少有三种不同的认同：结构或形式的一致，道德上的拥戴，以及情感上的共情。）[47]对文本的依恋感，会在何种程度上帮助或阻挠政治解读或分析视角？风格、情节、视角或场景调度的具体细节，如何引导观众产生特定的反应或情绪？而情感反应又是如何被文本之外的因素（从个体的特殊历史，到塑造集体阅读实践的期望和预判结构）所形构的？

有个学生在课程期末论文中选择分析詹姆斯·赖特（James Wright）的一首诗，并与苏珊娜·基恩（Suzanne Keen）等人最近关于共情的论述进行了对话，阐明了诗歌手法如何助益情感教育，以及共情在自我阐释和自我超越这两种形式之间的运动。另一位学生研究了《微物之神》（*The God of Small Things*）中的中魅问题，详细讨论了其风格在感性和修辞层面的诱惑力，以及它的文学世界如何让读者流连忘返，同时有力驳斥了理性主义对中魅状态的质疑。第三篇文章阐明了他在观看法国电影《不可撤销》（*Irreversible*）时的震惊感，这种震惊感不仅是由其露骨的性暴力主题引发的，也源于令人晕眩的摄影机角度和反转的情节；同时，该论文还探讨了后现代性中的"震惊美学"（aesthetics of shock）。这些文章论述缜密，丝毫不逊色于他们上半学期以怀疑为方法所写的作业。然而，最明显的区别在于，课堂上涌现出了一种轻松的气氛，大家在运用分析性语言去反思文本时都松了一口气，因为不需要再去否定自己的审美依恋。

因此，怀疑的解毒剂不是否认理论——当追问文学为什么重要时，总会让人陷入持续的反思——而是要拥有更丰富、更多元的理论词汇。这里，"后批判"一词承认了它对先前思想传统的依赖，同时说明智识生活中除了不停地"朝下挖"或"靠后站"，还有更多的可能性。与其说后批判是要对批判进行批判，不如说它更感兴趣的是寻找阅读和思考的替代方式。后批判阅读对艺术作品的欣赏，不仅仅是因为这些作品能让读者产生疏离感和重寻方向，也是由于它们可以将已知事物进行再语境化，并重新定位和更新我们的知觉。简言之，它是要加强而非削弱对象——与其说是本着敬畏之心，不如说是慨然为之，并毫不掩饰自己的好奇心。

…

在这最后几页，我们选择了做加法，而不是减法，选择转译，而不是分离，选择联结，而不是孤立，选择构成，而不是批判。解释艺术的社会意义，即意味着增加行动者和中介者，而不是削弱它们。我们不想把艺术作品打造成权力的应声虫或无畏的异议者，而是试图为更多不同的角色创造空间。文本拒绝被限定在容器里，它们充满活力地穿越空间和时间，与其他共同行动者联合起来，其方式有时可预测，有时也出人意料。只有通过建立依恋关系和联盟，它们才能够发挥作用。不是强调它们的他者性、自主性和不可转移性，而是指出它们的可移植性、流动性和可转译性。不问"这个文本破坏了什么？"，而是去问"这个文本创造了什么，建立了什么，让什么成为可能？"针对那些宣称"文本是独异的！它不能被挪用！"的人，我们要诵念自己的原则："文本是独异的！它当然会被挪用！"

通过利用各种资源——行动者网络理论、后历史主义批评、情感阐释学，我勾勒出了文学和文化研究的一些可能路径。阅读现在被认为是一种构成行为——一种创造性的重塑——读者通过持续的斗争、翻译和协商，把文本和自身结合起来。文学文本不是被固定在玻璃后面的博物馆陈列品，而是充满活力和能量的交流参与者——它可能和批评家一样渊博，甚至比批评家懂得更多。这样的文本跨越时间和空间，给读者造成影响并与之产生联结；它改变情绪、重构知觉，

五 "语境糟透了!"

它具有丰富的文体可能性,能帮助我们思考。

需要明确指出,这并不意味着要摈弃或抛开历史知识。当然,我们需要了解法国大革命、中世纪忏悔者、义和团起义、反奢侈法、妇女参政论者、19世纪的工厂条件、民权运动、对死亡态度的变化,以及印巴分治。这种知识能够很好地纠正我们时常发作的失忆症——有时人们会忘记,自身的制度和生活方式、激情和偏见其实与过去的时代迥然有别。历史会短暂地把我们从自我中心主义的时间观中震醒。事实上,人文学科有如博物馆工作人员——保护和照料过去时代那些脆弱的人工制品——我认为这是其最重要的特色之一。而且,历史阅读模式如果使用得法,肯定可以避免批判性语境主义的陷阱,就像莎伦·马库斯所做的研究那样,她对维多利亚时代英国妇女关系的探讨可谓精微,且富有启发性。[48]

问题不在于关注过去,而在于对"语境概念"的使用或误用:一方面,它是社会历史一般性和批评责难的同义词,它试图解释一切,却力有未逮;另一方面,它总是千篇一律地将文本紧粘在其首次出现的时刻。最近一份关于文学研究现状的综述指出:"文本被认为与语境不可分割,而不是作为超越其创作环境的特权实体而存在。"[49]这样的言论已经司空见惯,但依然是可疑的。毕竟,文本不是经常超越它们的创作环境，进入与其原初意义或目的相去甚远的新网络吗？

无可否认，我对行动者网络理论做了一些改动，把它的一些原则嫁接到自己的议程上。毕竟，ANT致力于增加中介者，要把人类和非人类行动者全部收入囊中。按照该理论的看法，文学作品的命运与无数中介方息息相关：出版商、书评人、代理人、书店、消费技术（电子阅读器、亚马逊网站）、机构框架（例如女性研究和族裔研究）、改编和翻译的形式、书籍的实体和物质属性（从字体到照片）等。从这样的角度来看，读者与文本的关系只是一个不断延伸的庞大网络中的一小部分。如果牢记这一点，文学教师当然可以引导学生看到重要的联系，同时提醒他们：读者并不是永远正确的直觉源泉，而是通过与无数行动者的共同磨合而得以形塑自身的。不过，尽管行动者网络理论或许会零星出现在英文系的教学大纲中，但把大多数维多利亚小说课或当代女性小说课改造为中介社会学的课程，这种可能性几乎为零。毕竟，这不是大多数教师和学生选择文学方向的目的。这门学科的核心——无论好坏——是训练高级的阅读技巧，并在与重要文本的接触中，对这种技巧进行检验。当我们致力于描述文学作品所处的混杂网络时，必须斟酌权衡它与现有研究领域的习惯、偏好和热爱的关系。[50]

五 "语境糟透了！"

因此，行动者网络理论和文学研究的结盟，就像一切联盟那样，需要借助翻译、修补、回避和妥协。不能将ANT强行应用于文学研究——这会招来很多抗议，人们会觉得文学和文学经验的本质变得面目全非——而是要试图就共同关心的问题与其他批评家尽力协商。在这里，也许本章提出的一些观点，可以帮助我们摆脱怀疑的束缚，但又不至于放弃阐释，也不至于重新陷入故步自封的形式主义。批判长期以来一直被认为是最严格、最激进的阅读形式——我已经做了论证，指出这种声誉名不符实。我们还可以用别的方式来思考文本的社会生活，思考方法和情绪的不同组合。摒弃怀疑，要面对的不仅是文本，还有与文本产生的牵连和纠缠。让我们用接受性取代侵略性，让超然疏离的阅读立场与获得承认的依恋之情交织在一起，文本的历史属性并不压倒其明显的当下性，审美的愉悦和社会政治的回声相互交织，而非彼此对立。我们的初衷不再是削弱或减少所读文本的现实性，而是提高其现实性，把它们擢升为平等交往中富有活力的共同行动者和重要伙伴。

结　语

现在，请让我把各部分论点整合起来，以便尽可能清楚地说明我在说什么和不在说什么。当然，完全清晰透明的解释是不可能存在的。同时，正如我们所看到的，有一种盛行的风气在鼓励学者把隐蔽的原因和无意识的动机归咎于他人的论点，而自己却置身事外："我对权力讲述真相，而你是新自由主义利益的棋子！"尽管如此，我会尽力所澄清自己意识到的前提和意图。

我的信念是——越来越多的学者也有这样的信念——质疑批判不是耸肩认输，或是对保守势力的无奈屈服。相反，它的动机是希望在人文思想的价值日渐受到怀疑的情况下，为人文思想阐述一个积极的愿景。如果要为艺术和人文学科的必要性提出更有说服力的理由，就迫切需要这样的愿景。在这种情况下，重估批判并不意味着放弃社会或伦理的承诺，而是如洪恩美所言，认识到坚守这些承诺就需要与那些思想上的陌路人进行沟通。[1]这里，批判精神会阻碍而不是帮助我们为人文学科进行有力辩护，因为批判总是鼓励学者为自己的先锋角色感到自豪，并将严肃思考等同于下意识的负面性。

伊夫·西顿在提及近代思想史（语言学、历史主义等）中的去神秘化潮流后指出，它们有一个共同的信念：任何认为艺术作品可能带来新生活形式的信念都是幼稚的。他认为，我们正目睹另一种阐释制度的出现：它愿意承认文学和艺术在向壁虚构方面的潜能，而不仅仅是谴责神秘化的幻想。依恋、激情和灵感不再是禁忌语言。[2]

此外，这本书并不是要声讨人们的异议或负面判断。（我整本书一直就在做这些事。）迈克尔·沃尔泽写道："社会批评实属稀松平常——世人都在以某种方式参与其中——我们必须从一开始就怀疑它并非哲学发现或发明创造所独有的。"[3]在这一点上，沃尔泽完全正确。正如我在第四章所指出的，批评行为是我们存在于世的一个日常方面。人们总是有理由反对自己不喜欢并希望改变的东西：社会制度、哲学信仰、文化再现、政治思想或机构，以及生活中各种平凡的细节。根本不可能放弃异议——这在任何情况下都不可能发生。然而，认为不同意见必须以"批判"的形式出现才能获得合法性，这是一种现代西方特有的偏见。

因此，本书的主题就关乎一种特定的写作体裁，即怀疑式阅读的修辞，它多见于文学研究、人文学科，以及通常涉及阐释的社会科学中。与其说它等价于分歧，不如说它是一

结 语

种特定类型的分歧——它由20世纪末、21世纪学术论争的规约所驱动。在这个意义上,批判将分歧固化为一套特定的论证动作和阐释方法。可以肯定的是,批判框架和理论框架之间有很大的区别:正如我们所看到的,批判不是一件事,而是广泛容纳了一系列哲学信条、政治意识形态和阐释模式。然而,对这些差异的过度关注,使我们无法看到各类批判的共通点:对批评家职能和艺术优点的共同思考方式,以及一种普遍的倾向,对此,克里斯托弗·卡斯蒂利亚(Christopher Castiglia)有个颇具创意的新词——"批判脾性"(critiquiness),它显然混合了怀疑、自信和愤慨。[4]

卡斯蒂利亚敦促我们摆脱批判脾性,拯救和重振批判——拥抱一种新的理想主义、目的性和乌托邦式可能性,摆脱故意为之的怀疑主义。他认为,充满希望的批判能帮助打破当代批评的僵局。我承认自己没有卡斯蒂利亚那么乐观,批判未必能通过这种方式摆脱困境;在我看来,这不仅是态度问题,而且关乎方法论和理论。现在,让我试着将批判所面临的最大问题做一番提纲挈领的总结。

它对艺术作品的偏颇看法。批判被证明是一台效率极高、运行平稳的机器,用于记录文本的局限和不足。它还提供了一套评估文本价值的标准:文本在多大程度上体现了自身的关键优点,即去神秘化、颠覆和提出问题。然而,它对艺术作品让人着迷的诸多原因却保持沉默:审美的愉悦、自我理解的提高、道德的反思、知觉的重振、自我的陶然、情感的慰藉或感觉的加强——此处仅举几例。它对文学之用和文学的价值缺乏有力的观照。

它对情感的抑制。批判不能屈服于文本——它认为这是一种可耻的贬低,或对意识形态的屈服。正如我们所看到的,它的情感立场远非一成不变的消极;批判可以激发出对共同敌人的同仇敌忾,引出阐释游戏的醉心刺激,以及对矛盾文本蕴藏的狡黠手法的崇拜。但它最关切的,还是质疑动机和揭露罪行(如同一出探案的道德政治剧),这导致了警惕、戒备、不信任的心态——这种心态阻碍了读者的接受力,让他们变得睚眦必报。我们试图把审美经验的风险挡在外面,但同时也将这种经验的犒赏拒之门外。我试图证明,将自己投入审美经验中,不需要放弃深思熟虑或思想的严谨;尽管有人提出了截然相反的警告,但批判的替代方案并不一定会表现为"美文主义"或愚笨的情感流露。[5]

它对社会的描绘。不管是向下挖掘隐蔽真理,还是采取"麻烦化"或"问题化"这类更反讽的立场,批判的反对姿态也塑造了它的社会观。权力被暴露为社会意义中的常量,同

结　语

时也是压倒一切的原则；任何被批评家重视的东西，都必须以某种方式抵制或藐视这一原则。其结果就是在内部和外部、中心和边缘、越界和遏制等范畴之间左突右奔，就像疯狂冲刺的卡通兔子一样，试图逃出它自我修复的利齿。（它与乌托邦思想走得很近，这完全符合逻辑；肯定性只能存在于与堕落的当下极度割裂的关系中，譬如一个遥远的未来。）然而，艺术作品与其他社会现象相互关联，这并不是它们堕落的标志，而是存在的先决条件：再重复一遍拉图尔的话，"解放并不意味着'摆脱束缚'，而是更好地依附"。这些依附关系在多大程度上是有利或有碍的（或兼而有之），我们无法事先知道；需要实际的调查，需要有吃惊的意愿，需要关注尽可能多的行动者。

因此，ANT 并不是要唤起"社会中的文学"这一熟悉的图景，而是将注意力引向与文学相互纠缠的众多行动者，并关注互动的具体细节。在这个意义上，"具体的"（the specific）不应该与"在地的"（the local）相互混淆。毕竟，网络可以延伸到很远的地方，而且 ANT 并不妨碍我们参与许多被笼统归入"全球化"这个标签下的议题。一张在得梅因[①]发行的银行卡，

[①]　美国艾奥瓦州首府。

可以从符拉迪沃斯托克的自动取款机里取出钱来，这足以说明金融的国际化。然而，它并没有授权我们去对全球主体性的晚期资本主义生产盖棺定论——至少，结论要以经验为基础，要耐心证明经济链如何在与其他存在模式的联结中被转译、被修改、被转换或被忽略。

它的方法厚此薄彼。在诊断艺术作品或思想论点的不足时，批判援引了一些更宏大的框架来解释这些欠缺。它在文本背后寻找某种终极的解释或原因：社会的、文化的、心理分析的、历史的或语言的原因。从根本意义上说，文本来自别的东西。然而，批判自身却是终极领域——它是不需要被语境化的对象，它本身就是最终的语境。（呼吁将批判"历史化"，或对批判进行批判，这并不影响该逻辑；批判现在将自己作为对象，同时强化了自身方法的至高无上性。）正是在这个意义上，批判试图超越其他思想形式的限度，将其超然和自我质疑的惯用手法，视为保持先进性的手段。我将批判视为语言游戏的一种，认为它自有其套路、定式和条件，并将其视为一种情绪，受某种精神思潮或倾向的影响。通过这些做法，我试图削弱批判在认识论或政治上赋予自身的特权。

在总结这些反对意见的时候，我最好也强调一下那些我并未做出的批评——因为人们喜欢把各种"后批判"思想家

结　语

放到一个箩筐里。例如，我不认为批判是一种加诸文本的符号暴力，需要保护可怜无助的文本。我并不反对阐释，尽管我喜欢描述；我也不喜欢抬高文本表面，而贬低深度。我也没有做一种特定的政治抱怨，即批判是一种虚假的激进姿态，没有达到任何实质性的目标。相反，我认为一些新的知识领域（从女性主义到后殖民研究，再到酷儿理论）在形成时，批判起到了重要作用——尽管批判对收编和体制怀有不信任，这意味着它对自身的影响力并非总有自知之明。批判让某些事情成为可能，这一点毋庸置疑。然而，越来越明显的是，它忽略了思想、美学和政治的其他可能性——对于新旧知识领域的繁荣而言，这些可能性同样重要。

各种学科现在都表达了类似的担忧。我已经简要提到了社会学家和社会理论家的著作——从迈克尔·比利格到卢克·波坦斯基，他们正在努力打破批判的主导地位。从政治学理论到艺术批评等，各领域的批评家都在实验新的方法，以取代去神秘化的做法：在这里，我特别受益于简·贝内特（Jane Bennett）和詹姆斯·埃尔金斯（James Elkins）的著作。同时，一些女性主义学者也正在重估以怀疑为核心的语言游戏：女性主义理论除了敢于质疑思维定式，证明信仰的建构性，还可以做更多有趣的事情。对这些思想家来说，日常语言哲学（ordinary language philosophy）为过度怀疑的思想习惯提供了最具说服力的替代选项——这种选项的灵感来自一种非常不同的语言政治观。[6]

在文学和文化研究中，这些问题似乎特别紧迫——毫无疑问，因为进入并遭遇文本具有一种激发生命的潜能，它不仅仅是一种诊断练习。米歇尔·沙乌力（Michel Chaouli）说得好，在读者体验文本时，文本得以揭示自身——因此，一旦以分析的严谨性和立场的超然为名去抹杀这种体验，就无法公正对待作品了。当然，与此同时，所谓经验既非不言自明，也不是永不犯错；在遭遇以某种方式与我们对话的文本时，这种经验会被修改和重塑。沙乌力惊讶于"我们如何在面对艺术作品的力量时竭力退避三舍，而正是这样的艺术作品让我们摆脱了浑浑噩噩，正是它们从一开始就吸引了我们。我们去挖宽阔的护城河——历史的、意识形态的和形式分析的护城河——并修起厚厚的概念城墙，唯恐自己被那些让人心动的东西触碰到"。[7]

谈论艺术作品的力量和诱惑，不需要陷入过度的激情或反政治的情绪。如此便可以开辟新的道路，让我们重新接触艺术，并思考它与社会的复杂关联——这样一来，文本就不再被塑造成英勇的异见者或权力的跟屁虫。这里，文学理论

结　语

家应该好好反思——这不是屈尊降贵——日常生活中的文学之用：我们对那些文学之用还所知甚少。如果幸运的话，对文学理论的这种重新定位可能会激发更多有大格局、有公众说服力的理由，以解释说明为什么文学和文学研究是重要的。

在前一本书中，我初步尝试了这样一种做法。在那本书里，我试图证明一种我称为"新现象学"（neophenomenology）的东西——持久地关注审美体验的纯粹范围和复杂性，包括它带来认识、中魅、震惊和知识的时刻。这种体验既关乎学术，也与非专业的阅读实践有关；它们将我们与作为社会存在的生活联系起来，同时也激发人们思考艺术作品的独特品质——到底是什么引得我们去拿起一本书，或完全沉浸在一部电影中。我认为，只要大家仍然受制于怀疑阐释学，就无法公正地对待艺术作品的这些品质。有时，严肃思考需要明智地靠近（而非一味疏远）作品——愿意承认并更充分地理解自己对艺术作品的依恋。

读者对这本书颇有共鸣，但也有读者表达了某种疑惑——仿佛我在某种程度上未能领会批判所具有的不言而喻的严谨性和内在的复杂性。显然，我当时没有向自己或别人解释清楚，说明为什么我认为不应盲从于一种特定的批评方法论。《批判的限度》是一次亡羊补牢的尝试，我想把上本书未竟的工作做完。正如书名所示，我试图说明为什么批判性

批判的限度

阅读——或者，我更愿意称之为怀疑式阅读——不应该被当作思想的终极领域。它无法先验地宣称自己拥有哲学严谨性、政治激进性或文学精密性。它只是诸多阅读和思考方式中的一种：它是有限的、有界的、会犯错的。

作为接受过怀疑式阅读训练的批评家，我很难对它的魅力产生免疫，但我尽可能避免去做"批判的批判"。也就是说，我描述了多样化的论证模式，而没有对隐藏的动机进行归咎，没有对症状和焦虑进行诊断，也没有将学术方法的兴起归因于更大的社会压力或制度力量，并认定其他批评家未能领悟个中道理。同时，我试图通过选择不同的风格和语气，以避免批判脾性。简言之，我倾向于批评，而不是批判。

可以肯定的是，这样的尝试无法毕其功于一役。要想反对或有别于批判，就会被卷入一种具有操演性的矛盾之中；在对某些思维方式做出反对之时，就难免被带入自己试图避免的消极或对立态度中。出于这个原因，我希望给这段结语划出一条明确的界线。我已竭尽所能地解释了为什么对批判不满，接下来我想继续前进：尝试不同的批评语言，试验另类的写作方式，并以更持久、更聚焦的方式，思考其他类型的情绪和方法可能的模样。最后，关键不是要重新描述或重新阐释批判，而是要改变它。

注　释

导　论

1. Helen Small, *The Value of the Humanities* (Oxford: Oxford University Press, 2013), 26.
2. Amanda Anderson, *The Way We Argue Now: A Study in the Cultures of Theory* (Princeton: Princeton University Press, 2005).
3. Kevin Lamb, "Foucault's Aestheticism," *diacritics* 35, no. 2 (2005): 43.
4. 同许多该领域的学者一样，我受惠于塞奇威克的这篇文章："Paranoid Reading and Reparative Reading, or, You're So Paranoid, You Probably Think This Essay Is about You," in *Touching Feeling: Affect, Pedagogy, Performativity* (Durham: Duke University Press, 2003)。写作该书时，另一些我认为颇具启发的研究包括：Toril Moi, *"What Is a Woman?" and Other Essays* (Oxford: Oxford University Press, 2001)，以及她正在写作的关于文学理论和日常语言哲学的书稿；Linda M. G. Zerilli, *Feminism and the Abyss of Freedom* (Chicago: University of Chicago Press, 2005); *Representations* 杂志的特刊 "Surface Reading"，编者是 Steven Best 和 Sharon

Marcus，以及 Marcus 的专著 *Between Women: Friendship, Marriage, and Desire in Victorian England* (Princeton: Princeton University Press, 2007); Heather Love, "Close but Not Deep: Literary Ethics and the Descriptive Turn," *New Literary History* 41, no. 2 (2010): 371 - 92; Jane Bennett, *The Enchantment of Modern Life: Attachments, Crossings, and Ethics* (Princeton: Princeton University Press, 2001) and *Vibrant Matter: A Political Ecology of Things* (Durham: Duke University Press, 2010)。此外，我从 Graham Harman 的书中受益良多，当然也受到了 Bruno Latour 的深刻影响。

5. Bruno Latour, "Why Has Critique Run Out of Steam? From Matters of Fact to Matters of Concern," *Critical Inquiry* 30, no. 2 (2005): 225 - 48.

6. Steven Marcus, "Freud and Dora: Story, History, Case History," in *Freud and the Culture of Psychoanalysis* (New York: W. W. Norton, 1987).

7. Gilles Deleuze and Félix Guattari, *A Thousand Plateaus: Capitalism and Schizophrenia* (Minneapolis: University of Minnesota Press, 1987).

8. 关于这一点，参见 Günter Leypoldt, "Singularity and the Literary Market," *New Literary History* 45, no. 1 (2014): 71 - 88。

9. Nikolas Kompridis, "Recognition and Receptivity: Forms of Normative Response in the Lives of the Animals We Are," *New Literary History* 44, no. 1 (2013): 1 - 24. 如 Kompridis 所言，接受性（receptivity）不能与被动性（passivity）混为一谈——我们也不能认为读者是一块白板或"具有意识形态上的纯真"。也参见 Nikolas Kompridis, *Critique and Disclosure: Critical Theory between Past and Future* (Cambridge: MIT Press, 2006), pt. 5, chap. 2。

注 释

第一章

1. Michael Roth, "Beyond Critical Thinking," *Chronicle of Higher Education*, January 3, 2010. 这个观点亦见于他的专著 *Beyond the University: Why Liberal Education Matters* (New Haven: Yale University Press, 2014)。

2. Judith Fetterley, *The Resisting Reader: A Feminist Approach to American Fiction* (Bloomington: Indiana University Press, 1981).

3. 关于这一观点，详见 Rita Felski, "After Suspicion," *Profession* (2009): 28–35。

4. Chantal Mouffe, *Agonistics: Thinking the World Politically* (London: Verso, 2013), 96–97.

5. Claudio E. Benzecry, *The Opera Fanatic: Ethnography of an Obsession* (Chicago: University of Chicago Press, 2013), 3.

6. Peter Sloterdijk, *The Art of Philosophy: Wisdom as a Practice* (New York: Columbia University Press, 2012), 12.

7. David Rodowick, *Elegy for Theory* (Cambridge: Harvard University Press, 2013).

8. Catherine Gallagher and Stephen Greenblatt, *Practicing New Historicism* (Chicago: University of Chicago Press, 2000), 9.

9. François Cusset, *French Theory: How Foucault, Derrida, Deleuze, & Co. Transformed the Intellectual Life of the United States* (Minneapolis: University of Minnesota Press, 2008), 83.

10. 此处我的一些措辞引自 New Literary History 43, no. 3 (2012), "In the Mood" 特刊的导语。

11. Jonathan Flatley, *Affective Mapping: Melancholia and the Politics of Modernism* (Cambridge: Harvard University Press, 2008), 5.

12. 转引自 Hubert Dreyfus, *Being-in-the-World: A Commentary on Heidegger's "Being and Time," Division* 1 (Cambridge: MIT Press, 1990), p. 171。

13. Cusset, *French Theory*; Gerald Graff, *Professing Literature: An Institutional History* (Chicago: University of Chicago Press, 1987); John Guillory, *Cultural Capital: The Problem of Literary Canon Formation* (Chicago: University of Chicago Press, 1995); Bill Readings, *The University in Ruins* (Cambridge: Harvard University Press, 1997); Christopher Newfield, *Unmaking the Public University: The Forty-Year Assault on the Middle Class* (Cambridge: Harvard University Press, 2011); Jeffrey J. Williams, *How to be an Intellectual: Essays on Criticism, Culture, and the University* (New York: Fordham University Press, 2014); Alan Liu, *The Laws of Cool: Knowledge Work and the Culture of Information* (Chicago: University of Chicago Press, 2004). 关于文学理论的历史, 参见 Chris Baldick, *Criticism and Literary Theory 1890 to the Present* (London: Longman, 1996); Nicholas Birns, *Theory after Theory: An Intellectual History of Literary Theory from 1950 to the Early 21st Century* (Boulder, CO: Broadview Press, 2010; Press, 2014); Warren Breckman, "Times of Theory: On Writing the History of French Theory," *Journal of the History of Ideas* 71, no. 3 (2010): 339–59。

14. Bruno Latour, "The Politics of Explanation: An Alternative," in *Knowledge*

and *Reflexivity: New Frontiers in the Sociology of Knowledge*, ed. Steve Woolgar (London: Sage, 1988).

15. Amanda Anderson, *The Way We Argue Now: A Study in the Cultures of Theory* (Princeton: Princeton University Press, 2005), 1.

16. Ian Hunter, "The Time of Theory," *Postcolonial Studies* 10, no. 1 (2007): 7. 也可参见他的论文 "Spirituality and Philosophy in Post-Structuralist Theory," *History of European Ideas* 35 (2009): 265 – 75, 以及 "The History of Theory," *Critical Inquiry* 33, no. 1 (2006): 78 – 112。

17. Matthew Ratcliffe, *Feelings of Being: Phenomenology, Psychiatry and the Sense of Reality* (Oxford: Oxford University Press, 2008).

18. Howard Becker, *Tricks of the Trade: How to Think about Your Research While You're Doing It* (Chicago: University of Chicago Press, 1998).

19. Rita Felski, "From Literary Theory to Critical Method," *Profession* (2008): 108 – 116; 亦参见 David Bordwell, *Making Meaning: Inference and Rhetoric in the Interpretation of Cinema* (Cambridge: Harvard University Press, 1991)。

20. Antoine Compagnon, *Literature, Theory, and Common Sense* (Princeton: Princeton University Press, 2004), 6. 关于 "多元主义的巴扎" 的文学研究",参见 Baldick, *Criticism and Literary Theory*, 205。

21. Deidre Lynch, *Loving Literature: A Cultural History* (Chicago: University of Chicago Press, 2014), 10.

22. Sianne Ngai, *Our Aesthetic Categories: Zany, Cute, Interesting* (Cambridge: Harvard University Press, 2012).

23. Alan McKee, "The Fans of Cultural Theory," in *Fandom: Identities and*

Communities in a Mediated World, ed. Jonathan Gray, Cornel Sandvoss, and C. Lee Harrington (New York: New York University Press, 2007).

24. Dorothy Hale, "Aesthetics and the New Ethics: Theorizing the Novel in the Twenty-First Century," *PMLA* 124, no. 3 (May 2009): 899.

25. 关于这个方向的出色讨论，参见 Steven Goldsmith, *Blake's Agitation: Criticism and the Emotions* (Baltimore: Johns Hopkins University Press, 2013)。

26. 参见 *Poetics Today* 25, no. 2 (2004)，特刊 "How Literature Enters Life," 编者 Els Andringa 和 Margrit Schreier。

27. C. Namwali Serpell, *Seven Modes of Uncertainty* (Cambridge: Harvard University Press, 2014), 17–19.

28. Rita Felski, *Literature after Feminism* (Chicago: University of Chicago Press, 2003).

29. Robyn R. Warhol, *Having a Good Cry: Effeminate Feelings and Pop-Culture Forms* (Columbus: Ohio State University Press, 2004); Karin Littau, *Theories of Reading: Books, Bodies, and Bibliomania* (Cambridge: Polity, 2006).

30. Janice Radway, *A Feeling for Books: The Book-of-the-Month Club, Literary Taste, and Middle-Class Desire* (Chapel Hill: University of North Carolina Press, 1999), 13. 也可参见 Winfried Fluck 的重要论文 "Aesthetics and Cultural Studies," in *Aesthetics in a Multicultural Age*, ed. Emory Elliott, Louis Freitas Caton, and Jeffrey Rhyne (Oxford University Press, 2002); 以及 Rita Felski 的文章 "The Role of Aesthetics in Cultural Studies," in *The Aesthetics of Cultural Studies*, ed. Michael Bérubé (New

York: Blackwell, 2004) 和 "Everyday Aesthetics," *Minnesota Review* 71 - 72 (2009): 171 - 79。

31. José Muñoz, *Cruising Utopia: The Then and There of Queer Futurity* (New York: New York University Press, 2009); Heather Love, "Close but Not Deep: Literary Ethics and the Descriptive Turn," *New Literary History* 41, no. 2 (2010): 371 - 91, and "Close Reading and Thin Description," *Public Culture* 25, no. 3 (2013): 401 - 34; Stephen Best and Sharon Marcus, "Surface Reading: An Introduction," *Representations* 108, no. 1 (2009): 1 - 21.

32. 一些著作特别具有启发性，如 Richard Kearney, *On Paul Ricoeur: The Owl of Minerva* (London: Ashgate, 2004); Boyd Blundell, *Paul Ricoeur between Theology and Philosophy: Detour and Return* (Bloomington: Indiana University Press, 2010); Don Ihde, *Hermeneutic Phenomenology: The Philosophy of Paul Ricoeur* (Evanston: Northwestern University Press, 1971); Karl Simms, *Paul Ricoeur* (London: Routledge, 2003)。

33. Alison Scott-Baumann, *Ricoeur and the Hermeneutics of Suspicion* (New York: Continuum, 2009), 第四章。其他关于利科术语的讨论，参见 Ruthellen Josselson, "The Hermeneutics of Faith and the Her-meneutics of Suspicion," *Narrative Inquiry* 14, no. 1 (2004): 1 - 28; David Stewart, "The Hermeneutics of Suspicion," *Journal of Literature and Theology* 3, no. 3 (1989): 296 - 307; Erin White, "Between Suspicion and Hope: Paul Ricoeur's Vital Hermeneutic," *Journal of Literature and Theology* 5, no. 3 (1991): 311 - 21; Anthony C. Thiselton, *New Horizons in Hermeneutics: The Theory and Practice of Transforming Biblical Reading* (Grand

Rapids, MI: Zondervan, 1992),第十章。

34. Paul Ricoeur, *Freud and Philosophy: An Essay on Interpretation* (New Haven: Yale University Press, 1977), 33.

35. Colin Davis, *Critical Excess: Overreading in Derrida, Deleuze, Levinas, Žižek, and Cavell* (Stanford: Stanford University Press, 2010), 173.

36. Kearney, *On Paul Ricoeur*, 14, 140.

37. Eve Kosofsky Sedgwick, "Paranoid Reading and Reparative Reading, or, You're So Paranoid, You Probably Think This Essay Isabout You," in *Touching Feeling: Affect, Pedagogy, Performativity* (Durham: Duke University Press, 2003).

38. John Farrell, *Paranoia and Modernity: Cervantes to Rousseau* (Ithaca: Cornell University Press, 2006); David Trotter, *Paranoid Modernism: Literary Experiment, Psychosis, and the Professionalization of English Society* (Oxford: Oxford University Press, 2001).

39. Michael Fischer, *Stanley Cavell and Literary Skepticism* (Chicago: University of Chicago Press, 1989), 98.

40. Alexander F. Shand, "Suspicion," *British Journal of Psychology* 13 (1922–23): 214.

41. 希区柯克的电影极具争议性,一个重要的原因就是它们的结尾。譬如,参见 Richard Allen, "Hitchcock, or the Pleasures of Metaskepticism," *October* 89 (1999): 69–86; Rick Worland, "Before and after the Fact: Writing and Reading Hitchcock's *Suspicion*," *Cinema Journal* 41, no. 4 (2003): 3–26。

42. Shand, "Suspicion," 210.

43. Tim Dean, "Art as Symptom: Žižek and the Ethics of Psychoanalytical Criti-

cism," *diacritics* 32, no. 2 (2002): 21 – 41.

44. Reinhart Koselleck, *Critique and Crisis: Enlightenment and the Pathogenesis of Modern Society* (Cambridge: MIT Press, 1988).
45. Kimberly Hutchings, *Kant, Critique and Politics* (London: Routledge, 1996), 120.
46. Michael Walzer, *The Company of Critics* (New York: Basic Books, 2002), 5.
47. Robert Pippin, *Modernism as a Philosophical Problem* (Oxford: Blackwell, 1991), 6.
48. Margot Norris, *Suspicious Readings of Joyce's "Dubliners"* (Philadelphia: University of Pennsylvania Press, 2003), 7.
49. See Stephen Ross, ed., *Modernism and Theory: A Critical Debate* (New York: Routledge, 2004); David Rodowick, *The Crisis of Political Modernism: Criticism and Ideology in Contemporary Film Criticism* (Berkeley and Los Angeles: University of California Press, 1995).
50. Paul Ricoeur, *Time and Narrative*, vol. 3, trans. Kathleen Blamey and David Pellauer (Chicago: University of Chicago Press, 1988), 164 (着重号为笔者所加)。
51. Michel de Certeau, *The Practice of Everyday Life* (Berkeley and Los Angeles: University of California Press, 1984).
52. James C. Scott, *Domination and the Arts of Resistance: Hidden Transcripts* (New Haven: Yale University Press, 1990).
53. Ernesto Laclau and Chantal Mouffe, *Hegemony and Socialist Strategy: Toward a Radical Democratic Politics* (London: Verso, 1985).

54. Bruno Latour, "Why Has Critique Run Out of Steam? From Matters of Fact to Matters of Concern," *Critical Inquiry* 30, no. 2 (2004): 230.

55. Peter Sloterdijk, *Critique of Cynical Reason* (Minneapolis: University of Minnesota Press, 1987). 亦参见 R. Jay Magill Jr., *Chic Ironic Bitterness* (Ann Arbor: University of Michigan Press, 2007)。

56. Jeffrey C. Goldfarb, *The Cynical Society: The Culture of Politics and the Politics of Culture in American Life* (Chicago: University of Chicago Press, 1991).

57. Amanda Anderson, *The Powers of Distance: Cosmopolitanism and the Cultivation of Detachment* (Princeton: Princeton University Press, 2001).

58. Liu, *The Laws of Cool*, 33.

59. Lorraine Daston and Peter Galison, *Objectivity* (New York: Zone, 2010), 52.

60. Pierre Bourdieu, "The Historical Genesis of the Pure Aesthetic," in *The Rules of Art: Genesis and Structure of the Literary Field* (Stanford: Stanford University Press, 1996). 亦参见 Andrew Goldstone, *Fictions of Autonomy: Modernism from Wilde to de Man* (Oxford: Oxford University Press, 2013).

61. 然而，在这里，布尔迪厄将历史上特定的自主艺术概念与美学完全混为一谈。不同社会背景的人都能从非自主艺术作品中体验到审美的愉悦。

62. Anderson, *The Powers of Distance*, 152.

63. Walzer, *The Company of Critics*, chap. 11.

64. Christian Thorne, *The Dialectic of Counter-Enlightenment* (Cambridge: Harvard University Press, 2009).

65. Susie Linfield, *The Cruel Radiance: Photography and Political Violence* (Chicago: University of Chicago Press, 2010), 10.

第二章

1. 参见 Zoltán Kövecses, *Metaphor: A Practical Introduction* (Oxford: Oxford University Press, 2002); Janet Martin Soskice, *Metaphor and Religious Language* (Oxford: Clarendon, 1985); 以及 Elena Semino, *Metaphor in Discourse* (Cambridge: Cambridge University Press, 2008)。

2. Stephen Best and Sharon Marcus, "Surface Reading: An Introduction," *Representations* 108, no. 1 (2009): 9, 16.

3. Richard Shusterman, *Surface and Depth: Dialectics of Criticism and Culture* (Ithaca: Cornell University Press, 2002).

4. Fredric Jameson, *The Political Unconscious* (Ithaca: Cornell University Press, 1981), 45.

5. David Bordwell, *Making Meaning: Inference and Rhetoric in the Interpretation of Cinema* (Cambridge: Harvard University Press, 1991), 72.

6. Donald Kuspit 对此有颇具洞见的讨论,参见 "A Mighty Metaphor: The Analogy of Archaeology and Psychoanalysis," in *Sigmund Freud and Art*, ed. Lynn Gamwell and Richard Wells (Binghamton: SUNY Press, 1989), 亦可参见 Sabine Hake, "*Saxa loquuntur*: Freud's Archaeology of the Text," *boundary 2*, 20, no. 1 (1993): 146–73。

7. Sigmund Freud, "Constructions in Analysis," in *The Standard Edition of the*

Complete Psychological Works of Sigmund Freud, vol. 23 (London: Hogarth Press, 1953–74), 260.

8. Alan Sinfield, "Art as Cultural Production," in Julian Wolfreys, *Literary Theories: A Reader and Guide* (New York: New York University Press, 1999), 640.

9. Erik D. Lindberg, "Returning the Repressed: The Unconscious in Victorian and Modernist Narrative," *Narrative* 8, no. 1 (2000): 74.

10. Peter Brooks, "The Idea of a Psychoanalytic Criticism," in *The Trial(s) of Psychoanalysis*, ed. Françoise Meltzer (Chicago: University of Chicago Press, 1987), 145.

11. E. Ann Kaplan, *Women and Film: Both Sides of the Camera* (London: Methuen, 1983), 24.

12. Marjorie Garber, *Symptoms of Culture* (New York: Routledge, 1998), 9.

13. Mary Ann Doane, Patricia Mellencamp, and Linda Williams, eds., *Re-vision: Essays in Feminist Film Criticism* (Frederick, MD: University Publications of American, 1984), 11.

14. Kimberly Devlin, "The Eye and the Gaze in *Heart of Darkness*: A Symptomological Reading," *Modern Fiction Studies* 40, no. 4 (1994): 713.

15. Ruth Robbins, "Introduction: Will the Real Feminist Theory Please Stand Up?" in *Literary Theories: A Reader and Guide*, ed. Julian Wolfreys (Edinburgh: Edinburgh University Press, 1999), 54.

16. 关于用强调矛盾层面的方式来"拯救"电影的看法,也可参见 Bordwell, *Making Meaning*, 88–89。

17. Claire Kahane, "Medusa's Voice: Male Hysteria in *The Bostonians*," in

Wolfreys, *Literary Theories*, 60.

18. Terry Eagleton, *Criticism and Ideology: A Study in Marxist Literary Theory* (London: Verso, 1976), 312.

19. Bruno Latour, "An Attempt at a 'Compositionist Manifesto,' " *New Literary History* 41, no. 3 (2010): 475.

20. George Steiner, *After Babel: Aspects of Language and Translation* (Oxford: Oxford University Press, 1998), 296-301.

21. Annette Kuhn, *Women's Pictures: Feminism and Cinema* (London: Routledge, 1982), p. 84.

22. Bordwell, *Making Meaning*, 第二章。

23. "原始神话的无意识结构在哪里? 在非洲? 在巴西? 不! 它们就在列维-斯特劳斯办公室的档案卡中。如果它们超出了学校路上的法兰西学院所在的范围, 那也是凭借他的书和弟子。" Bruno Latour, *The Pasteurization of France*, trans. Alan Sheridan and John Law (Cambridge: Harvard University Press, 1988), 179.

24. 关于这一点, 也可以参见 Mary Thomas Crane, "Surface, Depth, and the Spatial Imaginary: A Cognitive Reading of *The Political Unconscious*," *Representations* 108, no. 1 (2009): 76-97。

25. Garber, *Symptoms of Culture*, 9.

26. Arthur Danto, "Deep Interpretation," in *The Philosophical Disenfranchisement of Art* (New York: Columbia University Press, 1986), 51.

27. Stefan Collini, "Introduction: Interpretation Terminable and Interminable," 以及 Umberto Eco, "Overinterpreting Texts," in *Interpretation and Overinterpretation*, ed. Stefan Collini (Cambridge: Cambridge University Press,

1992)。

28. Jacques Rancière, "Dissenting Words: A Conversation with Jacques Rancière," *diacritics* 30, no. 2 (2000): 114.

29. Pierre Macherey, *A Theory of Literary Production* (London: Routledge and Kegan Paul, 1978), 154.

30. Lis Moller, *The Freudian Reading: Analytical and Fictional Constructions* (Philadelphia: University of Pennsylvania Press, 1991), ix.

31. Timothy Brennan, "Running and Dodging: The Rhetoric of Doubleness in Contemporary Theory," *New Literary History* 41, no. 2 (2010): 277–99.

32. Jennifer Fleissner, "Reading for the Symptom: Beyond Historicism," 未刊论文。

33. Rosemarie Garland-Thomson, "Disability, Identity, and Representation," in *Extraordinary Bodies: Figuring Physical Disability in American Culture and Literature* (New York: Columbia University Press, 1996), 5.

34. Kobena Mercer, "Black Hair / Style Politics," in *Welcome to the Jungle: New Positions in Black Cultural Studies* (London: Routledge, 1994), 109.

35. Paul Giles, *Virtual Americas: Transnational Fictions and the Transatlantic Imaginary* (Durham: Duke University Press, 2002), 2.

36. Rey Chow, "Poststructuralism: Theory as Critical Self-Consciousness," in *The Cambridge Companion to Feminist Literary Theory* (Cambridge: Cambridge University Press, 2006), 201.

37. Charles Baudelaire, *"The Painter of Modern Life" and Other Essays* (London: Phaidon, 1995), 32.

38. Edmund Husserl, *The Crisis of European Sciences and Transcendental Phe-*

nomenology (Evanston: Northwestern University Press, 1970), 152.

39. 参见 Ian Hunter, "The Time of Theory," *Postcolonial Studies* 10, no. 1 (2007): 5 – 22。

40. Eve Kosofsky Sedgwick and Adam Frank, "Shame in the Cybernetic Fold: Reading Silvan Tomkins," in *Shame and Its Sisters: A Silvan Tomkins Reader*, ed. Sedgwick and Frank (Durham: Duke University Press, 1995), 16.

41. 当然，福柯的作品还有学者关注较少的另一面。在此语境下，参见 Lynne Huffer 的出色著作 *Mad for Foucault: Rethinking the Foundations of Queer Theory* (New York: Columbia University Press, 2009)。

42. Roland Barthes, *Mythologies* (New York: Farrar, Straus & Giroux, 1972), 121, 143.

43. 同上, 11, 9。

44. Roland Barthes, "Change the Object Itself," in *Image-Music-Text*, trans. Stephen Heath (New York: Hill & Wang, 1977), 166.

45. Roland Barthes, *The Grain of the Voice: Interviews 1962 – 1980* (Evanston: Northwestern University Press, 2009), 331. 也可参见 Ellis Hanson, "The Languorous Critic," *New Literary History* 43, no. 3 (2012): 547 – 64。

46. Richard Rorty, *Contingency, Irony, and Solidarity* (Cambridge: Cambridge University Press, 1989), 74.

47. 关于理论"假死"（suspended animation）的传统，参见 Peter Sloterdijk, *The Art of Philosophy* (New York: Columbia University Press, 2012), 第三章。

48. "Theorizing Queer Temporalities," *GLQ* 13, nos. 2 – 3 (2007): 195.

49. Bill Ashcroft, Gareth Griffiths, and Helen Tiffin, *Postcolonial Studies: The Key Concepts*, 2nd ed. (Abingdon: Routledge, 2000), 173. 相关争论的有用综述，可参见 Neil Lazarus, ed., *The Cambridge Companion to Postcolonial Studies* (Cambridge: Cambridge University Press, 2004)，特别是 Lazarus, Benita Parry 和 Simon Gikandi 的论文。

50. Bruno Latour, *Reassembling the Social: An Introduction to Actor-Network-Theory* (Oxford: Oxford University Press, 2005), 92; Ian Hacking, *The Social Construction of What?* (Cambridge: Harvard University Press, 1999).

51. Toril Moi, "Reading as a Feminist," 未刊论文。

52. Judith Butler, "Imitation and Gender Insubordination," in *Inside/Out: Lesbian Theories, Gay Theories*, ed. Diana Fuss (New York: Routledge, 1991), 2.

53. Raphael Samuel, "Reading the Signs," *History Workshop* 32 (1991): 89.

54. Judith Butler, *Gender Trouble: Feminism and the Subversion of Identity* (New York: Routledge, 1999), xx. 关于身份与身份解构的替代性修辞，参见 Toril Moi 对"状况"（situation）的讨论，in *"What Is a Woman?" and Other Essays* (Oxford: Oxford University Press, 1999), 65 – 68。

55. 关于黑箱，参见 Graham Harman, *Prince of Networks: Bruno Latour and Metaphysics* (Melbourne: re. press, 2009), 36 – 47。

56. 关于自然与惯习之对立的质疑，参见 Richard Shusterman, "Convention: Variations on the Nature/Culture Theme," in *Surface and Depth*。

57. David R. Hiley, "Foucault and the Analysis of Power: Political Engagement

without Liberal Comfort or Hope," *Praxis International* 4, no. 2（July 1984）: 198. "没有蜘蛛的网"这个比喻来自 Leslie Paul Thiele, "The Agony of Politics: The Nietzschean Roots of Foucault's Thought," *American Political Science Review* 84, no. 3 (1990): 908。

58. Hubert L. Dreyfus and Paul Rabinow, *Michel Foucault: Beyond Structuralism and Hermeneutics* (Brighton: Harvester, 1982), xix.

59. Michel Foucault, "Nietzsche, Freud, Marx," in *Transforming the Hermeneutic Context: From Nietzsche to Nancy*, ed. Gayle L. Ormiston and Alan D. Schrift (Albany: SUNY Press, 1990), 62.

60. Jim Merod, *The Political Responsibility of the Critic* (Ithaca: Cornell University Press, 1987), 160. 有学者认为福柯并没有抛弃阐释学，而是将之重新塑造为一种"拒绝的否定阐释学"，参见 John D. Caputo, *More Radical Hermeneutics: On Not Knowing Who We Are* (Bloomington: Indiana University Press, 2000)。

61. Alexander Nehamas, *Only a Promise of Happiness: The Place of Beauty in a World of Art* (Princeton: Princeton University Press, 2007), 123.

第三章

1. Ernst Bloch, "A Philosophical View of the Detective Novel," in *The Utopian Function of Literature and Art* (Cambridge: MIT Press, 1989), 246.

2. Marjorie Nicholson, "The Professor and the Detective," in *The Art of the Mystery Story*, ed. Howard Haycraft (New York: Simon and Schuster,

1946), 126.

3. Richard Alewyn, "The Origin of the Detective Novel," in *The Poetics of Murder: Detective Fiction and Literary Theory*, ed. Glenn W. Most and William W. Stowe (New York: Harcourt, Brace, Jovanovich, 1983).

4. Dennis Porter, *The Pursuit of Crime: Art and Ideology in Crime Fiction* (New Haven: Yale University Press, 1981), 239.

5. Stephen Kern, *A Cultural History of Causality: Science, Murder Novels, and Systems of Thought* (Princeton: Princeton University Press, 2004).

6. 关于解释与指控的关联,参见 Bruno Latour, "The Politics of Explanation: An Alternative," in *Knowledge and Reflexivity: New Frontiers in the Sociology of Knowledge*, ed. Steve Woolgar (London: Sage, 1988), 155–77。

7. Hayden White, *Metahistory: The Historical Imagination in Nineteenth-Century Europe* (Baltimore: Johns Hopkins University Press, 1975).

8. Roger C. Schank, *Tell Me a Story: Narrative and Intelligence* (Evanston: Northwestern University Press, 1990).

9. Peter Brooks, *Reading for the Plot: Design and Intention in Narrative* (New York: Vintage, 1984), 113.

10. D. A. Miller, *The Novel and the Police* (Berkeley and Los Angeles: University of California Press, 1989), 30.

11. Djelal Kadir, *The Other Writing: Postcolonial Essays in Latin America's Writing Culture* (West Lafayette: Purdue University Press, 1993), 2.

12. Peter Brooks, *Troubling Confessions: Speaking Guilt in Law and Literature* (Chicago: University of Chicago Press, 2001), 41.

13. Carlo Ginzburg, "Clues: Roots of an Evidential Paradigm," in *Clues*,

注 释

Myths, and the Historical Method (Baltimore: Johns Hopkins University Press, 1989).

14. Franco Moretti, *Signs Taken for Wonders: On the Sociology of Literary Forms* (London: Verso, 2005).

15. J. B. Priestley, *An Inspector Calls* (New York: Dramatists Play Service, 1972). 关于该剧在百老汇的上演情况，参见 Wendy Lesser, *A Director Calls: Stephen Daldry and the Theater* (Berkeley and Los Angeles: University of California Press, 1997)。

16. Most and Stowe, introduction to *The Poetics of Murder*, xii.

17. Tzvetan Todorov, *The Poetics of Prose*, trans. Richard Howard (Ithaca: Cornell University Press, 1977), 46.

18. Mark Seltzer, *Henry James and the Art of Power* (Ithaca: Cornell University Press, 1984), 14.

19. 关于这一点，参见 James Simpson, "Faith and Hermeneutics: Pragmatism versus Pragmatism," *Journal of Medieval and Early Modern Studies* 33, no. 2 (2003): 228。

20. Catherine Belsey, *Critical Practice* (London: Methuen, 1980), 107, 111.

21. 同上，108, 107, 111。

22. Erik D. Lindberg, "Returning the Repressed: The Unconscious in Victorian and Modernist Narrative," *Narrative* 8, no. 1 (2000): 76.

23. Belsey, *Critical Practice*, 117.

24. Fredric Jameson, "On Raymond Chandler," in Most and Stowe, *The Poetics of Murder*, 132.

25. Roland Barthes, *Leçon* (Paris: Seuil, 1978), 引自 Antoine Compagnon,

Literature, Theory, and Common Sense (Princeton: Princeton University Press, 2004), 91.

26. Miller, *The Novel and the Police*, 2, 17.
27. Simon Stern, "Detecting Doctrines: The Case Method and the Detective Story," *Yale Journal of Law and the Humanities* 23 (2011): 363.
28. Arthur Conan Doyle, *The Sign of the Four* (Oxford: Oxford University Press, 1993), 7.
29. Franco Moretti, "The Slaughterhouse of Literature," *Modern Language Quarterly* 61, no. 1 (2000): 218.
30. Yumna Siddiqi, *Anxieties of Empire and the Fiction of Intrigue* (New York: Columbia University Press, 2008), 15–16.
31. 同上，16。
32. 我对这个问题的讨论，参见"Modernist Studies and Cultural Studies: Reflections on Method," *Modernism/Modernity* 10, no. 3 (2003): 512; Lawrence Grossberg 的观点，参见 *Bringing It All Back Home: Essays on Cultural Studies* (Durham: Duke University Press 1997), 107。
33. Moretti, *Signs Taken for Wonders*, 143.
34. Seltzer, *Henry James and the Art of Power*, 34.
35. Bloch, "A Philosophical View," 246.
36. Pierre Bayard, *Sherlock Holmes Was Wrong: Reopening the Case of the Hound of the Baskervilles* (New York: Bloomsbury, 2008), 49.
37. Peter Brooks, "'Inevitable Discovery'—Law, Narrative, Retrospectivity," *Yale Journal of Law and Humanities* 15 (2003): 71–102.
38. Elisabeth Strowick, "Comparative Epistemology of Suspicion: Psycho-analy-

sis, Literature, and the Human Sciences," *Science in Context* 18, no. 4 (2005): 652.
39. Witold Gombrowicz, "The Premeditated Crime," in *Bacacay*, trans. Bill Johnson (New York: Archipelago, 2004), 47, 52.
40. Shoshana Felman, "Turning the Screw of Interpretation," in *Literature and Psychoanalysis: The Question of Reading—Otherwise*, ed. Shoshana Felman (Baltimore: Johns Hopkins University Press, 1982), 189, 175.
41. 同上，193, 176。
42. 同上，16。
43. Heta Pyrhönen, *Mayhem and Murder: Narrative and Moral Problems in the Detective Story* (Toronto: University of Toronto Press, 1999).
44. Strowick, "Comparative Epistemology of Suspicion," 654.
45. Stefan Zweig, *"The Burning Secret" and Other Stories* (London: Pushkin Press, 2008), 52.
46. Frank Kermode, *The Sense of an Ending: Studies in the Theories of Fiction* (Oxford: Oxford University Press, 2000).
47. Arthur Frank, *Letting Stories Breathe: A Socio-narratology* (Chicago: University of Chicago Press, 2010), 48.
48. Kate McGowan, *Key Issues in Critical and Cultural Theory* (Buckingham: Open University Press, 2007), 26.
49. Elizabeth Bruss, "The Game of Literature and Some Literary Games," *New Literary History* 9, no. 1 (1977): 162.
50. Matei Calinescu, *Rereading* (New Haven: Yale University Press, 1993), 151, 50.

51. Anna Maria Jones, *Problem Novels: Victorian Fiction Theorizes the Sensational Self* (Columbus: Ohio State University Press, 2007).

52. Robert M. Fowler, "Who Is 'the Reader' in Reader Response Criticism?" *Semeia* 31 (1985): 9.

53. Deidre Lynch, *Loving Literature: A Cultural History* (Chicago: University of Chicago Press, 2014), 77.

54. W. H. Auden, *The Dyer's Hand* (New York: Vintage, 1968), 147.

55. Louis Althusser, *Reading "Capital"* (London: Verso, 1979), 14–15.

56. T. J. Clark, *The Sight of Death: An Experiment in Art Writing* (New Haven: Yale University Press, 2006), viii.

57. Sarah Kofman, *Freud and Fiction* (Cambridge: Polity, 1991). 如本书最后一章所言,尽管文本不是人——它不具有人类的脆弱特质——但这一点并不意味着它们不具有能动性或行动效力。

58. Richard Rorty, *Consequences of Pragmatism: Essays*, 1972–1980 (Minneapolis: University of Minnesota Press, 1982), 151.

第四章

1. Wendy Brown and Janet Halley, introduction to *Left Legalism/Left Critique*, ed. Brown and Halley (Durham: Duke University Press, 2002), 27; Robert Con Davis and Ronald Schleifer, *Criticism and Culture: The Role of Critique in Modern Literary Theory* (London: Longman, 1991), 2.

2. David Bordwell, *Making Meaning: Inference and Rhetoric in the Interpreta-

tion of Cinema (Cambridge: Harvard University Press, 1991), xi.

3. Gianni Vattimo, "Postmodern Criticism: Postmodern Critique," in *Writing the Future*, ed. David Wood (London: Routledge, 1990).

4. 关于"批判"一词的思想史研究,可参考 Reinhart Koselleck, *Critique and Crisis: Enlightenment and the Pathogenesis of Modern Society* (Cambridge: MIT Press, 1988); Giorgio Tonelli, " 'Critique' and Related Terms Prior to Kant: A Historical Survey," *Kant-Studien* 69, no. 2 (1978): 119–48; Werner Schneider, "Vernünftiger Zweifel und wahre Eklektik: Zur Entstehung des modernen Kritikbegriffes," *Studien Leibnitiana* 17, no. 2 (1985): 143–61; 以及 Paul Connerton, *The Tragedy of Enlightenment: An Essay on the Frankfurt School* (Cambridge: Cambridge University Press, 1980)。关于政治理论和哲学中的批判,参见 Seyla Benhabib, *Critique, Norm, and Utopia: A Study of the Foundations of Critical Theory* (New York: Columbia University Press, 1986); Raymond Geuss, *The Idea of a Critical Theory: Habermas and the Frankfurt School* (Cambridge: Cambridge University Press, 1981); Michael Kelly, ed., *Critique and Power: Recasting the Foucault/Habermas Debate* (Cambridge: MIT Press, 1994)。

5. René Wellek, *Concepts of Criticism* (New Haven: Yale University Press, 1963), 35; Drew Milne, "Introduction: Criticism and/or Critique," in *Modern Critical Thought: An Anthology of Theorists Writing on Theorists*, ed. Milne (Oxford: Blackwell, 2002), 5.

6. Raymond Williams, *Keywords* (London: Flamingo, 1976), 86.

7. Robert Koch, "The Critical Gesture in Philosophy," in *Iconoclash: Beyond the Image Wars in Science, Religion, and Art*, ed. Bruno Latour and Peter

Weibel (Cambridge: MIT Press, 2002), 531.

8. Tom O'Regan, *Australian National Cinema* (London: Routledge, 1996), 339.

9. Michel Serres and Bruno Latour, *Conversations on Science, Culture, and Time*, trans. Roxanne Lapidus (Ann Arbor: University of Michigan Press, 1995), 48.

10. Audrey Jaffe, "Spectacular sympathy: Visuality and Ideology in Dickens's *A Christmas Carol*," *PMLA* 109, no. 2 (1994): 254-65; John Martin Evans, *Milton's Imperial Epic: "Paradise Lost" and the Discourse of Colonialism* (Ithaca: Cornell University Press, 1996).

11. Liam Kennedy, "American Studies without Tears," *Journal of Transnational American Studies* 1, no. 1 (2009).

12. Joel Pfister 对这一范式提出过质疑，参见 *Critique for What? Cultural Studies, American Studies, Left Studies* (Boulder, CO: Paradigm Press, 2006)。

13. 这些看法受益于 Alex Woloch 的未刊论文"Critical Thinking"。

14. Theodor Adorno, "Cultural Criticism and Society," in *Prisms*, trans. Samuel Weber and Shierry Weber (Cambridge: MIT Press, 1967), 33.

15. Keith Robinson, "An Immanent Transcendental: Foucault, Kant and Critical Philosophy," *Radical Philosophy* 141 (January-February 2007): 21.

16. Alan Liu, *Local Transcendence: Essays on Postmodern Historicism and the Database* (Chicago: University of Chicago Press, 2008).

17. 我这里想到的例子是 Rodolphe Gasché，他试图区分"糟糕的"的批判（基于区分和判断）和更招人喜欢（因为它更含混）的"超批判"（hyper-

critique)。这种分类似乎恰恰需要做区分和判断,而这又是他所反对的。参见他的著作 *The Honor of Thinking: Critique, Theory, Philosophy* (Stanford: Stanford University Press, 2007)。

18. Theodor Adorno, *Aesthetic Theory*, trans. Robert Hullot-Kentor (Minneapolis: University of Minnesota Press, 1998), 251.

19. Raymond Geuss, "Genealogy as Critique," *European Journal of Philosophy* 10, no. 2 (2002): 209; Koch, "Critical Gesture in Philosophy," 531; Diana Coole, *Negativity and Politics: Dionysus and Dialectics from Kant to Poststructuralism* (London: Routledge, 2000), 55.

20. Cary Wolfe, *Animal Rites: American Cultures, the Discourse of Species, and Posthumanist Theory* (Chicago: University of Chicago Press, 2003), 182.

21. Giovanni Porfido, "*Queer as Folk* and the Spectacularization of Gay Identity," in *Queer Popular Culture: Literature, Media, Film, and Television*, ed. Thomas Peele (New York: Palgrave Macmillan, 2007), 63.

22. Sara Ahmed 为这种悲观的女性主义者做过精彩的辩护,参见 *The Promise of Happiness* (Durham: Duke University Press, 2010)。

23. Judith Butler, "The Sensibility of Critique: Response to Asad and Mahmood," in *Is Critique Secular? Blasphemy, Injury, and Free Speech* (Berkeley, CA: Townsend Center for the Humanities, 2009), 116.

24. Barbara Johnson, translator's introduction to Jacques Derrida, *Dissemination* (London: Continuum, 2004), xv–xvi.

25. 譬如,Marcelo Dascal 就指出,历史化批判或系谱学批判这种模式看似不做臧否,但其实具有一种否定的或去神秘化的力量,因为它将观念追溯到参与者浑然不觉的原因中。参见"Critique without Critics?" *Science in Context* 10, no. 1 (1997): 39–62。

26. Coole, *Negativity and Politics*, 41. 也可参见 Sanford Budick and Wolfgang Iser, eds., *Languages of the Unsayable: The Play on Negativity in Literature and Literary Theory* (New York: Columbia University Press, 1989)。

27. Susan Neiman, *Moral Clarity: A Guide for Grown-up Idealists* (Princeton: Princeton University Press, 2009), 4.

28. Coole, *Negativity and Politics*, 74. 关于 stand 和 stance 的区别,参见 John S. Nelson, "Stands in Politics," *Journal of Politics* 46 (1984): 106–30。

29. Stephen Ross, "Introduction: The Missing Link," in *Modernism and Theory: A Critical Debate*, ed. Stephen Ross (Abingdon: Routledge, 2009), 10.

30. Brown and Halley, introduction to *Left Legalism/Left Critique*, 28.

31. Coole, *Negativity and Politics*, 231.

32. Marshall Berman, *All That Is Solid Melts into Air: The Experience of Modernity* (London: Verso, 1983).

33. Pierre Schlag, *The Enchantment of Reason* (Durham: Duke University Press, 1998).

34. Ian Hunter, *Rethinking the School: Subjectivity, Bureaucracy, Criticism* (New York: St. Martin's Press, 1994), 167.

35. Hengameh Irandoust, "The Logic of Critique," *Argumentation* 20 (2006): 134. Iain McKenzie 也认为,"批判不是批评,正是前者认为后者只是观点而已"。参见 *The Idea of Pure Critique* (London: Continuum, 2004), 89。

36. Editors' introduction to *The Routledge Companion to Critical Theory*, ed. Simon Malpas and Paul Wake (Abingdon: Routledge, 2006), x.

37. Trinh T. Minh-ha, *Woman, Native, Other* (Bloomington: Indiana University Press, 1989), 16–17.

38. Denis Dutton, "Language Crimes," *Wall Street Journal*, February 5, 1999.

39. Jonathan Culler and Kevin Lamb, introduction to *Just Being Difficult? Academic Writing in the Public Arena*, ed. Culler and Lamb (Stanford: Stanford University Press, 2003), 9.

40. Paul Bové, *Mastering Discourse: The Politics of Intellectual Culture* (Durham: Duke University Press, 1992), 167.

41. Judith Butler, "Values of Difficulty," in Culler and Lamb, *Just Being Difficult?*, 201, 203.

42. Ien Ang, "From Cultural Studies to Cultural Research: Engaged Scholarship in the Twenty-First Century," *Cultural Studies Review* 12, no. 2 (2006): 190.

43. Michael Warner, "Styles of Intellectual Publics," in Culler and Lamb, *Just Being Difficult?*, 117.

44. Bruno Latour, *Reassembling The Social: An Introduction to Actor-Network-Theory* (Oxford: Oxford University Press, 2005), 57.

45. Luc Boltanski and Laurent Thévenot, *On Justification: Economies of Worth*, trans. Catherine Porter (Princeton: Princeton University Press, 2006).

46. Luc Boltanski, *On Critique: A Sociology of Emancipation* (Cambridge: Polity, 2011), 27. Robin Celikates 对此做了很好的讨论,参见"From

Critical Social Theory to a Social Theory of Critique: On the Critique of Ideology after the Pragmatic Turn," *Constellations* 13, no. 1 (2006): 21-40。

47. Foucault, "What Is Critique?," 194.
48. Kimberly Hutchings, *Kant, Critique and Politics* (London: Routledge, 1996), 190.
49. Francis Mulhern, *Culture/Metaculture* (London: Routledge, 2000).
50. Max Horkheimer, "Traditional and Critical Theory," in *Critical Sociology*, ed. Paul Connerton (Hardmondsworth: Penguin, 1976), 224.
51. Rita Felski, "Modernist Studies and Cultural Studies: Reflections on Method," *Modernism and Modernity* 10, no. 3 (2003): 501-18.
52. David Couzens Hoy, *Critical Resistance: From Poststructuralism to Post-Critique* (Cambridge: MIT Press, 2004), 2.
53. Brown and Halley, introduction to *Left Legalism/Left Critique*," 25.
54. Nancy Fraser, "What's Critical about Critical Theory? The Case of Habermas and Gender," *New German Critique* 35 (1985): 97.
55. 同上, 97。
56. Ewa Plonowska Ziarek, *The Rhetoric of Failure: Deconstruction of Skepticism, Reinvention of Modernism* (Albany: SUNY Press, 1996).
57. Bruce Robbins, *Secular Vocations: Intellectuals, Professionalism, Culture* (London: Verso, 1993). 还可参见 Claudia Ruitenberg, "Don't Fence Me In: The Liberation of Undomesticated Critique," *Journal of Philosophy of Education* 38, no. 3 (2004): 341-50。
58. Robyn Wiegman, "The Ends of New Americanism," *New Literary History* 42, no. 3 (2011): 385-407.

59. Latour, *Reassembling the Social*, 218.

60. Chantal Mouffe, *Agonistics: Thinking the World Politically* (London: Verso, 2012), 104.

61. Milne, "Introduction: Criticism and /or Critique," 18.

62. Joan Scott, "Against Eclecticism," *differences* 16, no. 5 (2005): 122.

63. Bové, *Mastering Discourse*, 87.

64. Michael Billig, "Towards a Critique of the Critical," *Discourse and Society* 11, no. 3 (2000): 292.

65. Talal Asad, "Free Speech, Blasphemy, and Secular Criticism," in *Is Critique Secular? Blasphemy, Injury, and Free Speech* (Berkeley, CA: Townsend Center for the Humanities, 2009), 33. 关于后殖民对祛魅修辞的挑战, 可参见 Saurabh Dube, "Introduction: Enchantments of Modernity," *South Atlantic Quarterly* 特刊 on "Enduring Enchantments," 101, no. 4 (2002): 729–55; Saba Mahmood, *Politics of Piety: The Islamic Revival and the Feminist Subject* (Princeton: Princeton University Press, 2005)。

66. Asad, "Reply to Judith Butler," 140. Asad 另文讨论过与西方批判传统不兼容的批评形式, 参见 "The Limits of Religious Criticism in the Middle East: Notes on Islamic Public Argument," in *Genealogies of Religion: Discipline and Reasons of Power in Christianity and Islam* (Baltimore: Johns Hopkins University Press, 1993)。感谢 Michael Allan 提醒我注意这篇文章。

67. Eve Kosofsky Sedgwick, "Paranoid Reading and Reparative Reading, or, You're So Paranoid, You Probably Think This Essay Isabout You," in *Touching Feeling: Affect, Pedagogy, Performativity* (Durham: Duke

University Press, 2003), 131.

第五章

1. Michael D. Snediker, *Queer Optimism: Lyric Personhood and Other Felicitous Persuasions* (Minneapolis: University of Minnesota Press, 2009); Doris Sommer, *The Work of Art in the World: Civic Agency and Public Humanities* (Durham: Duke University Press, 2014); James O. Pawelski and D. J. Moores, eds., *The Eudaimonic Turn: Well-Being in Literary Studies* (Madison, NJ: Fairleigh Dickinson University Press, 2012).

2. Bruno Latour, *Reassembling the Social* (Oxford: Oxford University Press, 2005), 148.

3. 可参见 John J. Joughin and Simon Malpas, eds., *The New Aestheticism* (Manchester: Manchester University Press, 2004); Elaine Scarry, *On Beauty and Being Just* (Princeton: Princeton University Press, 2001); Alexander Nehamas, *Only a Promise of Happiness: The Place of Beauty in a World of Art* (Princeton: Princeton University Press, 2010)。

4. 可参见 Jonathan Goldberg and Madhavi Menon, "Queering History," *PMLA* 120, no. 5 (2005): 1608–17; Carolyn Dinshaw et al., "Theorizing Queer Temporalities: A Roundtable Discussion," *GLQ* 13, nos. 2–3 (2007): 177–95; Hugh Grady and Terence Hawkes, eds., *Presentist Shakespeare*; (London: Routledge, 2006); Jeffrey J. Cohen, *Medieval Identity Machines* (Minneapolis: University of Minnesota Press, 2003); Jennifer Summit and David

注 释

Wallace, "Rethinking Periodization," *Journal of Medieval and Early Modern Studies* 37, no. 3 (2007): 447 - 51; Jonathan Gil Harris, *Untimely Matter in the Time of Shakespeare* (Philadelphia: University of Pennsylvania Press, 2009); Carolyn Dinshaw, *How Soon Is Now? Medi-eval Texts, Amateur Readers, and the Queerness of Time* (Durham: Duke University Press, 2012); 以及 *New Literary History* 42, no. 4 (2011), "Context?" 特刊。

5. Wai Chee Dimock, "A Theory of Resonance," *PMLA* 112 (1997): 1061.

6. Bruno Latour, *We Have Never Been Modern* (Cambridge: Harvard University Press, 1993), 75.

7. Harris, *Untimely Matter*, 2.

8. Jennifer Fleissner, "Is Feminism a Historicism?" *Tulsa Studies in Women's Literature* 21, no. 1 (2002): 45 - 66.

9. Karl-Heinz Bohrer, "The Tragic: A Question of Art, Not Philosophy of History," *New Literary History* 41, no. 1 (2010): 35 - 51.

10. Dimock, "A Theory of Resonance," 1061.

11. Bruce Robbins, "Afterword," *PMLA* 122, no. 5 (2007): 1650. 也可参考 Eric Hayot 颇具洞见的论文 "Against Periodization," *New Literary History* 42, no. 4 (2011): 739 - 56。

12. Christopher Lane, "The Poverty of Context: Historicism and Nonmimetic Fiction," *PMLA*, 118, no. 3 (2003): 450 - 69.

13. 譬如,可比较拉图尔反对还原论的立场和文化研究中的"接合"(articulation)理论,后者被视为"对避免简化还原的一种尝试"。关于接合理论,可参见 Jennifer Daryl Slack, "The Theory and Method of Articulation in Cultural Studies," in *Stuart Hall: Critical Dialogues in Cultural Studies*,

ed. David Morley and Kuan-Hsing Chen (London and New York: Routledge, 1996), 112-27。

14. Lawrence Grossberg, *Bringing It All Back Home: Essays on Cultural Studies* (Durham: Duke University Press, 1997), 255.

15. Howard S. Becker, Robert R. Faulkner, and Barbara Kirshenblatt-Gimblett, eds., *Art from Start to Finish: Jazz, Painting, Writing, and Other Improvisations* (Chicago: University of Chicago Press, 2006), 3.

16. Latour, *Reassembling the Social*, 71, 72.

17. 同上，40。

18. James J. Gibson, "The Theory of Affordances," in *Perceiving, Acting, and Knowing: Toward an Ecological Perspective*, ed. Robert Shaw and John Bransford (Hillsdale, NJ: Lawrence Erlbaum, 1977), 68; and Gibson, *The Ecological Approach to Visual Perception* (New York: Psychology Press, 2015).

19. C. Namwali Serpell, *Seven Modes of Uncertainty* (Cambridge: Harvard University Press, 2014), 9, 22. 关于文本和建筑作为感应形式的相似之处，Elizabeth Fowler 做过很好的阐述，她提出了"可延展空间"（ductile space）这一概念，参见"Art and Orientation," *New Literary History* 44, no. 4 (2013): 595-616。

20. 关于艺术作品的能动性，还有另一种模型——尽管存在有趣的重合——参见 Alfred Gell in *Art and Agency: An Anthropological Theory* (Oxford: Clarendon Press, 1998)。也可以参考 Eduardo de la Fuente 的有趣讨论，他借鉴了 Gell 和 Latour 的观点，参见"The Artwork Made Me Do it: Introduction to the New Sociology of Art," *Thesis Eleven* 103, no. 1 (2010):

3-9。

21. Latour, *Reassembling the Social*, 236.
22. Tony Bennett, "Texts in History: The Determination of Readings and Their Texts," *Journal of the Midwest Modern Language Association* 18, no. 1 (1985): 7.
23. Tony Bennett and Janet Woollacott, *Bond and Beyond: The Political Career of a Popular Hero* (London: Macmillan, 1987), 64.
24. 关于这个问题，也可参见 James Simpson, "Faith and Hermeneutics: Pragmatism versus Pragmatism", *Journal of Medieval and Early Modern Studies*, 33, 2 (2203): 233-234。
25. *Bond and Beyond*，转引自本章注释 23。
26. Franco Moretti, "The Slaughterhouse of Literature," *Modern Language Quarterly* 61, no. 1 (2000): 207-27.
27. Tia DeNora, *Music in Everyday Life* (Cambridge: Cambridge University Press, 2000), 22.
28. Bernard Lahire, *The Plural Actor* (Cambridge: Polity, 2011).
29. Derek Attridge, "Context, Idioculture, Invention," *New Literary History* 42, no. 4 (2011): 682-83.
30. Timothy Bewes, "Reading with the Grain: A New World in Literary Criticism," *differences* 21, no. 3 (2010): 1-33; Sharon Marcus, *Between Women: Friendship, Desire, and Marriage in Victorian England* (Princeton: Princeton University Press, 2007).
31. Casper Bruun Jensen, "Experiments in Good Faith and Hopefulness: Toward a Postcritical Social Science," *Common Knowledge* 20, no. 2 (2014): 361.

关于后批判的其他相关讨论，参见 Janet Wolff, *The Aesthetics of Uncertainty* (New York: Columbia University Press, 2008); Antoine Hennion and Line Grenier, "Sociology of Art: New Stakes in a Post-Critical Time," in *The International Handbook of Sociology*, ed. Stella R. Quah and Arnaud Sales (London: Sage, 2000)。经典的文本是 Michael Polanyi, *Personal Knowledge: Towards a Post-Critical Philosophy* (Chicago: University of Chicago Press, 1974)。

32. Walter F. Otto, *The Homeric Gods: The Spiritual Significance of Greek Religion* (New York: Octagon, 1978), 104.

33. Richard E. Palmer, "The Liminality of Hermes and the Meaning of Hermeneutics," http://www.mac.edu/faculty/richardpalmer/liminality.html.

34. Adam S. Miller, *Speculative Grace: Bruno Latour and Object-Oriented Theology* (New York: Fordham University Press, 2013), 109.

35. Latour, *Reassembling the Social*, 245.

36. 这一段的措辞与我之前的文章有重合，参见 "Latour and Literary Studies," *PMLA* 130, no. 3 (2015)。

37. Marielle Macé, "Ways of Reading, Modes of Being," *New Literary History* 44, no. 2 (2013): 214. 这篇文章节选自 Macé 的书 *Façons de lire, manières d'être* (Paris: Gallimard, 2011), translated by Marlon Jones。

38. Richard Kearney, "What Is Carnal Hermeneutics?," *New Literary History* 46, no. 1 (2015).

39. Macé, *Faconsdelire*, 192, 190.

40. 关于这一点的其他有价值讨论，参见 Cristina Vischer Bruns, *The Value of Literary Reading and What it Means for Teaching* (New York: Continuum,

2011); 以及 Jean-Marie Schaeffer, "Literary Studies and Literary Experience," trans. Kathleen Antonioli, *New Literary History* 44, no. 2 (2013): 267–83。

41. Yves Citton, *Lire, interpréter, actualiser: Pourquoi les études littéraires?* (Paris: éditions Amsterdam, 2007).

42. Citton, *Lire, interpréter, actualiser*, 155–56.

43. Deidre Lynch, *Loving Literature: A Cultural History* (Chicago: University of Chicago Press, 2014), 14.

44. Latour, *Reassembling the Social*, 236.

45. 关于这个问题, 参见 Thom Dancer, "Between Belief and Knowledge: J. M. Coetzee and the Present of Reading," *Minnesota Review* 77 (2011): 131–42。

46. 如 John Guillory 所言:"学者式阅读可以说在其内部包覆并保存了非专业阅读的形式, 这是对那种愉悦且快速的非专业阅读的必要记忆。"参见 "How Scholars Read," *ADE Bulletin* 146 (Fall 2008): 12。

47. 关于这个话题, Murray Smith 的讨论值得借鉴, 参见 *Engaging Characters: Fiction, Emotion, and the Cinema* (Oxford: Oxford University Press, 1995)。

48. Marcus, *Between Women*.

49. Daniel Carey, "The State of Play: English Literary Scholarship and Criticism in a New Century," *Cadernos de Letras* 27 (December 2010): 19.

50. Felski, "Latour and Literary Studies."

结　语

1. Ien Ang, "From Cultural Studies to Cultural Research: Engaged Scholar-ship in the Twenty-First Century," *Cultural Studies Review* 12, no. 2 (2006): 190.
2. Yves Citton, *L'avenir des humanités: Économie de la connaissance ou cultures de l'interprétation* (Paris: La Découverte, 2010), 133.
3. Michael Walzer, *Interpretation and Social Criticism* (Cambridge: Harvard University Press, 1987), 35.
4. Christopher Castiglia, "Critiquiness," *English Language Notes* 51, no. 2 (2013): 79–85. 亦可参见 Steven Maras, "Communicating Criticality," *International Journal of Communication* 1 (2007): 167–86。
5. 而且，审美也具有伦理维度。如 Jane Bennett 所言，中魅的经验不应被批评贬损为不懂思考或天真的理想主义，相反，它们是一种途径，让我们可以逐渐体验到世界上的奇迹和愉悦，并深切地关心世界的状况。Jane Bennett, *The Enchantment of Modern Life* (Princeton: Princeton University Press, 2001), 10.
6. *New Literary History* 46, no. 2 (2015), 特刊, "Feminist Interventions"。
7. Michel Chaouli, "Criticism and Style," *New Literary History* 44, no. 3 (2013): 328.

译名对照表

（按汉语拼音顺序排序）

专有名词

阿尔都塞，路易　Althusser, Louis

阿莱温，理查德　Alewyn, Richard

阿切贝，奇努阿　Achebe, Chinua

阿萨德，塔拉　Asad, Talal

阿特里奇，德里克　Attridge, Derek

埃德尔曼，李　Edelman, Lee

埃尔金斯，詹姆斯　Elkins, James

埃利斯，约翰　Ellis, John

安德森，阿曼达　Anderson, Amanda

奥登，W. H.　Auden, W. H.

奥雷根，汤姆　O'Regan, Tom

《巴斯克维尔的猎犬》　*The Hound of the Baskervilles*

巴特，罗兰　Barthes, Roland

批判的限度

巴特勒，朱迪斯　Butler, Judith

巴雅尔，皮埃尔　Bayard, Pierre

贝尔西，凯瑟琳　Belsey, Catherine

贝克尔，霍华德　Becker, Howard

贝克特，塞缪尔　Beckett, Samuel

贝内特，简　Bennett, Jane

贝内特，托尼　Bennett, Tony

贝斯，蒂莫西　Bewes, Timothy

贝斯特，斯蒂芬　Best, Stephen

比利格，迈克尔　Billig, Michael

波德维尔，大卫　Bordwell, David

波菲多，乔瓦尼　Porfido, Giovanni

波兰尼，卡尔　Polanyi, Karl

《波士顿人》　*The Bostonians*

波坦斯基，卢克　Boltanski, Luc

波特，丹尼斯　Porter, Dennis

伯尔曼，马歇尔　Berman, Marshall

博赫勒，卡尔-海因茨　Bohrer, Karl-Heinz

博维，保罗　Bové, Paul

《不可撤销》　*Irreversible*

布莱希特，贝尔托　Brecht, Bertolt

布朗，温迪　Brown, Wendy

布朗肖，莫里斯　Blanchot, Maurice

布鲁克斯，彼得　Brooks, Peter

译名对照表

布鲁斯，伊丽莎白　Bruss, Elizabeth

布洛赫，恩斯特　Bloch, Ernst

查卡拉巴提，迪佩什　Chakrabarty, Dipesh

《长日留痕》　*The Remains of the Day*

茨威格，斯蒂芬　Zweig, Stefan

达顿，丹尼斯　Dutton, Denis

《达洛维夫人》　*Mrs. Dalloway*

达斯顿，洛林　Daston, Lorraine

《大卫·科波菲尔》　*David Copperfield*

戴维斯，科林　Davis, Colin

戴维斯，罗伯特　Davis, Robert

丹托，阿瑟　Danto, Arthur

德·塞尔托，米歇尔　de Certeau, Michel

德雷福斯，休伯特　Dreyfus, Hubert

邓南遮，加布里埃尔　d'Annunzio, Gabriele

迪恩，蒂姆　Dean, Tim

《朵拉案》　*Dora*

凡尔纳，儒勒　Verne, Jules

芳登，琼　Fontaine, Joan

费尔曼，苏珊娜　Felman, Shoshana

费舍尔，迈克尔　Fisher, Michael

费什，斯坦利　Fish, Stanley

费特利，朱迪斯　Fetterley, Judith

弗莱利，乔纳森　Flatley, Jonathan

339

批判的限度

弗莱明，伊恩　Fleming, Ian

弗莱斯纳，珍妮弗　Fleissner, Jennifer

弗兰克，阿瑟　Frank, Arthur

弗雷泽，南希　Fraser, Nancy

《弗洛伊德与哲学》　*Freud and Philosophy*

《福尔摩斯历险记》　*The Adventures of Sherlock Holmes*

福勒，罗伯特　Fowler, Robert

盖，塞宁　Ngai, Sianne

冈布罗维茨，维托尔德　Gombrowicz, Witold

戈德法布，杰弗里　Goldfarb, Jeffrey

戈斯，雷蒙　Geuss, Raymond

格林布拉特，斯蒂芬　Greenblatt, Stephen

格罗斯伯格，劳伦斯　Grossberg, Lawrence

葛拉夫，杰拉尔德　Graff, Gerald

《关键词》　*Keywords*

《滚石》　*Rolling Stone*

哈贝马斯，尤尔根　Habermas, Jürgen

哈雷，珍妮特　Halley, Janet

哈里斯，乔纳森·吉尔　Harris, Jonathan Gil

哈钦斯，金佰利　Hutchings, Kimberly

海华斯，丽塔　Hayworth, Rita

海明威，欧内斯特·米勒尔　Hemingway, Ernest Miller

《黑暗的心》　*The Heart of Darkness*

黑尔，多萝西　Hale, Dorothy J.

译名对照表

亨特，伊恩　Hunter, Ian

洪，美恩　Ang, Ien

胡塞尔，埃德蒙德　Husserl, Edmund

华纳，迈克尔　Warner, Michael

怀特，海登　White, Hayden

霍克海默，马克斯　Horkheimer, Max

霍伊，戴维·库曾斯　Hoy, David Couzens

基恩，苏珊娜　Keen, Suzanne

吉布森，詹姆斯　Gibson, James J.

吉洛里，约翰　Guillory, John

加伯，马乔里　Garber, Marjorie

加拉格尔，凯瑟琳　Gallagher, Catherine

加兰-汤姆森，罗斯玛丽　Garland-Thomson, Rosemarie

加里森，彼得　Galison, Peter

贾尔斯，保罗　Giles, Paul

金兹伯格，卡洛　Ginzburg, Carlo

卡迪尔，杰拉尔　Kadir, Djelal

卡勒，乔纳森　Culler, Jonathan

卡林内斯库，马泰　Calinescu, Matei

卡普兰，E. 安　Kaplan, E. Ann

卡斯蒂利亚，克里斯托弗　Castiglia, Christopher

卡维尔，斯坦利　Cavell, Stanley

康拉德，约瑟夫　Conrad, Joseph

康普里迪斯，尼古拉斯　Kompridis, Nikolas

批判的限度

柯尔内，理查德　Kearney, Richard

科夫曼，莎拉　Kofman, Sarah

科赫，罗伯特　Koch, Robert

科沃德，罗莎琳德　Coward, Rosalind

克拉克，T. J.　Clark, T. J.

克莱顿，迈克尔　Crichton, Michael

《克莱芙王妃》　*La Princesse de Clèves*

克里斯蒂，阿加莎　Christie, Agatha,

肯尼迪，利亚姆　Kennedy, Liam

孔帕尼翁，安托万　Compagnon, Antoine

《酷的法则》　*The Laws of Cool*

库恩，安妮特　Kuhn, Annette

库尔，戴安娜　Coole, Diana

库哈斯，雷姆　Koolhaas, Rem

库塞特，弗朗索瓦　Cusset, François

拉比诺，保罗　Rabinow, Paul

拉德威，珍妮丝　Radway, Janice

拉克劳，埃内斯托　Laclau, Ernesto

拉特克利夫，马修　Ratcliffe, Matthew

拉图尔，布鲁诺　Latour, Bruno

拉伊尔，贝尔纳　Lahire, Bernard

赖特，詹姆斯　Wright, James

兰姆，凯文　Lamb, Kevin

朗西埃，雅克　Rancière, Jacques

译名对照表

雷丁斯，比尔　Readings, Bill

李，苏-伊姆　Lee, Sue-Im

利科，保罗　Ricoeur, Paul

《临床医学的诞生》　*The Birth of the Clinic*

林菲尔德，苏西　Linfield, Susie

刘，艾伦　Liu, Alan

罗宾斯，布鲁斯　Robbins, Bruce

罗蒂，理查德　Rorty, Richard

罗多维克，大卫　Rodowick, David

罗斯，迈克尔　Roth, Michael

罗斯，斯蒂芬　Ross, Stephen

《螺丝在拧紧》　*The Turn of the Screw*

洛夫，希瑟　Love, Heather

马库斯，莎伦　Marcus, Sharon

马库斯，史蒂文　Marcus, Steven

马瑟，玛丽埃尔　Macé, Marielle

马舍雷，皮埃尔　Macherey, Pierre

麦高文，凯特　McGowan, Kate

麦克凯布，科林　Colin, MacCabe

《曼斯菲尔德庄园》　*Mansfield Park*

梅菲斯特/梅菲斯托费勒斯　Mephistopheles

梅罗德，吉姆　Merod, Jim

梅塞，科柏纳　Mercer, Kobena

《美国季刊》　*American Quarterly*

343

批判的限度

《美国现代语言学会会刊》 *PMLA*

米恩,德鲁 Milne, Drew

米勒,D. A. Miller, D. A.

米勒,亚当·S Miller, Adam S.

莫勒,李斯 Møller, Lis

莫雷蒂,弗朗科 Moretti, Franco

莫里森,范 Morrison, Van

莫斯特,格伦 Most, Glenn

莫伊,托莉 Moi, Toril

墨菲,尚塔尔 Mouffe, Chantal

穆尼奥斯,何塞 Muñoz, José

内哈马斯,亚历山大 Nehamas, Alexander

尼科尔森,马乔里 Nicholson, Marjorie

尼曼,苏珊 Neiman, Susan

纽菲尔德,克里斯托弗 Newfield, Christopher

诺里斯,玛格特 Norris, Margot

帕特森,詹姆斯 Patterson, James

《批评实践》 *Critical Practice*

《批评探索》 *Critical Inquiry*

皮平,罗伯特 Pippin, Robert

坡,埃德加·爱伦 Poe, Edgar Allan

普里斯特利,J. B. Priestley, J. B.

齐亚雷克,埃娃 Ziarek, Ewa

钱德勒,雷蒙德 Chandler, Raymond

译名对照表

乔伊斯，詹姆斯　Joyce, James

琼斯，安娜·玛丽亚　Jones, Anna Maria

萨默，多丽丝　Sommer, Doris

塞尔，米歇尔　Serres, Michel

塞尔佩尔，卡拉·纳姆瓦利　Serpell, C. Namwali

塞尔泽，马克　Seltzer, Mark

塞缪尔，拉斐尔　Samuel, Raphael

塞佩尔，纳姆瓦利　Serpell, C. Namwali

塞奇威克，伊芙·科索夫斯基　Sedgwick, Eve Kosofsky

《莎士比亚式协商》　*Shakespearean Negotiations*

沙乌力，米歇尔　Chaouli, Michel

尚德，亚历山大　Shand, Alexander

"谁人"乐队　The Who

《深闺疑云》　*Suspicion*

《神话学》　*Mythologies*

《神秘岛》　*l'Île mystérieuse*

施莱弗尔，罗纳德　Schleifer, Ronald

施兰克，罗杰　Schrank, Roger

什克洛夫斯基，维克托　Shklovsky, Viktor

《时间与叙事》　*Time and Narrative*

爱书之情　*A Feeling for Books*

斯蒂奇，允娜　Siddiqi, Yumna

斯科特，琼　Scott, Joan

斯科特，詹姆斯·C　Scott, James C.

345

批判的限度

斯洛特戴克，彼得　Sloterdijk, Peter

斯莫尔，海伦　Small, Helen

斯内德克尔，迈克尔　Snedeker, Michael

斯佩德，萨姆　Spade, Sam

斯坦纳，乔治　Steiner, George

斯特恩，西蒙　Stern, Simon

斯特罗伊克，伊丽莎白　Strowick, Elisabeth

斯托，威廉　Stowe, William

宋，惠慈　Dimock, Wai Chee

索恩，克里斯蒂安　Thorne, Christian

泰弗诺，劳伦　Thévenot, Laurent

《探长来访》/《罪犯之家》　*An Inspector Calls*

《同志亦凡人》　*Queer as Folk*

托多罗夫，茨维坦　Todorov, Tzvetan

瓦蒂莫，贾尼　Gianni, Vattimo

王尔德，奥斯卡　Wilder, Oscar

威尔逊，埃德蒙　Wilson, Edmund

威廉斯，杰弗里　Williams, Jeffrey

威廉斯，雷蒙　Williams, Raymond

《微暗的火》　*Pale Fire*

《微物之神》　*The God of Small Things*

韦勒克，勒内　Wellek, René

维格曼，罗宾　Wiegman, Robyn

《文学生产理论》　*Theory of Literary Production*

译名对照表

沃尔夫，凯瑞　Wolfe, Cary

沃尔泽，迈克尔　Walzer, Michael

沃拉科特，珍妮特　Woollacott, Janet

西顿，伊夫　Citton, Yves

西苏，埃莱娜　Cixous, Hélène

希区柯克，阿尔弗雷德　Hitchcock, Alfred

希斯，斯蒂芬　Heath, Stephen

肖邦，凯特　Chopin, Kate

《小杜丽》　*Little Dorrit*

辛菲尔德，艾伦　Sinfield, Alan

《性别麻烦》　*Gender Trouble*

伊格尔顿，特里　Eagleton, Terry

伊利格瑞，露西　Irigaray, Luce

伊斯特普，安东尼　Easthope, Antony

《艺术论坛》　*Artforum*

于斯曼，若利斯-卡尔　Huysmans, Joris-Karl

约翰逊，芭芭拉　Johnson, Barbara

《再现》　*Repesentations*

詹明信/杰姆逊，弗雷德里克　Jameson, Fredric

《哲学杂志》　*Journal of Philosophy*

郑，明河　Trinh, T. Minh-ha

《政治无意识》　*The Political Unconscious*

周，蕾　Chow, Rey

《灼人的秘密》　*Burning Secret*

347

批判的限度

术　语

薄描　Thin description

表面性　Superficiality

表演性/操演性　Performativity

猜想范式　Conjectural paradigm

阐释病　Interpretosis

阐释学　Hermeneutics

超个人　Transpersonal

超然/疏离　Detachment

超验批判　Transcendent critique

程序客观性　Procedural objectivity

存在的风格学　Stylistics of existence

第二天性　Second nature

动作倒错　Parapraxis

独异性　Singularity

反对性　Againstness

反基础主义　Antifoundationalism

反社会论　Antisocial thesis

反向推理　Reason backward

防御性否定　Defensive disavowal

非历史主义　Unhistoricism

译名对照表

非人类行动者　Nonhuman actors

否定　Negation

负面性　Negativity

赋权　Empowerment

副现象　Epiphenomenon

个体文化　Idioculture

共生主义　Syncreticism

共时性历史主义　Synchronic historicism

共振　Resonance

合作行动者/共同行动者　Coactor

后批判阅读　Postcritical reading

后殖民研究　Postcolonial studies

怀疑阐释学　Hermeneutics of suspicion

怀疑主义　Skepticism

寂静主义　Quietism

假死　Suspended animation

建构主义　Constructionism

接受性　Receptivity

镜像阶段　Mirror stage

镜渊　*Mise en abyme*

具身化　Embodiment

可供性　Affordance

可批评性　Criticizability

克里奥尔化　Creolization

批判的限度

酷儿研究　Queer studies

快乐转向　Eudaimonic turn

困难写作　Difficult writing

麻烦化　Troubling

美文主义　*belle-lettrism*

民间怀疑　Vernacular suspicion

陌生化　Defamiliarization

男性凝视　Male gaze

内部性　Interiority

内在批判　Immanent critique

内在性　Immanence

女性气质　Femininity

批判　Critique

批判例外主义　Critique's exceptionalism

批判脾性　Critiquiness

批判情绪　Critical mood

批判性　Criticality

普通语言　Common language

奇情小说　Sensation novel

祛魅　Disenchantment

去神秘化　Demystification

全景监狱　Panopticon

权力策略　Stratagem of power

全球流动　Global flow

认识癖 Epistemophelia

日常语言哲学 Ordinary language philosophy

肉身阐释学 Carnal hermeneutics

社交性 Sociability

深度阅读 Deep reading

审问 Interrogate

实例化 Instantiation

收编 Co-option

思潮 Ethos

他异性 Alterity

他者性 Otherness

图式 Schema

文化唯物主义 Cultural materialism

文学怀疑 Literary suspicion

文学性 Literariness

问题化 Problematizing

物导向本体论 Object-oriented ontology (OOO)

现时论者 Presentist

线索 Clue

新历史主义 New historicism

新审美主义 New aestheticism

新现象学 Neophenomenology

新形式主义 New formalism

信任阐释学 Hermeneutics of trust

批判的限度

行动者网络理论　Actor-network theory（ANT）

修补式阅读　Reparative reading

修复阐释学　Hermeneutics of restoration

选择性亲和　Elective affinity

学究式怀疑主义　Clerkly skepticism

询唤　Interpellation

依恋/依附　Attachment

艺术自律　Artistic autonomy

异质性　Heterogeneity

臆想症　Paranoia

臆想症式阅读　Paranoid reading

阴性书写　*Écriture féminine*

隐性规范主义　Cryptonormativism

元怀疑　Metasuspicion

元评论　Meta-commentary

远程阅读　Distant reading

哲学怀疑　Philosophical suspicion

震惊美学　Aesthetics of shock

证成　Justify/Justification

症候式阅读　Symptomatic reading

知识型　Episteme

转译　Translation

自我问题化　Self-problematization

THE LIMITS OF CRITIQUE
By Rita Felski
© 2015 by The University of Chicago, All rights reserved.
Licensed by The University of Chicago Press, Chicago, Illinois, U.S.A.
Simplified Chinese edition copyright © 2023 by NJUP

江苏省版权局著作权合同登记 图字：10-2019-646号

图书在版编目(CIP)数据

批判的限度/(美)芮塔·菲尔斯基著；但汉松译
.—南京：南京大学出版社,2023.7
书名原文：The Limits of Critique
ISBN 978-7-305-26925-7

Ⅰ.①批… Ⅱ.①芮…②但… Ⅲ.①文学研究
Ⅳ.①I0

中国国家版本馆CIP数据核字(2023)第088129号

出版发行　南京大学出版社
社　　址　南京市汉口路22号　　邮　编　210093
出 版 人　金鑫荣

书　　名　批判的限度
著　　者　[美]芮塔·菲尔斯基
译　　者　但汉松
责任编辑　付　裕

照　　排　南京紫藤制版印务中心
印　　刷　江苏凤凰通达印刷有限公司
开　　本　880mm×1230mm　1/32　印张 11.375　字数 190 千
版　　次　2023年7月第1版　2023年7月第1次印刷
ISBN 978-7-305-26925-7
定　　价　68.00元

网　　址：http://www.njupco.com
官方微博：http://weibo.com/njupco
官方微信：njupress
销售咨询：(025)83594756

* 版权所有，侵权必究
* 凡购买南大版图书，如有印装质量问题，请与所购
　图书销售部门联系调换